書下ろし

玉《ぎょく》麒《き》麟《りん》

羽州ぼろ鳶《とび》組⑧

今村翔吾

祥伝社文庫

目次

【登場人物紹介】

新庄《しんじょう》藩火消《ひけし》《羽州《うしゅう》ぼろ鳶《とび》組》

頭取《とうどり》　松永源吾《まつながげんご》
源吾の妻　深雪《みゆき》
源吾の息子　平志郎《へいしろう》
頭取並《なみ》　鳥越新之助《とりごえしんのすけ》
新之助の母　秋代《あきよ》
壊し手組頭《くみがしら》　寅次郎《とらじろう》
纏番《まといばん》組頭　彦弥《ひこや》
風読み　加持星十郎《かじせいじゅうろう》
一番組組頭　武蔵《たけぞう》

新庄藩

御城使《ごじょうし》　折下左門《おりしもさもん》
御連枝《ごれんし》　戸沢正親《とざわまさちか》
家老《かろう》　北条六右衛門《ほうじょうろくえもん》

加賀鳶《かがとび》

頭取　大音勘九郎《おおとかんくろう》
三番組組頭　一花甚右衛門《いっかじんえもん》

町火消に組

頭　辰一《たついち》
副頭　宗助《そうすけ》
鳶　慶司《けいじ》

町火消め組

頭　銀治《ぎんじ》
鳶　藍助《あいすけ》

町火消よ組
頭　秋仁《しゅうじん》

町火消い組
頭　漣次《れんじ》

西の丸仮御進物番
見習い　長谷川平蔵《はせがわへいぞう》
石川喜八郎《いしかわきはちろう》

火付盗賊改方《ひつけとうぞくあらためかた》
長官介添《かいぞ》え　島田政弥《しまだまさひさ》
同心《どうしん》　猪山蔵主《いやまくろうず》

日本橋《にほんばし》「橘屋《たちばなや》」
主《あるじ》　徳一郎《とくいちろう》
長女　琴音《ことね》
次女　玉枝《たまえ》

老中《ろうじゅう》　田沼意次《たぬまおきつぐ》

御三卿一橋家《ごさんきょうひとつばしけ》　徳川治済《とくがわはるさだ》

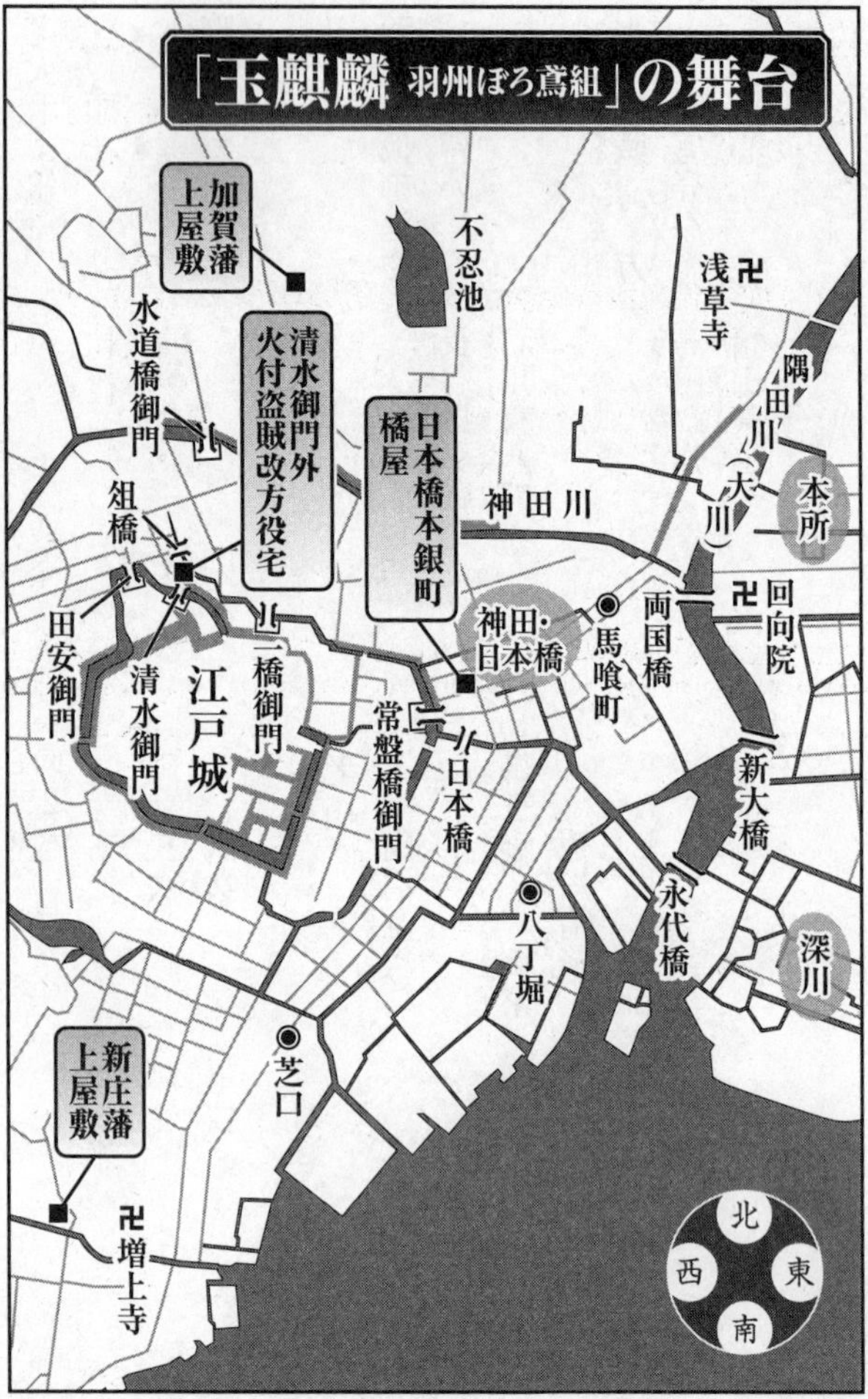
「玉麒麟 羽州ぼろ鳶組」の舞台
加賀藩上屋敷
不忍池
浅草寺
水道橋御門
清水御門外火付盗賊改方役宅
日本橋本銀町橋屋
隅田川（大川）
本所
神田川
俎橋
回向院
両国橋
神田・日本橋
馬喰町
田安御門
清水御門
江戸城
一橋御門
常盤橋御門
日本橋
新大橋
永代橋
深川
八丁堀
芝口
新庄藩上屋敷
増上寺
北
西
東
南

序章

水無月《みなづき》（六月）も半ばを過ぎ、蒸し暑く寝苦しい夜が続いている。今年は特に暑い。もう亥《い》の刻（午後十時）に近付いているだろうが、風も吹かず、一向に涼しくならない。加賀《かが》藩火消《ひけし》、通称「加賀鳶《とび》」の三番組頭《くみがしら》、一花甚右衛門《いっかじんえもん》は、額《ひたい》にじっとり浮かぶ汗を袖《そで》で拭《ぬぐ》った。

今宵《こよい》はくっきりとした月が空に浮かんでいる。

「気を抜いてはならぬぞ」

配下の者に釘《くぎ》を刺した。己の組下の鳶十八人と共に、市中を歩いている。皆が火事場装束《しょうぞく》に身を固め、手には長さ一丈（約三メートル）ほどの突棒《つくぼう》、熊手《くまで》、刺叉《さすまた》をそれぞれ携《たずさ》えていた。

「はい。落ち着かぬ夜ですな……」

配下の一人が周囲を窺《うかが》う。あちこちから野良犬の鳴く声がする。先ほどは一つ向こうの通りで、集団が駆け抜けるような跫音《あしおと》も聞こえた。

「さもあらん。府下《ふか》の全火消が警戒に当たっているのだ」

「それほどの大事だということ……」

別の者が頬《ほお》を引き締めて呟《つぶや》いた。過日《かじつ》の鳶市《とびいち》で加わったばかりの新入り。まだ事態の重さをよく解《わか》っていないのだ。

「ああ、大変なことだ」

ことは昨日の夜に遡《さかのぼ》る――。

夜間、日本橋《にほんばし》の商家が炎上した。近くを通りかかっていた火付盗賊改方《ひつけとうぞくあらためかた》が急行すると、轟々《ごうごう》と燃え盛る商家から、下手人《げしゅにん》と思《おぼ》しき男が丁度《ちょうど》出て来たところに遭遇した。

俗《ぞく》に「火盗改《かとうあらため》」と呼ばれる彼らは、町奉行所の同心や与力と異なり、手順等を踏むことなく下手人を捕らえ、時には詮議《せんぎ》の中で御定法《ごじょうほう》から外れた拷問《ごうもん》すら行った。全員が一斉に抜刀《ばっとう》して、大人《おとな》しく縄《なわ》に就くように宣告した。

しかし男は抵抗を示した。それが尋常《じんじょう》な強さではない。殺すつもりで掛かったはずの火盗改の面々は、あっと言う間に蹴散《けち》らされて逃走を許してしまった。

それだけでも凄《すさ》まじいのだが、驚くべきことに男は娘を二人連れていた。娘たちを引きずりながら、片手で剣を振るって囲みを突破したのだという。

一方燃え盛る商家には、「蝗《いなご》」の二《ふた》つ名を持つ秋仁《しゅうじん》率いる、町《まち》火消よ組が駆け付けて消火に当たった。逃げようとする人々や野次馬《やじうま》が犇《ひし》めき合って現場は混乱を極めたが、よ組は頭《かしら》の異名《いみょう》から解るように、府下最大人数の町火消である。そこに近隣の火消も加わって、消火は迅速《じんそく》に進められた。

類焼は三軒。火元の商家が全焼であったことに鑑《かんが》みれば、十分早く消し止めたほうであろう。だが下手人にはまんまと逃げられてしまった。

火元からは十五体もの屍《しかばね》が出た。燃え残った衣服などから、これらが主《あるじ》一家と奉公人たちであると判断された。いずれも縄で戒《いまし》められた痕跡《こんせき》があり、下手人は押し込んで十五人を縛《しば》り上げ、さらに火を放ったと見られている。

物取りか怨恨《えんこん》か。あるいは両方か。下手人が火を使ったことから、幕府はこれを由々《ゆゆ》しき事件と見て、火付盗賊改方、奉行所の者に加え、

――府下の全火消も下手人を追え。

と、命じて来たのである。

十を数える定《じょう》火消、約千。三百諸侯の大名火消、約四千。町火消いろは四十八組、約八千五百。本所深川《ほんじょふかがわ》町火消、約三千。総勢一万六千五百。鼠《ねずみ》一匹逃がさな

い厳戒《げんかい》態勢が布《し》かれた。故《ゆえ》に加賀鳶も町を見回っているのだ。

「娘たちを連れているというのは、どういうことなんでしょう？」

古参の配下が尋ねる。

「近所の話に依《よ》れば、主一家に、住み込みの奉公人を合わせると十七人が暮らしていたという」

「ということは、二人足りませんね」

焼け跡から出た骸《むくろ》は十五体なのだ。

「幕閣は二人が勾《かど》引《わ》かされたと見ている。年格好からするに、十七と、九つになる娘だろう」

「押し込み、火付けで飽き足らず勾引かしまで……何とも残虐《ざんぎゃく》な奴ですな。許せません」

「ああ、確かにその通り。だが……」

怒りに躰《からだ》を震わせる配下に向け、甚右衛門は低く言ったが、最後で言葉を濁《にご》した。

「え？」

――一度に二人も勾引かすなど、下手人一人で出来るのか。

抱いた疑問はそれであった。たとえ縛り上げていたとしても、二人を引きずって逃げるなど容易ではない。そもそも人質《ひとじち》にするならば一人で十分のはず。

「いや、何でもない。見つけたらそこで仕留める」

余計なことは考えるべきではない。今はただ下手人を見つけ、捕らえるということに専念せねばならない。

江戸の火事の二割が火付けに因るものである。江戸では年三百回の火事があるので、火付けは約六十件。月に五件。六日に一度は火付けがあるということだ。許せぬことだが珍しくはない。だが火付けに加え、押し込みや勾引かしまでやってのけ、十五人の命を奪うとは稀《まれ》に見る凶悪さである。次の犠牲が出る前に、何としても止めたいところであった。

――早く姿を見せろ。下郎《げろう》。

甚右衛門は心中で呼びかけ続け、腹の中に怒りを満たしていた。

甚右衛門たちが神田佐久間町《かんださくまちょう》二丁目から藤堂和泉守《とうどういずみのかみ》屋敷に差し掛かった時、夜を切り裂くような呼子《よぶこ》の音が聞こえた。応援を求める呼子だ。

「近いぞ」

甚右衛門は駆け出し、配下の者たちもそれに続く。辻《つじ》を折れたところで再び呼子が鳴った。先ほどよりも確実に近い。

佐竹右京大夫《さたけうきょうだゆう》屋敷の側で人だかりが出来ている。定火消と、町火消が入り混じって追い詰めているらしい。

「御茶ノ水《おちゃのみず》定火消、小濱大膳《こはまたいぜん》殿の手の者だな。町火消はぬ組、る組か……」

定火消には見知った顔があるし、町火消は半纏《はんてん》の色と模様で解る。下手人は佐竹屋敷の塀際に追い込まれ、三方を塞《ふさ》がれているらしい。だが、下手人が恐るべき遣い手であることはすでに知れている。迂闊《うかつ》に手を出して斬《き》られては適《かな》わぬと、皆が及び腰になっていた。

甚右衛門の前には、ぬ組の連中がおり、押し退《の》けて進み出ようとした。鳶たちの背や肩越しに、少し様子が窺えた。下手人と思しき男が確かにいる。海老茶《えびちゃ》の布で顔を覆《おお》っており、両眼だけが見えている。

――下の娘がいない。

下手人のすぐ背後、塀に張りつくようにして娘がいる。年格好から察するにこれが勾引かされた十七歳の娘で間違いなかろう。九つになる下の娘の姿が無かった。まさか連れ出したはいいものの、逃げるに邪魔になって殺したのか。

「掛かれ！」

甚右衛門が思案《しあん》していたその時、御茶ノ水定火消が動いた。侍火消として、怯《ひる》むところは見せられぬと奮《ふる》い立ったのだろう。六尺棒が二人、刺叉が一人、合わせて三人の侍《さむらい》が同時に仕掛ける。

一人目が棒を振りかぶった瞬間、下手人は間を詰めていた。相手の手を摑むと同時に、膝《ひざ》裏に足を掛けて転ばせる。二人目が刺叉を腹目掛けて突き出す動きも見切り、体を開いて手刀で叩き落とす。さらにそれを踏みつけると、斜めになった柄《え》に足を掛けて痛烈な膝蹴りを放った。それを顎《あご》にくらった侍は仰《あお》向《む》けに倒れる。下手人は着地と同時に後ろに跳び下がり、再び娘の前に戻った。

――これは……。

甚右衛門は息を吞《の》んだ。これほどの動きが出来る者は御府内全域でもそうはいない。三人目の六尺棒が顔を突く。次の瞬間、流星の如《ごと》く光が走った。居合《いあい》を放ったのだ。六尺棒は真っ二つに断ち切られ、先端が回転しながら宙を舞った。周囲からどよめきとも悲鳴ともつかぬ声が上がる。

「ぬ、抜いたぞ……」

「怯むな。今度は五人で掛かるぞ」

定火消たちが腰の刀に手を掛けた時、甚右衛門は鋭《するど》く一喝《いっかつ》した。

「下がれ！」

前方のぬ組が一斉に振り返ると、滝に手を突っ込んだかのように衆が分かれた。その中央をゆっくりと歩む。

「あれは……『椿《つばき》』甚右衛門」

甚右衛門は槍《やり》の如き長鳶口で、手の届かぬほど高い梁《はり》も両断していく。それが椿の花が落ちる様に似ていると、いつしか「椿」の異名で呼ばれるようになった。

「貴殿らの敵《かな》う相手ではない。徒《いたずら》に戦えば怪我《けが》人が出る」

「何だと、貴様――」

若い定火消が食ってかかろうとするのを、年嵩《としかさ》の者が止めた。

「お主、知らぬのか！　府下十傑《じっけつ》、一花甚右衛門だぞ！」

「あ……」

父は藩の槍術指南《そうじゆつしなん》役であった。故に己は齢《よわい》六つの頃から槍を持っている。甚右衛門は槍術に天稟《てんぴん》を見せ、十五の頃には父を相手にしても五分の戦いが出来るほどになった。ただ、今ならばよく解る。己が強くなった以上に父が弱くなっていた。父は不正を働く一派に協力し、汚れた金を得ていたのである。その後ろ暗さが心を弱くし、槍にも表れたのだろう。

父は切腹を命じられて果てた。一花家は家禄《かろく》を七百石から二百石へと大幅に削《けず》られ、槍術指南の役目も罷免《ひめん》されることとなった。

無役となった一花家の嫡男《ちゃくなん》、甚右衛門はいつしか家の汚名《おめい》をすすがんため、江戸の宝蔵院《ほうぞういん》流道場でひたすらに槍を磨《みが》いた。鬼気《きき》迫る修行でさらに腕は上がり、二十五歳になった頃には「府下十傑」に数えられるほどにもなった。しかし藩から役目を旧に復す、との声は掛からなかった。

そんな甚右衛門を自身の与力《よりき》に貰《もら》い受けたいと申し出た男がいた。それが大《おお》頭《がしら》との出逢いであった。当時の大頭は、大音《おおと》家を継いだばかり。御父上と優秀な鳶たちが殉職《じゅんしょく》し、加賀鳶を立て直そうとしている時であった。

大頭のその時の言葉を、甚右衛門は今もはっきりと覚えている。

――泰平《たいへい》の世の戦《いくさ》に貴殿の力が必要だ。

そこから甚右衛門は火消として功を重ね、加賀鳶の中で主《おも》に壊し手を担《にな》う三番組頭に任じられている。

「若侍、命を無駄にするな。この男が殺す気ならば、とっくに死人が出ている」

甚右衛門が呼びかけると、定火消の若侍はこくこくと頷《うなず》いて下がった。

「さて……どうするか」

覆面の男は何も話さない。ただ、明らかに動揺の色が見えた。府下十傑だと聞いたためか。いや、

――俺を知っているな。

甚右衛門はそう直感した。これほどの遣い手ならば、どこかの道場で名を馳《は》せた者だろう。顔見知りとは言わずとも、すれ違ったことはあるかもしれぬ。

同時に些《いささ》か疑問も感じはじめていた。そもそも男はなかなか刀を抜かなかった。人の命など何とも思わぬ凶賊のはずなのに、定火消を斬ろうとする様子もない。

それどころか、娘を庇《かば》っているようにすら見えた。先ほど六尺棒が顔面を襲った時、初めて刀を抜いて断ち切った。あれは躱《かわ》せば、後ろの娘に直撃していたはずだ。勾引かしただけならば、そこまで気を配ることはない。

「問答《もんどう》は無用ということか」

皆が固唾《かたず》を呑んで見守る中、甚右衛門は這《は》うように尋ねた。覆面はこくりと頷く。

「大人しく捕まる気は？」

これには首を横に振った。甚右衛門は溜息を零《こぼ》す。

「では力ずくで捕らえさせてもらう。俺には殺す気で来てよいぞ」

甚右衛門は腰の刀に手をかけた。自身の得意は槍であるが、刀も運籌流《うんちゅう》を並以上に遣う。殺す気で来ない者を斬れば寝覚めが悪い。そう思っただけだった。

――これは油断が出来んな。

先ほどから沸々《ふつふつ》と武人の血が騒いでいる。甚右衛門はすらりと刀を抜くと、正眼《せいがん》に構えた。

甚右衛門は地を蹴って大きく踏み込む。繰《く》り出した突きは見事に払われたが、返す刀で小手を狙《ねら》う。覆面はこれも難なくいなす。手加減はしていない。こちらも殺す気で向かっている。

甚右衛門は間髪《かんはつ》入れずに斬撃を繰り出す。やはり刀では相手に分があり、袖《そで》を掠《かす》めることすら出来ない。

「貸せ」

甚右衛門は後ろに跳ぶと、定火消が持っていた刺叉を分捕《ぶんど》った。

「く……」

覆いから覗《のぞ》く目の色が変わった。こちらが長物を得意とすることを知っている。やはり己のことを見知っているのだ。

「いくぞ」

甚右衛門は刺叉を旋回《せんかい》させて首、反転させて腿、伸縮させて頭と次々に攻撃を加えていく。しかし覆面も鼻先を掠めるほどの間合で避け、ぎりぎりで受け止める。目にも留まらぬ甚右衛門の攻撃に、周囲の火消から感嘆《かんたん》の声が上がる。

――こいつ。

全く反撃をしてこないことが癪《しやく》に障《さわ》った。刺叉では先端が大きく、どうしても機敏《きびん》さに欠ける。丁度、長柄の鳶口を持っている火消が目に入った。

「投げろ」

野次馬と化していた火消は、はっとして鳶口を放り投げた。刺叉を地に落として、甚右衛門は受け取った。これなら鎌槍《かまやり》の形状と似ているし、何より火事場で普段から使っているもの。手によく馴染んだ。

「さあ、いくぞ！」

これまで道場で強者《つわもの》を相手に幾度となく戦って来た。だが、これほど気が昂《たかぶ》ったことは一度も無い。甚右衛門は突きを繰り出す。刺叉の時とは比べるべくもなく速い。

突いては引き、引いては突いて相手を間合いに踏み込ませなかった。が、覆面も忙《せわ》しなく手を動かして、堅牢《けんろう》に守る。一進一退《いっしんいったい》の攻防の中、定火消の一人が隙《すき》とみたのか、娘にそっと近付いた。その刹那《せつな》、覆面は甚右衛門の突きを首だけで避けながら、左手を伸ばし、娘の手をぐっと引き寄せる。

　ここぞとばかりに甚右衛門は鳶口を横に薙《な》いだ。これも膝を折って下に避けられた。目、判断、身のこなし、どれをとっても一流である。だが、鳶口の先が覆面に引っ掛かっていた。

「なっ――」

　甚右衛門が声を発した時、眼前の男は屈《かが》んだ体勢のまま躰を捻《ひね》り、鳶口の穂先を斬り上げた。光芒《こうぼう》がそのまま喉元《のど》に迫る。

　死を覚悟した甚右衛門だったが、まだ息をしている。刀は首の肌に沿うようにぴたりと止まっていた。

「お主……」

　甚右衛門は先端のない鳶口を手放す。皆が呆気《あっけ》に取られて声も出ない。柄が地に落ちる乾いた音だけが響き渡った。

「動かないで下さい」

男が初めて言葉を発した。男の割に丸みのある優しい声である。それでも常《つね》に比べ、声に緊張が滲《にじ》み出ている。甚右衛門は月明かりに光る白刃《はくじん》を一瞥《いちべつ》し、掠れた声を絞り出した。

「鳥越新之助《とりごえしんのすけ》……何故……」

新之助は何も答えない。ただ目に力を漲《みなぎ》らせてこちらを見つめている。幕府が威信をかけて追っている凶賊とは、真にこの男なのか。頭の中を様々な考えが駆け巡り、甚右衛門は喉を鳴らした。

第一章　消えた頭取並《とうどりなみ》

一

夏の盛りである。巳《み》の刻（午前十時）、蟬《せみ》は未だ囂《かまびす》しく鳴き続けていた。風も無いため肌はじっとりと湿る。

新庄《しんじょう》藩火消頭取《ひけしとうどり》・松永源吾《まつながげんご》は縁側で胡坐《あぐら》を搔《か》き、傍《かたわ》らに置いてあった手拭《てぬぐ》いで額《ひたい》を拭《ぬぐ》った。それを放り出すと、代わりに背後に置いてあった短刀を握り締めた。

「動くなよ」

傍らに寝かせた二歳の息子平志郎《へいしろう》に、厳しい口調《くちょう》で言いつけた。そっと右脚を持ち上げたが、平志郎は声にならぬ声を上げて、手足をばたつかせた。

「動くなと言っておるだろう」

もう泣きたくなる。これをかれこれ七、八度繰り返しているのだ。

「旦那様《だんな》、私が……」

妻の深雪《みゆき》が口を挟《はさ》むのを、源吾は手で制した。

「いや、やってみせる」

「大層《たいそう》な」

深雪は腰に両手を添えて呆《あき》れ顔になる。源吾がやろうとしていること、それは平志郎の足の爪《つめ》切りである。

平志郎の足は、己の拳《こぶし》よりも小さい。爪などは鯛《たい》の鱗《うろこ》ほどの大きさしかないのだ。ましてや平志郎は足を持ち上げれば、先ほどのように手足を動かしたり、寝返りを打とうとしたりする。これほど動かれては肌を傷つけかねない。己の手入れをするようにはいかず、ずっと手間取っているのだ。

「鋏《はさみ》を借りてきましょうか？」

鋏は高価であり、一家に必ず一つあるという代物《しろもの》ではない。武家は短刀で、庶民は鑿《のみ》で削《けず》るように爪の手入れをしていた。

「いや、やれる……」

火事場で炎に対峙《たいじ》するよりも緊張する。源吾は喉《のど》を鳴らして、再び足を持ち上げた。平志郎は膝《ひざ》を曲げて逃れようとし、手許《もと》から足がするりと抜けた。

「駄目《だめ》だ！」

源吾は短刀をさっと離して天を仰《あお》いだ。逃がさないように力を込め、押さえつけることも先ほど試した。しかしそれだと平志郎はすぐ顔を歪《ゆが》め、今にも泣き出しそうになる。

「私が代わると申していますのに……」

「これくらい出来ねばならんだろう」

火消としての腕には自信がある。だが、それを除《のぞ》けば己ほどの無能はいないと思っている。

武士の嗜《たしな》みとして、一通り剣の稽古《けいこ》はしたが、その腕は良く見積もっても中《ちゅう》の下《げ》。火消になってからは素振《すぶ》りすらしていないので、とっくに下の部類に落ちているかもしれない。

父を失って独り住まいになった後も、飯や洗濯のことなどは近所の年増《としま》を雇ってやってもらっていたため、家のことも出来ない。せめて父らしいことはと奮起したが、これもどうやら上手くはゆかないようだ。

「それでは、やはり鋏を……」

深雪が言いかけた時、勝手口のほうから近付いてくる跫音《あしおと》がした。もう一つ、耳が極めて良いという特技があった。だが、これも全く、爪切りの役には立たない。

「誰か来た」

「どなたでしょう？」

深雪は聞こえていないだろうが、己の耳を疑うことはない。

「どうせ新之助だろう？」

聞き慣れた声が聞こえてきた。予想に反して新之助ではない。深雪は迎え入れようと土間に向かう。

「あら、武蔵《たけぞう》さん」

「御頭はご在宅ですか？」

「今、旦那様は爪を……」

上がり口に腰掛けて話しているのだろう。やがて深雪と共に、新庄藩火消一番組頭の武蔵が姿を見せた。

「おはようございます」

「おう」

「平志郎も元気にしてたか」

平志郎は武蔵に気が付き、寝転んだまま手を伸ばす。

「爪を切っているとか？」

深雪から随分《ずいぶん》手間取っていることを聞いたのだろう。武蔵の口元が緩《ゆる》んでいる。

「ああ、動くので存外《ぞんがい》難しい」

「俺にやらせて下せえよ」

武蔵は鼻の下を指でちょいと擦《こす》った。

「駄目だ。俺がやる」

「じゃあ、次しくじったらってことで」

「解った」

そろりと足を持ち、ゆっくりと短刀を近付けた時、平志郎が甲高い声を上げて足を引っ込めた。どうやら優しく持ちすぎて、こそばゆかったらしい。

「交代です」

武蔵が片眉《まゆ》を少し上げる。

「俺が出来ねえんだ。お前に……」

源吾はぶつくさ言いながら短刀を手渡すと、腰を浮かせた。武蔵が入れ替わりに座る。二人のやりとりを好ましげに見ていた深雪が、すっと源吾の横に座った。

「平志郎、ちょいと我慢しろよ」

持ち上げた足に迷いなく短刀を近付ける。刃先を小刻みに動かし、爪の伸びた部分だけを切り取っていく。

「おお……」

思わず感嘆してしまった。正確でなおかつ速い。平志郎が足を動かそうとするが、武蔵は優しく制し、動きが落ち着いたところでまた短刀を素早く動かした。そして煙草《たばこ》を一、二服するほどの間に見事手入れを終えてしまった。

「一丁《いっちょう》あがり」

武蔵はにかりと笑うと、脇に置いてあった鞘《さや》に短剣を納めた。

「おう」

源吾は煙草盆を引き寄せると、背を向けて煙管《きせる》に刻《きざ》みを詰め始める。武蔵が何か悪い訳ではない。ただ子の爪を切ることすら出来ない自分に腹が立ち、少し憮《ぶ》然《ぜん》とした態度を取ってしまった。

「あ、おむつを替えますね」

深雪は平志郎の脇に手を入れて抱き上げ、奥の間へと移っていった。その時不自然に己の脇を通り、ちょんと肘《ひじ》を肩に当てる。

——大人《おとな》げないです。

深雪が暗に咎《とが》めているのが分かった。確かに己もそう思い、煙管を煙草盆に置いて言った。

「上手《うめ》えな」

「うちの親父は職人だったでしょう。色々手伝わされて、手先が器用になったんですよ」

「そうだったな」

武蔵の親父は岩治《がんじ》と謂《い》う下駄《げた》職人であった。だがある時に旗本《はたもと》を殺《あや》めた科《とが》で斬首に処されている。まだ下駄職人として半人前だった武蔵は一人では暮らしていけず、当時の町火消万《まん》組の頭に頼み込んで火消になったという経緯《いきさつ》がある。

「そうそう、お話が」

湿っぽい話になったと思ったか、武蔵は膝を叩《たた》いて話し出した。

「うちの竜吐水《りゅうどすい》のことです。これまで素人《しろうと》修理で保《も》たせてきましたが、もう寿命ですね」

「何台だ？」

「二台」

　武蔵は指を二本立てて眉を顰《ひそ》めた。新庄藩には現在五台の竜吐水がある。そのうち二台はかなりの旧式で、近いうちにこうなるだろうとは思っていた。

「八丁《はっちょう》火消なら三台でも事足りるが、方角《ほうがく》火消である限り五台は必要だな」

大名火消は別名八丁火消とも謂い、その名の通り屋敷から八丁四方だけを守ればよい。これが小大名になれば五丁、三丁と範囲はさらに狭《せば》まる。

それに対して方角火消は、江戸城に迫る炎全てが消火対象になる。事と次第《しだい》によっては、一家だけで駆け付けて鎮圧《ちんあつ》しなければならない時もある。それに鑑《かんが》みれば最低五台は必要という訳だ。

「どうにかなりますかね？」

武蔵はすまなそうに伺いを立てた。新庄藩は他家と比べても一際貧乏なことで知られている。今でこそ家老《かろう》の北条六右衛門《ほうじょうろくえもん》や、御連枝《ごれんし》である戸沢正親《とざわまさちか》は火消に理解を示してくれているが、一時期は藩費削減において真っ先にやり玉に挙げられていた。

「頼んでみる他ねえな……」

源吾は火鉢《ひばち》を取りに腰を上げた。

「お願いします。使い古しでもいいんで」

武蔵が頭を下げる中、源吾は思案しつつ火鉢を手に再び縁に戻る。そして朝に熾《おこ》して埋めておいた炭火を取り出し、煙管の雁首《がんくび》に近付けた。

「平井利兵衛《ひらいりへえ》の竜吐水で頼んでみるか」

源吾は紫煙を吐いて微笑した。

「いや――それは……平井利兵衛の竜吐水は高価ですぜ」

武蔵は言葉を詰まらせて視線を庭にやった。京の松原富小路《まつばらとみのこうじ》に日ノ本きっての水絡繰《からく》り師の工房があり、当主は代々平井利兵衛を名乗っている。五代目平井利兵衛は「水工《すいこう》」の異名を取り、数々の竜吐水や水鉄砲を開発してきた。横木を手で押して水を飛ばす従来の型に工夫を加え、二枚の板を交互に踏んでより強く放水する七式竜吐水を生み出したのも、五代目平井利兵衛である。

昨年の今時分、先代長谷川平蔵《はせがわへいぞう》の依頼を受け、源吾、武蔵、加持星十郎《かじせいじゆうろう》の三人が京に赴《おもむ》いて事件解決に協力した。この時の下手人が五代目利兵衛の弟子で、捕まえて真《ま》っ当《とう》に罪を償《つぐな》わせたことで感謝された。武蔵が使う最新の火消道具、極蜃舞《きよくしんぶ》もこの工房が生み出したもので、礼として贈られたのである。

「六代目なら安く請け負うと、爺さんが言ってくれていたろう?」

五代目は次代に座を譲って後見《こうけん》の立場にいる。名も平井滝翁《ろうおう》と改めた。六代目にあたるのが何と水穂《みずほ》と謂う女であったので、源吾も当初は驚いたものである。六代目
滝翁は水穂に経験を積ませるため、そして世話になった新庄藩のために、何かあれば格安で六代目を派遣すると約束してくれていた。

「まあ、そうですが……」

「文《ふみ》のやり取りをしているらしいじゃねえか」

「げ……何でそれを」

武蔵は顔を茹蛸《ゆでだこ》のように赤く染めた。

「お前、自分が蚯蚓《みみず》ののたくったような字だからって、星十郎に見本を書いて貰っているんだろう?」

武蔵は家が貧しく、寺子屋に通うことも出来なかった。大人になってから字を覚えたため、下手《へた》くそな字だと昔から自嘲《じちょう》している。

「先生なら口が堅いと思ったのに……」

武蔵は躰を小さくして恥ずかしそうに俯く。

「あいつじゃねえよ。こっそり見ていた彦弥《ひこや》と寅次郎《とらじろう》から聞いた」

「あの野郎ども」

一転して武蔵は、拳を握って眉を吊り上げる。

「どうなんだ」

「何がです」

「気があるのか」

深雪にその話をしたところ、

――揃いも揃って火消は鈍感《どんかん》なんですね。

と、苦笑された。武蔵と水穂は互いに憎からず思っていると深雪は言うのだ。

京で共にいた己や星十郎は一切気が付かなかった。

「源兄《げんにい》まで深雪さんに……」

武蔵は思わず昔のように呼んで、情けない顔つきになった。

「で、どうするんだよ」

源吾も茶化《ちゃか》すように言った。昔はよくこのように二人で下らない話もしたものである。

「向こうも職人です。仕事が先だと思いやすんで」

水穂は平井利兵衛工房の主《あるじ》として、京から離れられない。

ならば武蔵を快《こころよ》く送り出してやりたいが、水番の次の頭と目されていた半次郎《はんじろう》が、この春にけ組の燐丞《りんじょう》の元に移籍したこともあり、本音を言えば厳しい。もっとも二人の間で何か約束があるという訳でもないようだ。

「まあ、俺が口出すことじゃねえんだがな」

源吾は煙管を手に打ち付け、掌で吸殻《すいがら》を転がした。

「もう出してやすが」

「違いねえ」

武蔵は息を漏《も》らし、源吾もつられて笑った。

「ともかく安くしてくれるって話なら、お言葉に甘えよう。そうじゃねえと左門《さもん》が悲鳴を上げる」

源吾を新庄藩火消に引き入れた張本人である折下《おりしも》左門は、御城使《ごじょうし》というお役目に就《つ》いている。しかし真面目《まじめ》な気質のため、誘ったことに責を感じ、今でも上との交渉の矢面《やおもて》に立ってくれている。

「じゃあ、そういうことで。お暇《いとま》します。町を回ろうかと」

江戸では火事が年に三百回以上。その度《たび》に区画が見直され、新たに火除《ひよ》け地が作られたりもする。江戸は日々どこかが変わっているのだ。それを見て回って火事の時に役立てるのも、火消の重要な役目の一つである。

武蔵は新庄藩火消に加わるまでは、万組を率いていた、非常に優《すぐ》れた火消である。火消番付でも小結《こむすび》を守り続けている。そんな武蔵でさえ基本の見廻りを怠《おこた》っていない。

「そういえば、頭取並《とうどりなみ》も見廻りしているみたいですぜ。さっき道で会いました」

「まあ当然だ」

「ご苦労だな」

「そろそろ認めてやったらどうです？」

「褒《ほ》めたらすぐに調子に乗るからな。それに……」

源吾は煙草の吸殻をぽいと火鉢に投げ入れて、言葉を継いだ。

「こんなところで満足しちゃなんねえ。俺はあいつにいずれ大関《おおぜき》を取らせてみせる」

武蔵は笑みを浮かべて頷くと、深雪に一声掛けて帰っていった。新たに煙管に煙草を詰めていると、入れ替わりに深雪が縁に来て座った。

「平志郎は？」

「眠りました。お昼寝です」

「どうした？」

深雪がじっとこちらを見つめていることに気が付いたのだ。源吾は何か気恥ずかしくなって、顔を背《そむ》けて煙草に火を付ける。

「武蔵さんと話している姿を見たら、昔を思い出しました」

「馬鹿話してた頃と何も変わらねえ。頼りねえ親父ですまねえな」

深雪は首を横に振り、微笑《ほほえ》みながらちくりと刺す。

「最初から期待していません」

「手厳しいな」

そう言われれば苦笑せざるを得ない。

「父親はそのくらいでいいと思います。もっと大切な……父親にしか教えられないこともあるのでは？」

深雪の視線が手許に注がれている。細い煙が立ち上る銀煙管を見ているのだ。

「ああ、あんな親父になりてえな」

「私も頑張らないと」

深雪はにこりと笑みを残し、立ち上がる。

「俺も出る」

「どちらへ？」

深雪は振り返って尋ねた。

「近くをぐるりとな」

当初、今日は休むつもりでいた。だが武蔵や新之助に触発された訳ではないが、己も見回ろうと思ったのだ。この季節は雨が多いこともあり、却《かえ》って安心して水の用意を怠る者も多い。町の人々に触れ、防火の意識を高めて回るのもまた、立派な火消の役目だった。

雁首から煙草を落とし、暫《しば》し煙管をじっと見つめていた。それを煙管入れに仕舞うと、頰をぴしゃりと挟むように叩き、源吾は勢いよく立ち上がった。

二

翌朝、新庄藩上屋敷にある教練場は威勢《いせい》のよい声で満ち溢《あふ》れていた。砂を詰めた俵《たわら》を担いで走る、長梯子《ながばしご》を一気に駆け上がる、その他様々な陣形を用いた竜吐水への給水、突入の予行など組ごとの調練もすれば、実際の火事を想定した全員での仮の消火も行う。その時には新之助に指揮を執らせ、誤りがあったと思えば、

「何故、あのようにした」

と、源吾は一々《いちいち》訊くようにしている。火事場に正解などは無く、新之助の意図が十分納得出来るものならば採用する気でもいるのだ。だが、そのようなことはまだ十のうち一つか二つ。ほとんどが読みの甘さから来るものである。それに対し、源吾は経験に基《もと》づいてより的確と思う方法を教えた。

昼前には教練は終了する。皆が井戸に汗を流しに行くと、源吾と新之助の二人で今日のまとめを行うのが常であった。

「家に来るか？」

普段は教練場でそのまま話すことのほうが多い。いつもは失敗しても明るくめげない新之助だが、今日は幾分気落ちしているように思え、何か悩みがあると直感した。頭取並の気弱な姿を配下に見せるのも、あまりよくないだろうという配慮もある。

「ええ」

新之助は笑顔を作ったがややぎこちない。連れ立って歩き、自宅に帰ると、勝手口から入るなり中に声を掛けた。

「帰ったぞ」

「おかえりなさいませ」

すぐに奥から深雪が迎えに出て来る。

「平志郎は？」

「今……」

深雪は両手を合わせて頰に添えた。昼寝をしているということだろう。

「お邪魔致します」

背後の新之助も意味を察して小声で言った。

「いらっしゃいませ」

こちらをちらりと見た。深雪も新之助の様子がおかしいということに気付いたのだろう。話を聞いて差し上げては。そう深雪の顔に書いてあるのが分かる。

「今日の教練のことを……な」

「あ、西瓜《すいか》を頂いたので切ります」

「そりゃいいな。喉が渇《かわ》いて堪《たま》らねえ」

源吾が言うと、新之助も微笑んで頷いた。これも普段なら声を上げて喜びそうなものである。

源吾は部屋から煙草盆と団扇《うちわ》を二本取って縁に向かうと、並んで腰を下ろした。

「ほれ」

「ありがとうございます」

一本を新之助に手渡す。昼を過ぎた今が最も暑い。襟《えり》元をぐっと開くと、後ろに片手を突き、顔を扇《あお》いだ。

「暑いなぁ」

「はい。今日は特に」

「その割にお前はあまり汗を掻かねえな」

顔を覗き込んだが、新之助の額に汗の珠《たま》は無い。

「うーん。道場で慣れたんですかね」

「お前は強いもんな。俺は何が駄目なんだ？」

この若者は、府下でも十傑に数えられるほどの剣客《けんかく》である。

「御頭の剣を見たことないですから。立ち合ってみます？」

「勘弁《かんべん》しろ。昔から強かったんだよな」

子どもの頃から剣に天稟を見せ、「新庄の麒麟児《きりんじ》」と呼ばれていたということは、以前より耳にしていた。

「好きだったんですよ。あの頃は父の役目を継ぎたくなくて、剣術指南役に取り立てられるように頑張っていました」

新之助は縁から出した足を揺らしながら続けた。

「皮肉なもんですよ。そっちのほうが有名なんですから」

顔に翳《かげ》が差したので、これが悩みだったと解った。新之助の火消番付は東前《まえ》頭《がしら》十三枚目。数多くいる火消の中では決して悪くないのだが、当人はもっと上を目指している。

「番付なんてもんはな……」

源吾は火鉢を忘れたことに気付いて腰を上げた。

「遊びだっていうんでしょう？　知っていますよ」

「お、よく解ってるじゃねえか」

「まずは一人前にならないと。今日だって沢山《たくさん》間違いましたし」

新之助はようやく団扇をゆっくり動かした。

「炎は生きている。二度と同じ火事に出逢うことはねえ」

まず燃えているものが何かだけでも無数に考えられる。長屋、商家、武家屋敷、蔵、路傍《ろぼう》に置かれた物、あってはならぬことだが、御城に飛び火することもある。

また、内部からの失火、外部からの火付け。それによっても火事は大きく表情を変える。さらには現場に着いた時の火消の数、逃げ遅れた者の有無、道具の質、水場の近さ、風向きによって対処の仕方も変わってくるのだ。

「だからこそ様々な想定で教練をしていれば、考える癖《くせ》が付き、土壇場《どたんば》での閃《ひらめ》きに繋がるんだ」

源吾は嚙《か》んで含めるように言った。その千差万別《せんさばんべつ》の火事に対し、即座に鎮火までの絵図を引けるのが優れた指揮者である。これは一朝一夕《いっちょういっせき》で身に付く訳もなく、己も十五年以上第一線で戦って来たが、今でも新たな気付きがある。新之助は吞み込みが早く、年数の割にはよくやっているほうだろう。

「そうですよね」

「お前の剣だってすぐに身に付いた訳じゃないだろう？」

「私は一年目で道場の半分に勝ちましたよ」

「うるせえ」

新之助がくすりと笑ったので、内心では安堵《あんど》している。

「お待たせしました」

深雪が盆の上に西瓜を載せてやって来た。

「お、待っていたぞ」

源吾はさっそく西瓜を手に取ると、大口を開けてかぶりつく。瑞々《みずみず》しい甘さが広がり、張り付いていた喉を開いていく。

「甘《あめ》えな」

新之助も小気味《こきみ》よい音を立てて齧《かじ》った。

「はい。美味《おい》しいですね」

「置いておきますね」

「おう」

盆を傍らに置く深雪は、目元で微笑んで引き上げていった。蟬の声も様々である。小刻みな忙しない声、どこか間《ま》の抜けた長い声。それらが夏を彩り、西瓜の甘味をさらに引き立たせる。

美味《うま》そうに食べる新之助を見て頰を緩めた。親子というには歳は近い。己はこの若者を弟のように思っているのかもしれない。

「どっちが飛ぶか勝負するか」

「いいですね。じゃあ私から」

種を飛ばすという子ども染みた遊びである。それを阿吽《あうん》の呼吸で新之助は理解し、口を尖《とが》らせて勢いよく種を吹き出した。

「なかなか。じゃあ俺が……」

鼻腔から思い切り息を吸いこみ、口中で息を圧するように鋭く吹いた。新之助の落ちた種より、五寸ほど向こうに落ちる。

「ずるくないですか？　首を振っていましたよ」

「いやそれもありだろう」

「ありならもっと飛びますよ」

「じゃあ、やってみろよ。負けたら奢《おご》れよ」

「御頭もですよ」

新之助は西瓜を一口食べ、舌で種を探るような仕草をする。そして頭を後ろに引いて溜めを作り、前に出すと同時に種を飛ばした。先ほどの源吾より二寸ほど向こうに落ちる。

「ほら」

「見とけ」

源吾も西瓜を食べて種を探る。

「この後は町を見回るのか？」

程よい種が見つからず、何気《なにげ》なく訊いたのがまずかった。ようやく源吾が種を装塡《そうてん》し終え、今吹き出さんとする時に新之助がぽつんと言った。

「橘《たちばな》屋《や》に」

「そりゃ――」

思いもよらぬことに、息がつかえて種はぽろんと目の前に零れ落ちた。

「私の勝ちですね」

「それよりお前……あれだろう？　見合いの」

「ええ」

新之助はことも無げに頷く。

二月《ふたつき》ほど前、新之助は見合いをした。その相手というのが日本橋本銀町《ほんしろがねちよう》にある商家「橘屋」の娘である。

その見合いの最中、出火の鐘が鳴り響いた。新之助は娘を残して席を立ち、破《は》談《だん》になったものと皆が思っていた。

「もしかして……」

「違いますよ。そのことのお詫《わ》びに行くだけです。縁談《えんだん》は断ります」

思わず小さく舌打ちをしてしまった。新之助が縁談に乗り気になったのかと勘違いしたのだ。

「何だ」

「いい娘さんなんですけどね」

「じゃあ、受けちまえよ」

新之助は眉を垂らし、少し困った顔つきになる。

「私は独り身でいいと思っているんですよ」

――本当の悩みはこっちか。

新之助も火消になって、妻子を残して死んだ者を沢山見聞きしている。そのことが妻を持つ決断を鈍《にぶ》らせているのだろう。火消としての未熟さを悩んでいたことも、こちらに起因《きいん》しているのだと悟った。

「秋代《あきよ》殿は？」

新之助の父、蔵之介《くらのすけ》は四年前に他界《たかい》している。後を継いだ新之助には兄弟もいない。ならばすぐにでも妻を迎え、跡取りをと普通の武家ならば思う。だが母の秋代は少々変わっており、新之助にその気がないのならば無理に縁談は進めず、いざとなれば親類から養子を迎えて継いで貰えばよいと言っているらしい。

今回の縁談も、一年近く前から秋代に見合いだけでもと再三申し出があり、その熱意に絆《ほだ》されて新之助に会ってみてはどうかと勧《すす》めたという流れであった。

「あなたが決めればよい、と」

「俺も同じ。最後はお前さ」

「そうですよね。ではそろそろ行きます」

「もうか？」

「近くを見廻ってからのつもりです」

新之助はにこりと笑って立ち上がると、奥に一言、西瓜の礼を述《の》べて帰っていった。

「なるほどな……」

独り言を零しながら、煙草盆、火鉢を手に再び縁に戻ると、刻みを煙管に詰めていく。夏は湿気が多く纏《まと》まりやすい。炭火を煙管の雁首に近付けると、ゆっくりと紫煙を吐いた。

「聞こえていたか？」

源吾は振り返って尋《たず》ねた。深雪が後ろに立っていることに気が付いたのだ。

「盗み聞きするつもりはありませんでしたが」

深雪は膝を折って横に座る。

「真っ当な火消は考えちまうもんさ」

この泰平の世において火消は最も、

――死に近い。

お役目である。十人いれば一人か二人は必ず殉職している。陣太鼓、半鐘《はんしょう》が鳴れば、盆暮れであっても出動しなければならない。火消の中に独り身が多いのは、そのことで二の足を踏む者が多いからに違いない。妻を娶《めと》って死地に踏み込めないようになり、引退を決めた火消も多く見て来た。

また妻も苦しいはず。揚々《ようよう》と出て行った夫《ふ》が、物言わぬ屍《しかばね》になって戻って来ることもある。膝から頽《くずお》れて、気が狂れたように泣き喚《わめ》く妻を見たこともまた、一度や二度ではない。

「私と一緒になる時も考えました？」

深雪はひょいと首を傾げる。

「あの時、俺は火消を辞めるつもりだったからな」

もう二度と火消に戻るつもりはなかった。だからこそ、その迷いは無かったといえる。もっとも、今は火消に立ち戻っているのだから、心配をかけていると思う。だが、深雪はそのような素振《そぶ》りは一切見せない。

「私は必ずお戻りになると分かっていましたけどね」

「そうか」

「旦那様」

「ん？」

「拾っておいて下さいね」

深雪は目を細めて庭に散乱した種を指差す。

「悪い」

源吾は苦笑して吸い口を咥《くわ》え、深雪は微笑みながら奥へと引っ込んでいった。三十路《みそじ》を越えてこのような遊びに興じるあたり、男というものはいつまでも、子どもの頃の自分を胸に宿しているのだろう。父としてもまだまだ新米。とても新之助によい助言をしてやれそうにない。

舌で転がして吐き出した煙は、夏の湿気のせいか重く漂っているように見えた。源吾が頼って相談をしていた先人たちもこのような思いだったのか。茫《ぼう》とそのようなことを考えた。

「何て言ってやればいいと思いますか？」

銀の煙管を眺めながらまた独り言が零れ落ち、源吾は手を庇《ひさし》にして大きすぎる夏の陽を見上げた。

三

その日の夜、平志郎が妙にぐずってなかなか寝付かなかった。深雪があやすが一向に落ち着かない。こんなことは滅多《めった》になく、いつもは寝付きはいいほうなのだ。

「昼間に寝過ぎたのかしら」

深雪は平志郎の胸を優しく摩《さす》り続ける。

「代わろうか」

摩るくらいならば流石《さすが》に己も出来る。そう思って身を起こした。

「明日も朝から教練でしょう。早く休んで下さい。眠れないならば、次の間に布《ふ》団《とん》を敷き直しますけど……」

「心配無い」

とは言ったものの、己の耳は常人より敏感で、正直なところこれでは眠れそうにない。

「どうしたのかしら……夜泣きもほとんどしないのに……」

「そんな時もあるさ」

完全に目が冴えてしまって伸びをした。

源吾は布団から出ると、暗い中を手探りで縁に向かう。蒸し暑い夜でただでさえ寝苦しい。夜風に当たろうと思ったのだ。障子《しょうじ》を開けて縁に出ると、弓張月が浮かんでいる。もっと夜も更《ふ》けたかと思っていたが、まだ南西にあることから、時刻は亥の下刻（午後十一時）といったところだろう。

「……深雪！」

障子をどんどん開け放って月明かりを採り入れていく。

「はい！」

深雪はそれだけで意を察し、泣きじゃくる平志郎を布団に寝かせて支度《したく》を始める。半鐘が鳴っている。遠くということもあり、平志郎の泣き声で気が付かなかった。

「ありゃあ、火元は日本橋だ」

音は小さかったものの、打たれている半鐘の数は多かった。方角から察して町火消が多い日本橋界隈《かいわい》と見た。手早く支度を終えると、指揮用の鳶口を腰に差し、最後に火消羽織を回して着た。

「あれ……」

「ああ、泣き止《や》まねえな」

平志郎は火消羽織を着るこの動作が好きなようで、今までこれで泣き止まなかったことはなかった。見えていないのかと思ったが、月明かりで部屋は十分に明るいし、すぐ傍《そば》の平志郎はしっかりと目を開けている。些細《ささい》なことだが源吾は妙な胸騒ぎを覚えた。

「行ってくる」

言い残すと、不安を振り払うように家を飛び出した。

今回は己も半鐘に気付くのが遅れた。教練場に着いた時には半分近くの配下が集まっている。

「どこだ⁉」

木戸口から入ってすぐに叫んだ。

「それが、まだ解らねえんです」

武蔵が駆け寄って来る。やはり参集が早い。

「日本橋の北側みてえだが……新之助が戻るまで待つか」

幕府には火事場見廻《かじばみまわり》という火事場における軍監《ぐんかん》のような職がある。常に五、六人が任じられており、中には大手《おおて》組、桜田《さくらだ》組の両方角火消担当の者がいる。各組四家は火事が起きると、先《ま》ずここに使者を出し、火事の規模、火元など、その時点で解っていることを聞いてくる。その場で出動命令が出ることもあれば、反対に出なくてもよいと言われることもある。あくまで出なくてもよいというだけで、出てはならないということではない。故に新庄藩火消は大抵《たいてい》の火事場に赴いているが、それを酔狂《すいきょう》と見ている他の方角火消も多かった。

新庄藩火消では余程《よほど》切羽《せっぱ》詰まった状況でない限り、まず新之助が火事場見廻のもとに走って指示を仰《あお》いでくることになっている。

「御頭、纏番、団扇番は揃った」

彦弥が手を挙げつつ報告する。纏番、団扇番は共に四人。最も員数の少ない組であるため集まりが早い。

「水番、いけますぜ」

次に報じたのは武蔵。水番四十五人が結集し、竜吐水の支度も整った。

「馬廻りも揃ったようです」

星十郎がすぐ傍に並び立った。

頭取の側に控え、伝令となって走る者を新庄藩ではそう呼ぶ。比較的年少者が多く、見込みがあって傍で育てており、時には各組の応援に投じることもある。数は四人。

「遅いぞ！　急げ！」

木戸口から走り込んできた二人に向け、寅次郎は叫ぶ。これで壊し手は最後らしい。

「お待たせしました。壊し手五十人揃いました」

寅次郎は自身の大鉞《おおまさかり》を手にずいと進み出た。ここに源吾と新之助、火消の軍師ともいえる風読みの星十郎を加え計百十名。これが方角火消の定員である。

「あいつ何してんだ」

源吾は苛立《いらだ》って足を動かす。いつもに比べて新之助の戻りが遅いのである。

「柴田《しばた》殿と揉《も》めているのでは……」

星十郎が囁《ささや》くように言った。大手組を担当する火事場見廻、柴田七九郎《しちくろう》である。新庄藩を嫌っているらしく、これまでも何かと小競《こぜ》り合いがあった。

「いや、心配はないだろう」

以前ならばいざ知らず、今の新之助は軽はずみなことはしないと信頼している。半鐘の音がさらに大きくなる中、源吾は焦《じ》れながら戻りを待った。しかし待てど暮らせど、新之助は戻らない。

「どうなっている……」

「御頭、あっしが！」

武蔵が駆け出そうとするのを制し、源吾は馬廻りの一人に指示を出した。

「銅助《どうすけ》、柴田殿のところへ行け！」

「はい！」

馬廻りの中で最も目端《めはし》が利く銅助が駆け出す。皆、何かがおかしいと気付き始めている。主だった頭たちが誰からともなく、源吾の元に集まって来た。

「頭取並は他のお役目で出ているということはありませんか？」

まず小声で尋ねたのは寅次郎であった。

「そんな話は聞いてねえ。それに俺は昼間に見た」

武蔵が間髪《かんはつ》入れずに答えた。

「まさか何者かに襲われたのでは……」

星十郎は何者かと言ったが、皆はそれが御三卿《ごさんきょう》一橋治済《ひとつばしはるさだ》の手の者を指していると解っている。確かに一橋は何のつもりか、手を替え品を替え火消たちを妨害してくる。

「いや、あの強さだぜ？」

彦弥の言う通り、新之助は府下十傑にも数えられる剣客。そう簡単にやられることは想像出来ない。

「じゃあ何だってんだ……」

源吾が歯嚙みした時、木戸口から人が入って来た。銅助が戻ったのかと思いきや女である。

「秋代殿⁉」

一瞬場違い過ぎて解らなかったが、新之助の母、秋代であった。

「松永様！」

「どうされたのです！」

源吾からも駆け寄る。皆も何事かとどよめいている。

「半鐘が鳴っていることに気が付き、もしやと思ってきたのですが……やはり新之助はいないのですね」

「え……」

「昼間から戻っていないのです！」

「落ち着いて。ゆっくり」

源吾は両手を出して落ち着かせようとした。秋代の話はこうである。

新之助は今日の昼過ぎ、町を見廻りに行くと言って外に出て、それきり戻らなかった。これまで出先で火事に遭遇してそのまま消火に加わることも二、三度あった。夫の蔵之介もそうだったため、心配こそするものの訝《いぶか》しむことはなかったという。

それにしても遅いと思っていた時、半鐘の音が聞こえた。家の前を走る跫音が聞こえ、外の様子を窺《うかが》うと新庄藩抱えの鳶の姿が見えた。これは何かおかしいと思い、こうして駆け付けたのだと言う。

「新之助はどこに……」

「御頭！」

銅助が戻って来た。その顔色は夜目にもそれと分かるほど悪い。

「どうだった？」

「柴田様のところに頭取並は現れていません。叱責《しっせき》を受けました」

「出るぞ！」

皆が一斉に動き出す中、源吾は秋代の肩にそっと手を置いた。

「成り行きで先に火事場に向かったのかもしれません」

「そうだといいのですが……」

秋代の肩が小刻みに震えている。夫を火事で失っているのだ。案じないはずがない。

「家でお待ち下さい。私が連れて戻ってきます」

源吾も言い知れぬ不安を感じている。だがそれを努めて見せぬよう、無理やり笑みを作った。

「御頭、お急ぎ下さい」

銅助が源吾の乗馬、碓氷《うすい》を曳《ひ》いてくる。鐙《あぶみ》に足を掛けて馬上の人となると、秋代に向けて重ねて言った。

「どうかご安心を。行ってまいります」

秋代は唇《くちびる》を結んで頷く。それを見届けると、源吾は気合いを発して碓氷を駆った。先行した配下を一気に抜き去り、先頭に出る。

「これは……」

同じく騎馬の星十郎が轡《くつわ》を並べる。

「ああ、何かおかしい」

この刻限まで新之助が家に戻らないことなど、今まで一度も無かった。何かに巻き込まれているのではないかと直感している。

「まずは火を消すことが先決だ」

源吾が言うと、星十郎も戸惑いながら頷いた。

新庄藩火消は日本橋を目指す。天に浮かんだ半月が朧《おぼろ》にかすみ始めている。それが凶事を暗示しているかのように不気味に見え、源吾は小さく舌打ちをした。

日本橋の北に向かう途中、遠目にも炎が立ち上っているのが解り、だいたいの場所も見当が付いた。

「あれは……」

横に走り込んだ武蔵が指差す。

「本銀町だな」

言うと、武蔵は力強く頷いた。

さらに走り、本銀町に辿《たど》り着く前に、源吾はすでに手遅れだと悟った。火の勢いのことではない。これ以上先に進めぬほど火消がごった返しており、とてもではないが消口《けしぐち》を取ることが出来ない。それどころか一石橋《いちこくばし》すら渡れない状況であった。初動が遅れたことが原因である。

「どなたか、火元の状況をご存じの方はおられぬか」

源吾は同じく立ち往生《おうじょう》している火消に呼びかけた。すると馬上の武家火消が馬を寄せて来た。

「そこもとは確か……」

「ぼろ鳶です」

源吾は短く答えた。これが最も分かりやすく、簡潔《かんけつ》に身分を表せる。

「おお、松永殿か。今春より溝口《みぞぐち》家八丁火消を預かる高田主税《たかだちから》と申します。火元は本銀町です」

「やはり」

ただ高田も本銀町のどこかまでは解らないらしい。

「先着は、よ組でござる」

「秋仁か。どうりで……」

他の場所に比べ、日本橋界隈に武家火消は圧倒的に少ない。町火消でもっているると言っても過言《かごん》ではない地である。中でも、よ組は新庄藩火消の約七倍の七百二十人。府下最大の規模を誇っており、それを纏め上げる頭の秋仁は、「蝗《いなご》」

の通り名を持つ火消である。

「は組、い組も後詰《ごづ》めに出ています」

「は組が五百二十三人、い組が四百九十六人。ざっと合わせりゃ……」

「千七百三十九人です」

横の星十郎がすぐに正確な数を導いたので、高田は目を見開いた。

「完全に消口を取られています。これはどうにもなりませんな……」

火消はただでさえ武士なんぞ屁《へ》とも思っていない。ここまで完全に占拠されれば手出しが出来ない。

今から十八年前の宝暦《ほうれき》六年（一七五六）、青山久保町《あおやまくぼちょう》の火事において、北町《きたまち》奉行の依田和泉守《よだいずみのかみ》が出陣したが、五番組に属する、し、ま、ふの三組の者たちがお辞儀《じぎ》もせず消火に奔走《ほんそう》していたため、これを咎めた。すると、府下の町火消が猛反発し、五番組が早々に矛《ほこ》を収めたにもかかわらず、

――てめえら誰のおかげで枕を高くして寝ていられる。

と、日本橋界隈のよ組をはじめとする一番組は、千以上の徒党《ととう》を組んで北町奉行所に殴《なぐ》り込む構えを見せた。

これに慌てた幕府は使者を差し向けて和解するに至る。火消の世界では町方が武家を圧倒することを示した事件である。それ以降、い、よ、に、は、万組が属する一番組は特に恐れられている。

「星十郎、風は？」

「大川《おおかわ》から北西に向けて吹いています。このまま三刻（約六時間）は変わらぬものと」

「仕方ねえ。うちは出遅れた。後詰めに回る。彦弥を屋根に上げて常に周りを見させろ」

不在の新之助の代わりに星十郎が指示を出す。他の者は手桶《ておけ》、玄蕃桶《げんばおけ》に水を汲《く》み、竜吐水を用いて念のために建物を濡らしていく。

「鎮火に至るでしょうか……」

高田は役目に就いて間もないためか、町火消を信じ切れていないようであった。

「心配無用です。よ組の秋仁、い組の漣次《れんじ》は優れた火消。は組も古参の者が多い……万が一二進《にっち》も三進《さっち》もいかなくなれば、あれが出ます。まずもって間違いない」

源吾は北東を指した。仄《ほの》めかしたのは府下一のならず者たちを率いる、最強の町火消である。高田も噂《うわさ》を聞いているのだろう。ごくりと唾《つば》を飲み込む。町火消発足から約六十年。時には衝突することもあるが、日本橋という庶民の町を守ってきた彼らに、絶対の信頼を置いていることも確かであった。

——頼むぞ。

源吾は天に喰らいつかんと伸びる、紅の炎を見上げながら心の中で呟いた。

四

火元を完全に包囲したよ組は、い組、は組の支援も受けて、猛然《もうぜん》と炎に立ち向かった。風に煽られた火勢は強く、北側に三軒延焼《えんしょう》したものの、よくぞそれで止まったというほどである。火が完全に消えたのは、源吾が半鐘に気付いてから約二刻半（約五時間）後の寅《とら》の刻（午前四時）。東の空が薄《う》っすらと白み始めた頃だった。

この時になっても新之助は姿を見せなかった。もう家に戻っているのかもしれないと、鎮火の目処《めど》がたったところで馬廻りを一度走らせたが、帰ってはいなかった。

——あいつもたまにはしくじることがあるだろう。

などと、初めのうちは考えもしたが、ここまで来れば流石におかしい。火元に直接向かったことも考え、源吾は星十郎を伴《ともな》って確かめに行った。焼け残った材木に念入りに水を掛けている、よ組の鳶を捕まえて訊いた。

「秋仁はいるか？」

「松永様……」

源吾は返って来た声の調子で、

——人死にが出たな。

と、直感した。誰も死ななかった火事ならば、

「見事にやりやしたぜ」

などと誇ってみせたり、

「今回は着陣が遅うございやしたね」

だとか、軽口混じりに揶揄《からか》ったりする連中である。見回せばどの鳶も一番の手柄を立てたにもかかわらず、沈痛《ちんつう》な面持《おもも》ちである。

「ご苦労だったな。よくこれで止めてくれた」

源吾はそれには触れず、労《ねぎら》いの言葉を掛けた。

「ありがとうございます……御頭でしたね？　さっきあそこに……」

鳶の視線の先に、焼け跡を見渡す秋仁の姿があった。

「秋仁」

「旦那か」

秋仁も暗い。それだけでなく苛立《いらだ》っているように感じた。

「どうした？」

「鎮火が曖昧《あいまい》のうちに、素人《しろうと》どもに追い出されちまったのさ」

秋仁は唾《つば》を吐き捨てる。砂に落ちた唾は黒く濁っている。長時間火事場に立ち続ければ、知らぬ間に煙を吸い、煤《すす》が口に溜まるのだ。

「火事場見廻か」

「それだけじゃねえ火盗改《かとうあらため》もな」

両者とも火事に関わる幕府の役職だが、任期があって大抵《たいてい》四、五年で入れ替わる。生涯炎と対峙する町火消から見れば、確かに素人同然である。

「火付けということか」

「そのようだ……死人も出た」

やはり源吾の予想は当たった。秋仁の苛立ちの大半はそのためだろう。

「何人だ」

「十五人……それも火元ばかり」

秋仁の話に依ると、延焼した商家の者は全てが無事。死んだのは火元となった店《たな》の者ばかりだという。そこまでは確かめられたが、そこで火事場見廻、次いで火付盗賊改方が到着して火元から締め出されたらしい。

「押し込みの線が濃いと」

星十郎が言うと、秋仁は腕を組んで頷いた。

「俺もそう見ている。一人も逃げられないのはおかしい」

火元となった商家から逃げて来たという者は、今のところ確認出来ないらしい。

「現場を見られれば解るんだが」

「あの様子じゃ無理だと思うぜ」

火事場見廻が四人、火盗改が三十人余で野次馬を追い払って検分に当たっているらしい。

「火元の商家は儲《もう》かっていたのか？」

押し込みならば裕福《ゆうふく》な商家を狙うのが常である。だが秋仁は首を横に振った。

「それも何かおかしいんだ。俺は燃え盛る商家の中で、散らばった小判を見た」

「何だと……」

「手つかずの金箱らしきものを見たという配下もいる。先生、どうです？」

星十郎が新庄藩の知恵袋だと知っているのであろう。秋仁は尋ねた。

「押し込みならば金を残すのはおかしい。ただ全てを運び出す時が無かったことも考えられるので、今のところは何とも……火元の商家の名は？」

「何だっけな……干鰯《ほしか》、薬種《やくしゅ》などかなり手広くやっていたようだが、元は確か蜜柑《みかん》で財を成したとか……」

秋仁は配下の鳶を呼び寄せ、屋号が何だったかと訊《き》いた。

「ああ、橘屋です」

「そうそう、橘屋だ！」

秋仁は思い出して手を打つ。

「御頭……橘屋といえば……」

見合わせた星十郎の顔から、みるみる血の気が引いていくのが見て取れた。

「ああ、新之助の見合い相手の家だ」

新之助と見合いをした娘の家が炎上。そしてその当人は今、行方《ゆくえ》が解らない。新之助は別れ際橋屋へ行くとも言っていた。これほど奇妙な符合《ふごう》があるだろうか。何か関わりがあると考えるのが自然である。

「秋仁、また何かあったら教えてくれ。俺たちも無関係じゃねえかもしれねえ」

「わ、解りました」

源吾の剣幕に秋仁は些かたじろいだ。

「すぐに戻るぞ」

源吾は配下の元へ向かって走り出した。一睡《いっすい》もしていないが、言い知れぬ焦燥《しょうそう》感のせいか疲れを感じなかった。東から頭を出し始めた陽《ひ》を見ると気が急《せ》き、さらに速く足を回した。

上屋敷に戻って皆を解散させると、すぐに主だった者で源吾の家に集まった。

「深雪、暫《しばら》く忙しくなる」

帰るなりそう告げると、次第は解らずとも、深雪は事の深刻さを察したようである。

「まず頭取並は今も戻っていやせん」

彦弥は集まる前にひとっ走り、鳥越家の様子を確かめてきてくれた。

「一体何があったんでしょう……」

寅次郎は図体《ずうたい》に似合わぬ声で言う。

「星十郎、どうだ」

火事場から教練場、さらにここに至るまで、星十郎はずっと己の赤茶けた髪を弄《いじ》り続けていた。これは星十郎が深く思案する時の癖である。

「鳥越様と橘屋の火事について、考え得《う》ることは三つ」

星十郎はそう前置きすると、手を髪から離して語り始めた。

「まず一つ目は、両者は関わりがないということ。しかし、これはあり得ぬでしょう。状況から鑑《かんが》みるに直前に立ち寄った程度には関わっているものと見ます」

皆が同じく思っており一様に頷く。

「二つ目は、鳥越様が火付けを見たという場合です」

「そうなると頭取並は放っておかねえでしょう」

武蔵が言うと、星十郎もこくりと頷いた。

「この場合、さらに考えられるのは、何らかの理由で単身下手人を追っているということ。そして考えたくはありませんが……」

「捕まった。あるいは怪我を負って動けねえ。最悪は……ってことだな」

皆が口にしにくいと思い、源吾は先んじてそこまで一気に話した。

「はい。しかし鳥越様の剣の腕を思えば考えにくい」

これまで新之助は剣で活路を切り開いてきた。たとえ敵《かな》わぬ相手でも、己の身を守って逃げ遂《おお》せることくらいは出来そうである。

「三つ目ですが……これはほぼ皆無という前提で話しますが、鳥越様が下手人という場合です」

「あり得ねえでしょう！」

彦弥が膝を立てる。源吾も考えもしなかったことである。

「あくまであり得ることを、話しているだけです」

星十郎も珍しく感情を顕《あら》わにして、ぴしゃりと彦弥を制した。

「ともかく、新之助を見つけるのが一番だ」

皆が不安に思っているのだ。険悪《けんあく》な雰囲気になる前に、源吾は話を纏めようとした。

「手分けして捜しましょう。大丈夫ですよ。きっと何ともない」

武蔵も続いて明るく言ったので、皆の表情が少し和《やわ》らいだ。新之助不在の今、己を一層支えようとする気持ちが感じられた。

「あと三刻は鳶を休ませる。このままじゃこっちが潰《つぶ》れちまう」

昨日の亥の下刻から一睡もしていない。すぐにでも行動に移したいが、ここからは長丁場《ながちょうば》になると踏んだ。さらに、このような時でも火事はいつどこで起こるか解らず、そうなれば消火に走らねばならない。休める時に休ませるべきだろう。

「その後、寅《とら》は鳶全員を率いろ。手分けして新之助の行きそうなところを当たれ」

「解りました」

寅次郎は記録を取っていた帳面をぱたんと閉じた。

「武蔵は火事場に出ていた町火消に聞き込みを頼む。何か気付いたことがあるかもしれねえ」

「任せて下せえ」

武蔵は力強く応じた。これは元町火消の武蔵こそ適任である。

「彦弥……お前は二つだ」

「命じられれば何でもやりますぜ」

「一つは吉原《よしわら》を頼む。あそこならば江戸中の噂話《うわさ》が集まる」

彦弥が懇意《こんい》にしている花菊《はなぎく》は江戸一の花魁《おいらん》。客もかなりの大物が多く、そこでは表沙汰にはならない話も交《か》わされる。それだけでなく彦弥は吉原火事の一件以降、吉原火消の連中から兄貴分として慕《した》われている。そこからも何か聞けるかもしれない。

「あいつは口が堅《かて》えからな」

彦弥は項《うなじ》を掻きながら苦笑した。

「経緯《いきさつ》を話せば、きっと力になってくれるさ」

「解りやした。あと一つは？」

「火元近くの屋根に忍べるか？」

火元周辺は火事場見廻、火盗改が押さえており、立ち入りを禁じられている。屋根を伝って出来る限り近付き、手掛かりを得てきて欲しい。

「前もそうだけど、御頭は俺を忍びか何かと勘違いしてるだろう？」

彦弥は片笑みながら鼻の先を掻く。

「やれるな」

「余裕です」

彦弥はからりと笑い、胡坐を掻いた己の膝を叩いた。

「星十郎は集まった話をその都度《つど》整理し、今後の方策を立ててくれ。これはお前にしか出来ねえ」

「お任せ下さい」

言葉に嘘《うそ》は無い。このような五里《ごり》霧中《むちゅう》の事件に臨《のぞ》むにあたり、星十郎の智嚢《ちのう》は先を照らす灯火となる。

「俺は左門と今後のことを話す。皆、頼んだぞ」

思えば、新庄藩火消再建の初めから新之助と一緒だった。こうして集まっても何か常と違うように感じる。知らぬ内に、新之助の存在はかけがえのないものになっていたのだ。

五

皆が解散した後、源吾は深雪を呼ぶと、今の状況を包み隠さず語った。

「……と、いう訳だ」

「承知致しました」

話の途中、深雪は一々頷き、動じる様子は無かった。

「暫し世話を掛ける」

「お願いがあります」

深雪は改まった口調で言う。

「何だ？」

「秋代様をうちにお招き出来ませんでしょうか」

先代の新庄藩火消頭取並の鳥越蔵之介が殉職して以降、新之助と秋代は二人きりで暮らしている。新之助は下男や下女を雇ってはどうかと勧めたというが、秋代は息子の世話を焼いているほうが気も紛《まぎ》れると言い、今日まで一人で鳥越家を切り盛りしてきた。

「そうだな……それがよかろう」

我が家に置き換えれば己が死に、そのうえ平志郎が失踪《しっそう》したようなもの。秋代の心痛《しんつう》は如何《いか》ばかりであろう。

「これから左門に会う」

源吾は溜息をついた。藩士が行方不明というだけでも御家にとって一大事。ましてや火付けに関与しているかもしれないとあれば、新庄藩上屋敷は蜂《はち》の巣を突《つっ》いたような騒ぎになるだろう。

「少しお休みになったほうが……顔色が優れません」

皆には休むように言ったが、己はそうも言っていられない。一刻も早く左門や家老の北条六右衛門、火事場における藩主の名代《みょうだい》である御連枝様に相談せねばならない。

「心配無い。秋代殿のお迎えを頼む」

腰を浮かせた源吾の耳朶《じだ》に、跫音が飛び込んで来た。それは勝手口ではなく正面のほうに回る。主だった頭たちならば勝手口を使うので他の者と思われた。

「源吾！」

戸を開ける前に大声が聞こえた。左門である。

源吾が向かう間に、左門は戸を勢いよく開けた。礼儀正しい左門にしては珍しい。胸騒ぎをおさえつつ、源吾は出来るだけ落ち着いて口を開いた。

「丁度よかった。お主に相談が……」

「大変だ……」

左門の顔が凍《こお》ったように引き攣《つ》っている。源吾は黙して次の言葉を待った。

「当家が幕府より三十日の出入りを禁じると命じられた」

「まさか新之助が……」

「鳥越がどうかしたのか？」

左門は眉間《みけん》に深い皺《しわ》を作った。

「いや、あとで話す。訳《わけ》は何だ」

「昨年の買い付けを覚えているか？」

「ああ、下村《しもむら》殿が買い上げてくれた……」

宝暦《ほうれき》の飢饉《ききん》以降、新庄藩の財政は常に逼迫《ひっぱく》している。これを打開しようと北条六右衛門は、国元で青苧《あおそ》、紅花《べにばな》、漆蠟《うるしろう》などの栽培を奨励《しょうれい》した。しかし、これを単に売るだけでは仲買《なかがい》に利益を吸われ、ほとんど藩費の足しにはならない。そこで自らが江戸に出向き、商人たちを相手取って交渉することを考えたのだった。

その直前、六右衛門は流行《はや》り病に倒れた。六右衛門の指名を受け、我が妻の深雪が公開買い付けに臨《のぞ》み、百戦錬磨《ひやくせんれんま》の商人たちと丁々発止《ちょうちょうはっし》とやり合ったのである。結局、富商「大丸」の下村彦右衛門が全ての品を高値で買い上げてくれ、新庄藩は窮地《きゆうち》を脱したという経緯がある。

「あの時、北条様が倒れたことで、当座の金が底をついた。それで札差《ふださし》に頼み込み、利息《りそく》の返済を遅らせてもらったのだ」

札差とは武士の禄米の受け取りから換金まで、一切を請け負う商人のことで、彼らは蔵米を抵当にして大名相手の金貸しも行っていた。

「おいおい……」

「最近、また五十両ほど借りたのだが……それを咎められた。利子を遅らせて町人を困らせておいて、またぞろ借りようとするとは厚顔無恥《こうがんむち》であると」

「何だそりゃ！　珍しくもない話だろうが！」

急な入り用で札差に金を借りるのは、新庄藩に限らず珍しくもない。利息の遅延どころか踏み倒してしまう大名すらいるのだ。

「ああ、何か別のことで心証《しんしょう》を悪くしたのではないかと、北条様はじめ重職の方々が話し合われている」

「これか……」

新之助の失踪、その見合い相手の家が火付けで炎上、そして新庄藩に下された出入り禁止。二つだけでも奇妙な符合だったが、三つ重なるとは明らかにおかしい。源吾は昨夜からのことを手短に左門に語った。

「確かに、何か関わりがあるかもしれん」

左門は藩の外交官ともいうべき御城使を務めている。そこで培《つちか》った経験がそう告げていると言った。

「ともかく、俺たちは新之助を捜しに――」

「待て、それはならん」

左門はさっと手で制し、真っすぐにこちらを見据えて続けた。

「新庄藩家臣、中間《ちゆうげん》に至るまで一歩も屋敷を出ること罷《まか》りならん。破れば改易《かいえき》もあると厳命されている」

「まずい。新之助を捜せなくなる！」

仮眠を取らせた後、先ほど打ち合わせたように手分けして新之助を捜す段取りだった。こうなるとそちらも手詰まりになってしまう。

「もう見張られているのか⁉」

「まもなく大目付《おおめつけ》の手の者が着く。以後、輪番《りんばん》で張り付くと念を押されている」

「今すぐ出ろと伝える」

源吾は慌てて雪駄《せった》を脱いで教練場へと戻った。平蔦たちは中屋敷の長屋に住んでいる。そこに戻っては時がかかるため、解散時に講堂で仮眠を取るように言っていた。今は武蔵らもそこで休んでいるはずである。

教練場に辿り着くと、そこには眠っているはずの配下たちがいた。すぐ傍の講堂の階段のところに座り込んでいる者もいる。

「御頭！」

寄って来たのは銅助である。

「どうして皆……」

「先ほど、当家が出入り禁止になったと聞きました」

「誰から」

銅助は表門、続いて裏門を指差した。先ほど大目付の配下がやってきて告げたという。そして、早くも門外で見張りを始めているらしい。

「遅かったか」

源吾は拳を握りしめて腿を叩いた。銅助は小刻みに首を横に振って囁いた。

「いえ、間に合いました」

「どういうことだ……」

「彦弥さんが」

講堂は広いとはいえ百人近くが横になれば、かなりむさ苦しくなる。彦弥は男臭いのは勘弁などと言って、こっそり講堂の屋根に上り、大の字になって寝ていたらしい。

「あいつ……いつもそんなことを」

源吾は思わず苦笑してしまった。確かに講堂の屋根に上ってしまえば、近くでそれより高いのは火《ひ》の見櫓《みやぐら》だけ。外からは見えないし外聞《がいぶん》を気にすることもない。仮に見つかっても、屋根の修理中などと言い訳すりゃいいと嘯《うそぶ》いていたらしい。

彦弥が眠ろうとした時、飯倉町《いいぐらちょう》一丁目をやってくる武士の一団が目に入った。屋根の端まで降りてきて、

「組頭、様子がおかしい」

と、武蔵に呼びかけたというのだ。

武蔵はがばっと跳《は》ね起きて、武士の特徴、人数などを矢継早《やつぎばや》に尋ねた。彦弥がまっすぐうちの上屋敷に向かって来ていると告げると、武蔵は持ち前の勘が働いたようで、寅次郎を促して裏門の潜《くぐ》り戸から飛び出た。

表門が開け放たれ、大目付の配下が雪崩《なだ》れ込んできた。誰がこの場の長かと尋ねられると、

「私でございますが」

と、真っ先に副纏師の信太《しんた》が応対した。この時に当家が出入りを禁じられるこ

とになり、今後は厳しく監視されることを告げられたという。

信太は講堂に向かうような立ち位置を取った。大目付配下の目を講堂の屋根から逸らし、彦弥の存在に気付かせないためである。彦弥は力強く頷くと、講堂の屋根から火の見櫓へ飛び移り、するすると降りて往来に逃げていったという。

「でかした」

源吾はほくそ笑んで拳を握った。たった三人だけだが、外に放つことが出来た。これでかろうじて新之助の探索を続けられる。

「御頭……皆が」

銅助は言うと、少し首を捻《ひね》って後ろを見た。皆、不安げな顔をしている。新之助がいないこと、武蔵らの様子から何かが起こっていることは感じている。これ以上黙っている訳にはいかないだろう。

源吾は皆に集まるように命じ、話し始めた。

「皆も気付いているように新之助が戻らない。当家の出入り禁止と関わりがあるのかも解っていない。俺と星十郎で今後のことを話す。何かあればすぐに動けるよう、躰を休めておけ」

銅助や信太と話し合って、このまま講堂で寝起きさせるようにした。

源吾と星十郎ももう一歩も出られない。この場から動かずに新之助失踪の真相を調べ上げねばならない。だが未だ端緒《たんしょ》すら摑めていないのだ。己は新庄藩に仕《つか》えて以来、数々の修羅場《しゅらば》を乗り越えて来たが、あくまでそれは火事場でのこと。このような摑みどころのない難局は初めてである。

――どうする……。

天を仰ぎ見た。心とは正反対に雲一つ無い青い空である。新之助もどこかで見上げているのか。そのようなことを考えながら、源吾は口内の肉を噛みしだいた。

六

新庄藩上屋敷の中は、皆心ここにあらずといった様子だった。六右衛門も家臣の動揺を収めるために奔走しているらしい。

「秋代殿」

家に帰ると秋代がいた。幕府から与えられた地だけでは、藩士の住まいが足りず、多くの藩は近くの町屋を借り上げている。新庄藩でもそれは同じで、百石から二百石の藩士の多くがそれに当たる。

　鳥越家もそのような経緯から、上屋敷の外に居を構えていた。

　一方、三百石以上は、上屋敷の中に住まいを与えられている。松永家は表向きには三百石であり、こちらに属している。もっとも、藩財政が逼迫《ひっぱく》しており、実際には五十石ほどしか支給されていない。

「お邪魔しております」

　秋代が膝を揃えて頭を下げたので、源吾はそれを押し止《とど》めた。まだ新之助がいなくなって丸一日であるが、秋代の白い頬はこけ、酷《ひど》く憔悴《しょうすい》しているように見えた。

「新之助はきっと戻ります。その時に秋代さんが倒れていたら話にならない。食事を摂《と》ってゆっくりと休んで下さい」

　何の根拠も無いがそう励ますと、秋代は目に涙を湛《たた》えて頷いた。

「深雪」

　着替えの途中に囁くように呼びかけた。秋代は平志郎をあやしてくれている。それで気が紛れるのかもしれない。

「はい」

子のためならば親は何を仕出かすか解らない。今の源吾ならよく解る。

「目を離すな」

深雪は目に力を込めて頷いた。

「お任せ下さい」

「悪いが……限界だ……」

「そう仰《おっしゃ》ると思い、握り飯を」

「助かる」

源吾は貪《むさぼ》るように握り飯を四つ頬張ると、布団に倒れ込んで泥のように眠った。

目を覚ましたのは夕方のことである。はっとして周りを見渡した。

「深雪！」

「あ、起きられましたか」

「秋代殿は……」

「松永様、おはようございます」

台所から襷《たすき》をかけた秋代が姿を見せた。

「お、おはようございます……深雪、秋代殿には――」

「手伝わせて下さるよう頼み込んだのは私なのです」

秋代の顔は、先刻より幾分血色がよく見えた。

「色々勉強させて頂いています」

深雪はそう言い、秋代と顔を見合わせて微笑んだ。

「深雪さんに教えることなんてありませんよ」

「いえいえ、火消羽織を洗う時、灰汁《あく》に大根の煮汁を加えればよく汚れが落ちるとは、初めて聞きました」

「長年、火消の妻をしていましたからね」

秋代の歳は四十を超えているが、微笑む姿は三十路《みそじ》にも至っていないと思えるほど若々しい。

昼餉《ひるげ》、いやもう夕餉というべきか。飯をかっ込み、味噌汁を啜《すす》ると深雪に尋ねた。

「北条様から何かお達しはあったか？」

「はい。戌《いぬ》の刻（午後八時）に、御家老様の宅へ来いと」

「戌の刻……遅いな」

源吾は落ち着かぬまま食事を摂り、戌の刻になるのを待って六右衛門の家に赴いた。

集まったのは、藩主名代として火消の名目上の大将を務める御連枝戸沢正親、江戸筆頭家老の北条六右衛門、次席家老の児玉金兵衛《こだまきんべえ》、御城使の折下左門。そして火消頭取松永源吾と、天文方頭の加持星十郎の六名である。

この顔ぶれでの評定《ひょうじょう》でも、新庄藩では安価な魚油の行燈《あんどん》を用いる。臭いと煙が立ち込め、重苦しい雰囲気の中、一番初めに口を開いたのは六右衛門であった。

「此度《こたび》の沙汰。まことに訝しい」

「決して褒められたことではありませんが……あの程度のことが問題となるのであれば、三百諸侯全てが罰を受けねばなりません」

外の見張りには到底《とうてい》聞こえないだろうが、小心者の金兵衛らしく囁くように愚痴《ぐち》を零す。だが言っていることは至極《しごく》まとも。叩けば埃《ほこり》が出る家は山ほどある。今回の沙汰はやはり訝しい。

「幕府は当家をそこまで嫌っているということでしょうか」

左門が下唇を噛みしめる。

「不名誉である」

正親が言ったので、皆はっと視線を注いだ。正親は一拍の間を空けてさらに言葉を継ぐ。

「が……これしき大したことではない。時が過ぎれば解かれるだけ。年に一家や二家はくらっておるわ」

正親は不敵《ふてき》に笑ってみせた。豪胆《ごうたん》さは今も変わっていない。六右衛門いわく正親のこの性格は、先代の正謀《まさのぶ》公にそっくりであるらしい。

「そう仰って下さり安堵致しました」

六右衛門は頭《こうべ》を垂れ、皆もそれに倣《なら》った。

「本気で潰しにくるならば、もっと大きな失態を待つはず……つまり狙いは暫しの間、我らを動けぬようにすることではないか」

「ご明察《めいさつ》です」

豪胆なだけでなく頭もきれる。正親の推察に、星十郎は同意した。確かに藩としては、このまま大人しくしていれば嵐は過ぎ去る。狙いは別にあると見るべきである。

「新之助を捜させたくないということでしょうか」

新之助の失踪に纏《まつ》わるあれこれは、左門から六右衛門にすでに伝えてある。源吾が言うと、六右衛門は腕を組んで唸《うな》った。

「そう見るべきだろう。松永、鳥越はまだ戻らんか」

「は……出入りが禁じられる前家内が秋代殿と何度か家を見に戻りましたが、今のところは」

「やはり鳥越が鍵《かぎ》か」

六右衛門は深い溜息をついた。六人が額を集め、様々な仮説を論じて半刻が経った。しかし結局行き詰まってしまうのだ。星十郎の頭をもってしてもあまりに情報が少な過ぎる。

廊下を素早く歩く跫音が聞こえ、襖《ふすま》の向こうで声が聞こえた。

「御家老」

「今田《こんだ》か」

声の主は北条家の用人を務める、今田と謂う侍である。

「今は人払いを……」

六右衛門が言いかけた時、今田は声を低く、かつ明瞭《めいりよう》に言った。

「屋敷に文が投げ込まれました」

「何だと。入れ」

襖をすうと開け、今田は中に入ってきた。

「これでございます」

六右衛門は受け取った文を開く。

「この蚯蚓《みみず》がのたくったような字は……」

一度見たら忘れられない。武蔵の下手くそな字である。

「北条様、何と……」

金兵衛が不安げに文を覗き込む。皆は武蔵の字に慣れておらず手間取っている
が、源吾はいち早く内容を読みとって声を詰まらせた。

「これは……どうなっている」

文には武蔵だけでなく、彦弥、寅次郎が聞き取ったことも纏められてある。

「何とある」

左門は最後まで読むのを諦め、源吾に訊いて来た。金兵衛もまた目を細めて文
を読もうとするが、内容が入って来ていない。

「まず寅次郎は、新之助の立ち寄りそうなところを捜しています。小諸屋《こもろや》を始
め、これまで話に上《のぼ》った店を当たったようですが、どこにも姿を見せていないと

いうこと……」

「進展はなしか」

源吾は頷いて話を継いだ。

「次に彦弥。これはまず吉原に向かったようです」

「花菊だったな」

左門も彦弥が吉原で花菊を助けたこと。それが縁で吉原の連続火付けの解決に尽力したことを知っている。

「幕府もかなり躍起《やっき》になっているようだ」

吉原でひと悶着《もんちゃく》あったらしい。

吉原は、江戸の中において独立独歩《どくりつどっぽ》の道を歩んでおり、火消さえも独自の吉原火消を有している。

支配としては町奉行所の管轄で、その許可なくしては、火付盗賊改方といえども勝手に取り調べを行うことが出来ない。

にもかかわらず、火盗改の連中が踏み込み、吉原会所《かいしょ》に詰めている奉行所の手の者と衝突したという。橘屋に押し込んだ下手人が吉原に逃げ込んでいることもあり得ると言い張っていたらしい。

「そして今夕、火消にもその下手人を追えとお達しが出たようです」

武蔵が他の火消から聞き込んだこと。源吾が最も驚いたのもこれである。

「どこの火消だ」

金兵衛が前のめりになって、恐る恐る顔を覗き込んできた。

「十の定火消、約千。三百諸侯の大名火消、約四千……」

源吾は話し出す。六右衛門は手で口を覆い、金兵衛の顔色はみるみる白くなっていく。

「町火消いろは四十八組、約八千五百。本所深川町火消、約三千。総勢一万六千五百。府下の全火消に命じられたようです」

源吾が最後まで言い切った時、左門は絶句していた。息が荒くなり肩が上下する。

「御家老……」

左門は絞り出すよう、六右衛門に向けて言った。六右衛門は手を膝の上に落とすと、一同を見回して己のところで視線を止める。

「状況から鑑みるに十中八九《じっちゅうはっく》、下手人は鳥越ということだ」

新庄藩のみを排し、他の全火消を動員して下手人を何としても捕えようと躍起《やっき》になっている。即《すなわ》ち、新之助が橋屋の一件に深く関わっていると見て、ほぼ間違いない。

誰も口を開かなかった。六右衛門の悲痛な一言が耳朶でこだまする。信じられぬが状況はそれを示している。源吾の脳裏に浮かぶ新之助は、やはりへらっと軽《けい》妙《みょう》な笑みを浮かべている。

第二章　加賀《かが》の評定《ひょうじょう》

一

　背筋を汗が伝《つた》う。甚右衛門は身動きせぬまま、視線だけを落とした。頸筋《くびすじ》で白刃《はくじん》は止まっている。

「鳥越殿……」

　それで男が何者か気付いた火消もおり、あっという声が弾《はじ》けるように夜に浮かんだ。新之助の人となりを知っている者も多い。まさか下手人《げしゅにん》がこの気の優しい若者とは夢にも思わず、愕然《がくぜん》としている様子であった。

「一花さん、退《ひ》いて下さい」

　この暑夜だというのに、新之助は汗一つ掻《か》いていない。槍《やり》代わりに遣っていた長鳶口《ながとびぐち》の穂先は、切り落とされて地に転がっている。

――どういうことだ。

じっと新之助の目を見つめて問うた。そして、根拠がある訳ではないが、新之助は下手人ではないと直感した。敢《あ》えて言うならば目である。甚右衛門は役目柄、数多くの火付けの下手人を見てきた。そのような輩《やから》の目には、共通して澱《よど》みのようなものが浮かんでいる。だが新之助の目にはそれが無かった。その眼差《まなざ》しで何かを強く訴えかけているのだ。

また、今一つ、はっきりと不思議なことがあった。

――何故《なぜ》、娘は逃げない。

定火消《じょうびけし》が襲い掛かった時は、新之助が圧倒していたため逃げなかったのは解る。だが己と戦っていた時、逃げようと思えば逃げられる隙《すき》はあった。にもかかわらず、娘は火消たちに助けを求めるどころか一切口を開かず、むしろ新之助から離れまいとしているようにすら見えた。

「なるほど……」

甚右衛門は声を口中で転がすように呟《つぶや》いた。

――この場では話せぬ訳があるのか。

甚右衛門は目を左右に何度か動かす。すると新之助も目で頷《うなず》いてみせた。間違いなく何かある。上に従って今の体勢からでも刺し違えることを狙うべきか。それとも火消としての勘《かん》に従うべきか。甚右衛門は一瞬のうちに決断を下した。

　ぐいと首を刃に寄せる。すると新之助はあっと刀を僅《わず》かに引いた。皮一枚切れたのだろう。首に微かに痛みが走る。

「卑怯《ひきょう》な！　人質にするということだな」

　新之助の眉《まゆ》がぴくりと動いた。甚右衛門は目で語り掛ける。

　――俺を使って囲みを出ろ。

　察したようで新之助も微かに頷く。

「人質を殺されたくなければ、囲みをあけろ」

　新之助は甚右衛門の首に刀をあてがいながらも、娘の手を離さない。芝居と露《ろ》見《けん》せぬよう、こちらも刀から離れず、呼吸を合わせてゆっくりと動く。囲みが割れ、三人は人垣のあいだを抜け出た。

　だが火消の集団も一定の間隔を保《たも》ち、逃《のが》すまいとぞろぞろと付いて来る。

「何があった」

　甚右衛門は囁《ささや》いた。

「厄介《やっかい》なことに」

新之助は背後に気を配りながら、小声で返す。

「嵌《は》められたか」

詳しい状況を聞く間《ま》は無い。今は火消たちだけで、加賀鳶である己のことを気遣ってくれる。だがここに火盗改《かとうあらため》でも駆け付ければ、人質がいようとも容赦《ようしゃ》なく向かって来るだろう。

「どこに向かう」

甚右衛門は重ねて訊《き》いたが、新之助には迷いが見える。それでも絞《しぼ》り出すように答えた。

「吉原へ」

「止《や》めておけ。火盗改が入ったと聞いた」

「くそっ……」

新之助は歯を食い縛って悔しがった。

「噂《うわさ》をすれば来たぞ」

新之助は背後を振り返る。火消の集団の後方の辻《つじ》に、揺れる光が見えていた。これは火盗改が常備する手持ちの照明具、龕灯《がんどう》である。もう猶予《ゆうよ》は僅かしか無い。

「捕まる訳にはいかぬのだな」

甚右衛門は小刻みに動く龕灯の灯りを見ながら呟く。火消たちも先ほどより間を詰めていた。

「はい」

「俺を向こうに蹴《け》り飛ばせ」

「え……」

「こちらで真の下手人を捜す。それまで逃げろ」

「何で信じてくれるのです……」

「お主《ぬし》がいかなる男か、火消は皆知っている。急げ」

新之助は唇《くちびる》を結んで頷いた。甚右衛門は蹴られやすいところに自ら動いてやる。

「やれやれ」

呟いた甚右衛門の尻に衝撃が走る。大袈裟《おおげさ》によろめき、駆け寄った火消たちに倒れ掛かる。すぐに新之助を追い始める者、あの男が下手人のはずがないと思い足を止める者。火消の反応は二つに分かれていた。

「貴様ら、何をしている！　追え！」

やはり火付盗賊改方《ひつけとうぞくあらためかた》であった。怒声《どせい》を飛ばしながら火消を掻き分けてゆく。甚右衛門はさっと足を突き出した。先頭を走っていた者があっと声を上げて前のめりになり、後続もそれに躓《つまず》いて倒れ込む。

「誰だ⁉」

上に乗られた火盗改が苦しそうに呻《うめ》く。残った火消たちは首を捻《ひね》り、顔を見合わせて知らない振りを決め込んでいる。やはりこの者たちは新之助を敢えて追わなかったのだ。

——毎度、貧乏籤《くじ》ばかり引きおって。

甚右衛門は内心で呆《あき》れながら、すでに闇《やみ》に輪郭《りんかく》を食われつつある二人の背を眺《なが》めた。

二

半刻（約一時間）後、甚右衛門は火盗改の役宅に連れて行かれて、詮議《せんぎ》を受けている。あの場に居合わせた他の火消たちも同様である。

「下手人は何か話さなかったか」

もう十度は超えていよう。執拗《しつよう》に問いただして来るので辟易《へきえき》していた。

「動けば斬《き》るとだけ。他には何も」

甚右衛門もまた同じ答えを繰り返す。威圧《いあつ》しようというのか、やがて他の火盗改の同心たちも続々と集まってくる。この程度で動じるはずもなく、眉一つ動かさぬ己に連中は苛立《いらだ》っている。

「お勤めご苦労様です」

また新手が現れた。火盗改の者たちが一斉に頭を下げたことから、今度は彼らの上役だと分かった。

「島田《しまだ》殿でしたか」

甚右衛門も面識がある。姿を見せたのは前《さき》の火付盗賊改方長官にして、今も介《かい》添《ぞ》えとして後進の指導をしている島田政弥《まさひさ》であった。島田は狐《きつね》の如く目を細めながら近付いて来る。

「一花、下手人は鳥越新之助で相違ないか」

「はい。ただ少し様子がおかしゅうございましたな」

「おかしいかどうかは、こちらが判断すること。捕まえてみれば解る。して、怪我は無いか」

甚右衛門は腕を開いて見せた。

「何も」

「そうか。災難だったな。帰ってよい……それにしても同じ府下十傑《ふかじっけつ》の一花でも止められぬとは厄介な……」

島田は顎《あご》に手を添え、ぶつぶつと零《こぼ》しながら詮議の場から出て行った。

解放された甚右衛門は、すぐさま本郷《ほんごう》の加賀藩上屋敷に帰った。先に帰した配下が加賀藩火消大頭《おおがしら》、大音勘九郎《かんくろう》に仔細《しさい》を伝えていた。

勘九郎は残りの組頭を評定《ひょうじょう》の間に集め、己の帰りを待っていた。

「戻りました」

甚右衛門は頭を下げて部屋に入る。黙然《もくぜん》と瞑目《めいもく》していた勘九郎の両眼がゆっくりと開く。

「ご苦労だった」

「遅れを取りました」

清水陣内《しみずじんない》と福永矢柄《ふくながやがら》の間、三番組頭の席に甚右衛門は腰を下ろす。

「正体を知ったからには槍も鈍《にぶ》ろう」

「いえ、正体を知った時にはもう」

甚右衛門は手を刀に見立てて首に添わせた。首の傷《きず》は薄《う》っすらとしたもので、すでに血も止まっている。

「それほどか」

「はい。あれは相当なものです」

「負けて笑うな」

頭取並にして一番組も率いる詠《ながめ》兵馬《ひょうま》がじろりと隻眼《せきがん》を向ける。顔をつるりと撫《な》でて口元が緩《ゆる》んでいることに気付いた。新之助が想像以上に強かったことに、喜びを感じているのは事実だった。負けて喜んでいる訳ではない。次に手合わせする機会があれば、一泡《ひとあわ》吹かせてやるという高揚感からである。

「まあ、詠殿。百戦百勝は善の善なる者に非《あら》ずとも申します故」

相変わらず陣内は回りくどい。ようは勝つばかりが善いとは限らぬという訳である。ともかく助け船を出してくれたことで、兵馬は鼻を鳴らして正面に向き直った。

「本題に入る。此度《こたび》の一件、いよいよ不可思議《ふかしぎ》である」

勘九郎が衆を見渡すと、皆の背筋は芯《しん》が通ったように伸びる。

いよいよ、というには訳がある。そもそも橘屋での一件の翌日夕刻、すなわち今日の夕方、新庄藩戸沢家が出入り禁止を命じられたと聞いた時点で、兵馬は今回の火付けに、何らかの裏があるのではと推測していた。そこで加賀藩は独自に事件を探ろうと決めた。その矢先に甚右衛門が下手人と遭遇し、その正体が鳥越新之助であったことで、事件は混迷《こんめい》の様相を呈《てい》している。

「まずは火元の様子から知らねばならぬ」

勘九郎は錆《さび》の利《き》いた声で言い、再び腕を組み直す。

鎮火後、よ組を始めとする町《まち》火消はすぐに閉め出しをくらった。柴田七九郎ら火事場見廻《かじばみまわり》、長官の赤井忠晶《あかいただあきら》が率いる火付盗賊改方が占拠したのである。故《ゆえ》に現場の詳細が解らなかった。

「義平《ぎへい》、現場の様子を聞けたか」

一呼《ひと》吸置き、加賀鳶六番組頭の義平に向けて尋《たず》ねた。

燃え盛る建物の中では、熱風が狂喜乱舞《きょうきらんぶ》する。だが、それにも法則性はあり、灰に痕跡が残るのだ。義平は、這《は》い蹲《つくば》ってそれを辿り、火元がどこであったか、次に何に燃え移ったかなどを読み取るのに滅法長《めっぽうた》けている。両手両膝をつけて灰を読む姿、また火事場では分銅《ふんどう》付きの紐で離れた柱を引き倒すことから、「灰蜘《はいぐ》蛛《も》」の異名《いみょう》で呼ばれている。

「はい。元同輩に鼻薬を嗅《か》がせて」

義平の前身は、火事場見廻の下役なのだ。優秀で同輩にも尊敬されていたが、上役の見立て違いを指摘し、酷《ひど》い折檻を受けることになった。そこから己を救い出してくれた勘九郎に心酔《しんすい》している。

義平は脇に置いていた巻き紙を広げる。予《あらかじ》め用意した火元「橘屋」の図面である。出入りのあった他の商人などに聞き込んで作ったという。これも用意していた小ぶりの文鎮《ぶんちん》を四隅に置き、図面の上で指を泳がせた。

「まず、どこに火が付いたか。確実ではありませんが……一箇所ではないと思います」

「どこだ」

勘九郎もやや上体を乗り出した。

「居間の襖《ふすま》、奉公人の部屋の寝具、仏間の三箇所かと」

義平は動かしていた指を順に落として場所を示した。

「そこまで念入りに火をかけたということは、下手人は何としても橘屋を焼くつもりだったのだな」

勘九郎が唸《うな》ると、義平は少しばかり首を傾げる。

「ちと気掛かりなことが。よ組の連中から聞いた火の回り方、元同輩の話、それらを合わせると、どうやら三箇所ほぼ同時に火を放ったようなのです」

「下手人は複数……」

勘九郎の声が畳を這う。すかさず甚右衛門は口を開いた。

「少なくとも、拙者《せっしゃ》が見た時には鳥越新之助は一人でした」

「だが火付けの後、仲間と分かれて逃げたという線もある」

兵馬が水を差すようなことを言うので、甚右衛門は気色《けしき》ばんだ。

「しかし、鳥越殿が火付けをするなど、どう考えても――」

「解っておる。結論が出るまでは全ての線は消せぬと申すだけよ」

兵馬は掌を向けて制した。兵馬とて新之助が下手人とは思っていないのだ。

「骸《むくろ》はどうであった」

陣内が横から口を挟《はさ》んで話を転じた。

「これに関しては火事場見廻の申す通り。十五体です」

義平が元同輩から聞いたこととも一致した。

通いの奉公人の証言では、主《あるじ》一家、住み込みの奉公人を足した数が十七。衣服の燃え滓《かす》などから判断するに、恐らくそのうちの十五人が死んだことになる。何故逃げなかったのかという疑問はすぐに解消された。

「いずれも縄で縛り上げられており、逃げられる様子ではありません。焼けるより早く、煙で……」

義平は目を伏せて言葉を詰まらせた。火事場で死んだと聞けば、素人《しろうと》は炎が原因だと思う。しかしその大半は煙によるものである。焼かれるより早く、昏倒《こんとう》して息が出来なくなり、死に至る。

「十七人のうち、見つかっていない娘二人が勾引《かどわ》かされたということだな」

頭取並の兵馬は隻眼を中心に据えるように首を傾けた。甚右衛門はずいと身を乗り出した。このことはどうしても伝えねばならない。

「下手人……いや、鳥越殿は一人しか連れていませんでした」

「まさか、一人を斬ったということは――」

「詠殿」

先ほどとは反対。甚右衛門が制することになった。兵馬は顎に手を添え、小さく唸る。

「解っている。あり得ぬな」

「では、今一人はどこに行ったんです」

口を開いたのは、五番組頭の小源太《こげんた》。齢《よわい》二十四だが、その相貌《そうぼう》は丸い瞳や小さな鼻のせいで十七、八にも見える。小源太は一度の呼吸で常人の三倍は息を止められ、故に火事場に突入しても、煙を吸うこと無く、長く動き回れる。また惜しみなく息を遣い、取り残された者に呼びかけるので「火雀《ひすずめ》」の二つ名を取っていた。

「仲間が連れて逃げたと考えるべきだろう。やはり複数。いよいよ鳥越殿の像とかけ離れる」

兵馬は眼帯に指を掛けて弾く。

不逞の輩《やから》と語らい、橘屋の者を縛り上げて火を放ち、娘二人を勾引かし、一人を連れ回しながら逃走。何から何まで新之助と下手人像は重ならない。

その時、それまで黙していた八番組頭「狗神《いぬがみ》」牙八《きばはち》が、鋭い目つきで兵馬に問うた。

「どちらにせよ下の娘も、やはり勾引かされたってことですか」

かつて、大頭の娘で自身を兄のようにしたってくれるお琳《りん》が勾引かされた事件があった。消えた娘のほうは齢九つとお琳と歳も近い。あの時のことを思い出しているのだろう。

「解らぬ。これ以上は手掛かりが足りぬ。ただ、鳥越殿は下手人ではなさそうだ。これを松永に伝えてやらねばならぬが……さて、難しいな……」

兵馬は先ほどよりも速い拍子で額《ひたい》を指で叩く。新庄藩は出入り禁止を命じられて、屋敷から一歩も出られないと聞いている。新之助の置かれている状況を把握《はあく》していないだろう。

「文を投げ込みますか？」

七番組頭の仙助《せんすけ》が自らの腕を叩《たた》く。

「回りくどいな。他の方法でゆく」

勘九郎はそこまで言うと、憤懣《ふんまん》としている牙八を見て続けた。

「牙《きば》、過日《かじつ》の狐火《きつねび》もどきの火事の折、新庄藩が間違って鳶口を持って行ったと言ったな」

「はい。あの野郎ども、うちの鳶口と、ぼろの鳶口、見りゃ解りそうなものを……あの猿に言ったら、混じってもう見分けがつかねえと嘯《うそぶ》きやがって」

牙八が猿と呼ぶのは、新庄藩火消組纏師《まといし》の彦弥に違いない。この二人はまさしく犬猿《けんえん》の仲である。

「大頭、まさか……」

甚右衛門は先が読め、思わず声が上擦《うわず》った。

「当家が舐《な》められる訳にはいくまい」

勘九郎は大袈裟に鼻を鳴らす。一瞬皆、呆気《あっけ》に取られたが、すぐに一様に不敵《ふてき》な笑みを浮かべ力強く頷いた。

三

源吾は苛立って文机《ふづくえ》を蹴飛ばした。家には平志郎だけでなく、秋代もいるのだ。このような姿を見せる訳にはいかない。日中は講堂に詰め、星十郎と方策《ほうさく》を練《ね》っていた。しかし外からの情報は途絶《とだ》え、一向に推理も進まなければ、行動に移すことも出来ない。

「御頭……」

星十郎の顔が引き攣《つ》っている。

「悪い」

出入り禁止もそう長くはない。だがそれまで新之助が逃げ切れるか。捕まれば武蔵の父がそうであったように、あっという間に処刑されるかもしれない。何より、逃げている途中、火盗改に追い詰められて斬られるかもしれないのだ。

「我らが為《な》すべきは、真の下手人を見つけること。しかしあまりにも解らぬことが多過ぎます」

星十郎は改めて言った。真の下手人を見つけ、それで新之助の無実を証明するしかない。だが今の状態ではそれが難しい。

――いっそ、飛び出るか。

そう思ったことも一度や二度ではない。だが、それをすれば新庄藩は取り潰《つぶ》されかねず、主君は当然ながら、左門や六右衛門、御連枝《ごれんし》様に顔向けが出来ない。これまでの半生、これほど鬱屈《うっくつ》したことは無かった。

「何だ……」

源吾は首を傾けた。

「どういたしました」

「聞こえる」

星十郎は耳朶《じだ》に手を添えて瞑目する。

「確かに……これは、歌？」

「木遣《きやり》だ」

源吾は声のするほうに駆け出した。表門の方角である。教練場に出るとさらに大きく聞こえる。木遣とは火消が火事場で士気《しき》を鼓舞《こぶ》する時、あるいは火を鎮《しず》め終えて帰路《きろ》に就《つ》く時、また新年の出初式《でぞめしき》でも披露《ひろう》される歌である。各家、各組で詞や節が異なり、皆が声を揃えて歌い上げる様に、江戸の庶民たちは喝采《かっさい》を送る。そして今聞こえている木遣を、江戸で知らぬ者はいないのではないか。

「加賀の木遣……」

源吾は慌てて火《ひ》の見櫓《みやぐら》に走り、梯子《はしご》を半《なか》ばまで上って振り返った。往来《おうらい》の中央を漆黒《しっこく》の火消装束《しょうぞく》に身を包んだ一団が進んでいる。加賀鳶で間違いない。火事が起こったのかとも思ったが、足取りがゆるりとしているためそうではなかろう。

栗毛の馬に跨《また》がり、先頭を行く勘九郎の姿もはきと見えた。脇にはこれも馬上の詠兵馬、清水陣内、一花甚右衛門、福永矢柄の姿もある。

その後ろで鳶たちが勇壮《ゆうそう》な声を張り上げている。そこには小源太、仙助、義平、拳を上げて木遣を煽《あお》る牙八も確かめられた。

「組頭総出だと……」

一番から八番まで全ての組頭が揃っている。加賀鳶が全組頭を繰《く》り出すことは極《きわ》めて稀である。加賀鳶は堂々とした行列を組んでこちらに近付いて来る。新庄藩上屋敷の周囲を固めている大目付《おおめつけ》の下役もすでに気付き、騒然《そうぜん》となっている。

「加賀宰相《さいしょう》の御家中とお見受け致します！」

下役の一人が進み出て言った。勘九郎が手を横に突き出すと、一斉に木遣歌が止んだ。

「左様」

勘九郎の声はそれほど大きくなかったが、源吾の耳にはしかと聞こえた。

「江戸市中での騎乗はご法度《はっと》ですぞ！」

「異なことを言う。下手人の探索、火付けへの備えをせよとの幕命が出ている。故に火事場と同様の格好をしているだけよ」

「む……ではどこへ赴かれる」

「そこへな」

指揮棒で指した先、新庄藩の上屋敷である。この間も加賀鳶は足を止めない。

下役は並走して訴える。

「お待ち下され！　新庄藩は今、藩士が許しなく外に出ることは禁じられております」

「故にこちらから出向いたのだ」

勘九郎の応答はにべもない。下役が焦《あせ》っているのが遠くからでも見て取れた。

「ご用向きをお教え下され」

「過日、戸沢家中と火事場を同じくした。その時、互いに火消道具を取り違えたようだ。それを取りに来た」

「それだけでこの行列を――」

下役は絶句して行列の後ろまで見やる。

「それだけ？　火消道具は火消にとって刀にも等《ひと》しいもの。それをそれだけと申されるのか」

「い、いや……知らぬこととはいえ、申し訳ございませぬ。しかし……ならばその道具、私どもが代わりに取って参ります」

「ほう。大目付は刀を人に安易《あんい》に預けなさるか」

「それは……お言葉ではございますが、その刀とも等しい道具を取り違えたのは、貴家のはず」

下役も負けずに食い下がる。声に懸命さが滲《にじ》み出ていた。

「もっとも。一花！」

「はっ」

勘九郎が首を振ると、一花甚右衛門がさっと馬上で諸肌《もろはだ》脱ぎになった。

「取り違えたのはこの者。ここで腹を切らせる」

「お待ち下され！」

脇差《わきざし》に手を掛けようとする甚右衛門を、下役は両手を突き出して制止する。

「何か？」

今度は兵馬が冷ややかに問うた。

「少しだけ、時を……上に相談させて下され」

「文句があるなら、いくらでも申すがよい。出入りを禁じられているのは『新庄藩』の者だけと聞いているが。それとも何か。我らがぼろ鳶に見えるとでも？」

兵馬は理路整然《りろせいぜん》と問い詰める。下役は哀《あわ》れなほど狼狽《うろた》え、足が縺《もつ》れて転びそうになっている。さっと身を翻《ひるがえ》して地に降り、下役を支えるように手を差し伸べたのは清水陣内である。

「落ち着いて下され。何も貴殿らと揉《も》めたい訳ではない。どうでしょう。ここは代表して二人だけ、屋敷の中に入るというのは」

折束案《せっちゅう》である。だが下役はまだ迷っている。

「それは……」

「左様か。一花！」

「はっ、今すぐ」

勘九郎が吼えると、甚右衛門は懐紙《かいし》を取り出して、脇差を半ばまで抜いた。

「駄目《だめ》――お止《ほ》め下され！　解りました！」

下役は素《す》っ頓狂《とんきょう》な声を出し、両手を振って止める。このようなことで名のある藩士が死ぬなど、幕府と加賀藩の間に軋轢《あつれき》を生みかねない。下役は折束案を受け入れた。

「士分《しぶん》一人、町人一人……これで如何《いかが》」

「かたじけない。牙」

「承《うけたまわ》りました」

牙八は馬丁《ばてい》の如く、勘九郎の栗毛の轡《くつわ》を取る。勘九郎は指揮棒を兵馬に渡すと、宙に身を翻し、軽やかに下馬した。その姿は大きな烏《からす》を彷彿《ほうふつ》とさせる。

「ここで待て」

「承知」

兵馬が指揮棒を天に翳《かざ》して二回横に振る。すると加賀鳶は一糸《いっし》乱れずに歩みを止めた。牙八は他の者に轡を託すと、悠々《ゆうゆう》と先を進む勘九郎につき従う。

大目付下役は新庄藩の者に事情を告げに走る。源吾は火の見櫓から下り、潜り戸の前で待ち構えた。ややあって潜り戸が開かれた。

「これは大音殿、如何された」

わざとらしく演技をすると、勘九郎はこちらがやり取りを聞いていたと悟ったようで、大仰《おおぎょう》に鼻を鳴らした。

「火消道具を取り違える失態があった。改めさせて頂きたい」

「どうぞ」

源吾は片笑んで、宙に手を滑らし中へと促した。

「すぐ終わります。外をお頼み致す」

勘九郎は付いてこようとした下役に言った。

「しかし……」

「当家を信用出来ぬと？」

勘九郎の静かな凄《すご》みに、下役も早く済ませて頂きたいと引き下がった。相変わらず押しが強い。大身《たいしん》とはいえ勘九郎も陪臣《ばいしん》であるが、そこらの旗本《はたもと》や小大名に劣《おと》らぬ貫禄《かんろく》がある。

　戸が閉まる直前、源吾は下役たちに聞こえるように、

「ささ、道具をお探しあれ」

と、わざと大きな声を出した。木の乾いた音と共に潜り戸が閉まる。

「火消道具が刀と一緒？　はったりもいいところだ」

源吾は小さく笑った。火消にとって火消道具は、精神の拠《よ》り所にするようなものではない。人命を救い、町を守る。その目的を完遂《かんすい》するため、日々の手入れを怠《おこた》らず大切にするだけ。あくまでも傷《いた》めば交換すべきただの道具である。

「火消でない者には解らぬことよ」

勘九郎はちらりと門のほうを見た。

「松永、鳶口を一本よこせ。実際にうちのが混じっているはずだ」

あいかわらず牙八は口が悪い。すでに何事かと新庄藩の鳶たちも教練場に姿を現している。源吾は銅助に向けて言った。

「牙八に適当な鳶口を。なるたけ綺麗《きれい》なやつをな」

「はい。こちらへ」

銅助に促されて牙八は奥へと進む。源吾は勘九郎と共に、講堂の縁に腰を掛け

る。星十郎も控えるように横に座った。

「何かあったんだな」

「時が無い。手短《てみじか》に話す」

勘九郎はそう前置きして語り始めた。昨夜、一花甚右衛門が橋屋から逃げた下手人と刃《やいば》を交《まじ》えたこと。その正体が新之助で娘を一人連れていたこと。加賀藩が手を尽くして知った火事場の様子、幕府の様子がおかしいこと。順を追って細大漏らさず話した。

「新之助が……」

一割、いや一分だけでも、まだ新之助が事件に巻き込まれていないことを信じていた。これでその望みは完全に打ち砕《くだ》かれたことになる。

「何かおかしい。ただあまりに手掛かりが少なすぎる」

勘九郎は舌打ちをした。

「何とかお前たちで捕まえられないか」

幕府の動きがおかしいならば、火盗改や奉行所の者たちに捕縛させる訳にはいかない。また火消たちが新之助の人柄を知っているとはいえ、加賀藩のように完全に信じてくれるとも限らない。むしろ捕まえて幕府に差し出す者たちが大半だろう。加賀藩で捕まえれば、新之助から真相を聞き出し、何か対処が出来るのでは、と考えた。

「無理だろうな。鳥越は一花に何も語らなかった。語れぬようであったらしい。我らが囲んでも逃げようとするだろう」

「先に真相を明らかにする必要があるか……」

「それでも他に捕まるよりはましというもの。出来得る限り手を尽くして捜そう」

「すまねえ。助かる」

源吾が素直に頭を下げると、勘九郎は視線を外して鼻を鳴らした。

「琳の礼だ」

勘九郎の娘が勾引かされた時、新庄藩が奔走し、助けたことを指している。

「それはもう終わった話だ」

事件後、勘九郎は自身の替え馬である碓氷を贈ってくれたし、千羽一家《せんばいっか》を罠《わな》に嵌める時も協力してくれた。もうすでに借りは十分返して貰っている。

「子の借りは重い。今の貴様ならばそれも解るだろう」

「恩に着る」

源吾は口元を綻《ほころ》ばせた。確かに平志郎が同じ目に遭い、助けられたとあれば恩は返し切れないと思うだろう。

「だが幕府はこれで他家の往来も咎《とが》めて来よう。このようなことが出来るのも一度までだ」

「十分だ。こちらで何とかする」

「火は任せておけ」

この間も火事は容赦なく起こるかもしれない。勘九郎は言い残すと門に向かって歩を進め出す。すでに鳶口を一本持って戻って来ている牙八もそれに続く。源吾はその背を見送りながら、心の中でもう一度礼を言った。こうして無理を通して手掛かりを教えに来てくれたこともあるが、加賀鳶の連中が新之助という男を信じてくれたからである。

「御頭……」

星十郎が不安そうにこちらを覗《うかが》っている。

「ああ、この場にいながら事件を解明する。それが唯一の道だ」

加賀鳶が帰った後、大目付の下役に加えて火事場見廻、火付盗賊改方も新庄藩上屋敷の見張りに加わることになった。加賀鳶が来たことを訝しみ、二度目は赦《ゆる》さぬという構えである。さらに下手人が新之助であることも市中に知れた。万が一、屋敷に戻ることがあれば即座に捕縛するつもりなのだろう。事態は刻々と悪い方へと転がっている。

四

勘九郎と牙八を見送った後、星十郎を自宅に招き入れた。秋代にこれ以上心配を掛けたくはなく、奥の部屋で深雪が話し相手になってくれている。時折、深雪の笑い声が聞こえた。無理にでも明るくし、秋代の気を紛《まぎ》らわせようとしているのだろう。

二人の間には府下の大絵図がある。普段は火消に用いるものである。

「今一度時を追って考えましょう」

星十郎はまず新庄藩上屋敷を指差して続けた。

「まず事件の日、鳥越殿はここを訪れた」

「そうだ」

新之助が浮かかぬ顔をしていたので家に招いた日。二人で馬鹿《ばか》みたいに西瓜《すいか》の種飛ばしをした日である。

「鳥越殿は過日の見合いの席を立ったことを、詫《わ》びるために向かったと」

「ああ、それに……本人は縁談《えんだん》を断るつもりだったようだ」

星十郎は小さく唸《うな》り声を上げた。

「御頭の家を出たのが、未《ひつじ》の刻（午後二時）過ぎ。一度自宅に帰ったとはいえ、事件が起こった橘屋まで歩いて一刻（約二時間）もあればよいはずです」

橘屋は日本橋本銀町にある。裕福《ゆうふく》な商家が建ち並ぶ中、急成長を遂《と》げた橘屋は一等大きな商家であるという。

「それなのに事件が起きたのは亥《い》の下刻（午後十一時）か」

「はい。三刻《こく》半は長すぎます。この間に何かがあったのかもしれません」

左手で後《おく》れ髪を紙縒りのように捻《ひね》り、右手は大絵図の下谷《したや》、浅草《あさくさ》の辺りに滑らせた。

「そこから次に解っている足取りは昨日、佐竹右京大夫屋敷の側」

「一花と戦ったという場だな」

「鳥越様は何故、そのような場所にいたのか」

星十郎は長い睫毛《まつげ》を持ち上げてこちらを直視する。

「これほどの数に追われているんだ。考えている余裕はねえだろう。何か狙《ねら》っているとも思えない」

「はい。私もそう思います。肝心《かんじん》なことは、何故動くのかということです」

まず逃げるだけならば身を潜めるほうが安全だという。狐火こと秀助《ひですけ》がお菰《こも》に扮《ふん》して橋の下に隠れ、一月《ひとつき》の間探索から逃げ切ったということを聞いたのはまだ記憶に新しい。

「見つかって場所を移るために逃げていた途中ということもある」

星十郎は首を横に振る。それは有り得ないという。

「一花殿が呼子《よぶこ》を聞いたのは、佐竹屋敷から目と鼻の先の藤堂様の上屋敷近くでのこと。潜伏《せんぷく》しているところが露見《ろけん》したならば、その時点で呼子が吹かれ、周囲は騒然《そうぜん》となっていたはず。つまり鳥越様は自らの意思で動いています。その謎《なぞ》を解かねばなりません」

「なるほど……確かに」

この少ない情報だけでそこまで読み切る星十郎に、改めて舌を巻いた。

「そして、先ほど御頭が仰《おつしや》ったこと。何故、娘を連れているのかです。一花殿いわく、娘に逃げる素振りはなかったとのこと……共に逃げていると考えるのが自然」

「もう一人は？」

火事場には十五体の屍《しかばね》があったという。二人の娘が消えており、うち一人は新之助が連れている。

「それこそ鳥越様が捜しているものではないでしょうか」

つまり星十郎の仮説はこうである。新之助は火付けの現場に居合わせ、娘の一人を助け出した。しかし二人目は真の下手人に捕まっていて、これを奪還《だっかん》すべく動いているのではないかということだ。

「何とか外の三人に渡りをつけて探らせよう」

その方法を考えている最中、左門が駆け込んで来た。

「まずいぞ」

「何があった」

源吾は膝《ひざ》を立てた。これ以上、状況が悪化することがまだあるというのか。左門が話し出そうとするのを源吾は一度手で押し止《とど》め、自ら土間に降り立つ。奥には秋代がいる。

「今、火盗改の者が来て、新庄藩火消が鳥越の逃走を手助けしていないか取り調べると言っている。御家老《ごかろう》が応対しようとしたが、ともかく火消頭に会わせろとの一点張り」

「御頭、幕府は……」

星十郎も土間に降り、男が三人狭い土間でこそこそ話す格好となる。

「もう新之助だと隠すつもりはないようだ」

捕縛を命じた火消には、下手人が新之助であることは知らされていなかった。しかし、新庄藩への言いがかりでしかない出入禁止の沙汰を考えると、どうやら幕府及び火盗改は、下手人が新之助であると解っていて隠そうとしていた。しかし事態が動いたのか、もう隠すつもりはないらしい。その代わり、新之助と藩の繋がる術《すべ》を一切断ち切ろうとしている。

「火付盗賊改方は何と」

「家士《かし》、中間《ちゅうげん》、鳶に至るまで点呼《てんこ》を行いたいと」

前回は今現在外に出ている者は仕方ないので、戻れば以後は屋敷に留めろとの指示であった。あれから丸一日。国元への使者でもない限り、全員が戻っているはずと言いたいのだろう。

「そっちは？」

「全員揃っている。揃っていないのは……」

「うちの三人だけか。でも何で俺を」

通常は家老や御城使が対応すべきところ、火付盗賊改方は己を名指ししているとのこと。

「武蔵さんたちが外にいることが露見したのかもしれません」

星十郎が小声で囁く。なるほどそれは有り得る。三人を外で見たという報せがあり、端《はな》から火消組に狙いを定めているのかもしれない。

「解った。ともかく行く。相手は？」

「火付盗賊改方長官の介添えを務めておられる……」

「島田か」

源吾は舌打ちを残して教練場に向かった。左門の話では、すでに講堂に上がって待っているらしい。教練場にいた配下たちは皆そわそわと落ち着きがない。

――心配するな。

源吾は頷いて見せた。講堂を取り囲むように七、八人の火盗改の同心がいる。何か物言いたげな素振りを見せるが、源吾は一瞥《いちべつ》しただけで講堂の戸を開け放った。

「松永源吾、罷《まか》り越しました」

島田は広い講堂の中央に座し、腕を組んで瞑目していた。

「来たか」

源吾はつかつかと進み、相対して座るとじっと島田を睨《にら》みつけた。島田の目は柳《やなぎ》の葉の如く細い。普段ならばすぐに怯《ひる》み、それが顔にもあらわれるのだが、今回は微動《びどう》だにしなかった。

「松永、鳥越の居場所を知らぬか」

「知りません」

島田の問いに、源吾は即答した。これぱかりは嘘のつきようがない。知っているならばこちらが教えて欲しいほどである。

「隠しだてすると為にならぬぞ」

「何度訊かれても同じです。用はそれだけで?」

「幕命を受けた。新庄藩上屋敷の者の在否を確かめろと」

「出入りの禁止を受けた時点で外に出ている者は咎めないのでは?」

島田は細く息を吐き、ややあって口を開いた。

「元万組頭、今は新庄藩の一番組頭の武蔵を見たという一報が入った」

「見間違いでは……」

「松永、言い訳はよせ。何人外に出ている」

島田の様子がいつもと微妙に異なっている。いつになく熱っぽいのだ。

「今すぐにはお答え出来ません」

源吾が言い切るや否や、島田は身を乗り出す。

「馬鹿者！　事態は甘くない」

声を荒らげてしまったのを悔《く》いるように、島田は舌を鳴らして声を落とす。その声が微かに震えていた。

「俺は貴様らが気に食わんが、今回ばかりは事情があるのだ……幕府は数が揃っておらねば、罪をさらに重くする。場合によっては、改易も有り得るぞ……」

「しかしうちの鳥越がやったとはどうしても思えません」

「状況がそれを指し示している」

すでに幕府は事件当夜、橘屋の前で新之助と行き合った火盗改から、聞き取りを終えたという。

当日、巡回していた者は五人。これは火盗改の一組の人数である。彼らが鎌倉《かまくら》河岸《がし》あたりを歩いていた時、うち一人が、

――何か焼ける臭いがせぬか。

と訝《いぶか》しんだ。そこで臭いを辿りつつ進むと、橋屋から炎が漏れているのを見つけた。すぐさま逃げ遅れた者がいないかと正面に回った。

「すると丁度、娘二人を連れて逃げようとする男に出くわした」

「昨夜、新之助に出くわした者の話では、一人と聞き及んでいますが」

「誰から聞いた……いや、よい」

島田としても新庄藩が外に人を放っているのは承知である。そこを問い詰めるつもりはないらしい。

「確かに二人とのことだ。逃げる途中、一人を始末したという見解だ」

「そもそも二人を連れて逃げるなど出来ますか」

島田は両手首を揃えて見せた。

「二人の手は縄で縛られ、それを一本に結んで引いていたという」

罪人を連行する時に使われる手法である。京の六角獄舎《ろっかくごくしゃ》の牢役人が手際《てぎわ》よく縄を繋いでいたのを見た。

「そんなことが新之助に出来るとは……」

「ともかく、手を縛った二人を人質として抜けようとした。同心らは隙を見て助けようとしたが、返り討ちに遭ったという訳だ」

「返り討ち……まさか死人が」

島田は唸って腕を組むと、首を横に振った。

「怪我人だけだ。一人は頭を打たれて昏倒《こんとう》、一人はみぞおちに一撃で悶絶《もんぜつ》、残る一人は左腕を折られた」

「峰《みね》打ちということですか？」

「殺すのは躊躇《ためら》ったということだろう」

殺していないと聞いて軽く安堵したのも束《つか》の間、島田は眉間《みけん》に細い皺《しわ》を浮かべつつ続けた。

「その後、炎は一気に広がって橘屋を包み込んだ。鑑みるに鳥越新之助が下手人で間違いなく、放っておく訳にはいかぬ」

「何か事情が――」

源吾が身を乗り出した時、島田はさっと掌を見せて制した。

「うむ。訝しい点も些《いささ》か残る……何よりあの鳥越だ」

出世を第一に考え、時に鼻持ちならぬ島田であるが、これまで何度か話して新之助の人柄を知っている。他にも新之助が何故か峰打ちをしたことなど、この事件が奇妙だと感じているようだ。

「まずは捕縛し、真相を確かめねばならぬ」

「取り調べがありますか」

「無論《むろん》。我らを何と心得る」

火付盗賊改方は事と次第によっては拷問《ごうもん》も辞さぬ、手荒い取り調べをすることで知られている。それで連続の火付けを防いだ実績も山ほどあるのだ。つまり逆に考えれば、必ず詮議はしているということにもなる。その一線だけは決して越えないという自負《じふ》が窺《うかが》えた。

「解りました」

「ぼろ鳶は鳥越を匿《かくま》おうとするのではないかと疑われている。明日は別の者が来る。それまでに戻せるか」

つまり今日は全員が揃っていると報告する。明日の点呼までに外に出ている三人を戻せというのだ。その方法については源吾に腹案《ふくあん》があった。

「それは出来ます。しかし何で俺たちを……」

島田が危険な橋を渡ってまで新庄藩を助ける訳が解らなかった。

「頼まれたのだ。幕閣の中にもこの事件を訝しんでいる方がおられる」

「田沼《たぬま》様……」

島田は小さく頷いた。幕府は下手人を新庄藩士鳥越新之助とし、府下の火消も全て駆り出す故、必ずや捕縛せよとお達しがあったのは昨夕。その数刻前、新庄藩は出入り禁止になっているが、外に出て戻らぬ者がいるとの一報が入り、点呼を取れと付け加えられたのが、今日の朝。

そのような中、島田の屋敷をふらりと訪ねてきた老人がいた。

「肝《きも》を潰したわ」

島田は思い出したようで、額に浮かぶ汗を拭《ぬぐ》った。島田も高禄の旗本だが、田沼を遠目に見たことはあっても、会話を交《か》わしたことすらなかった。どこかの武家の隠居のような格好であったため、すぐには気付かなかったが、それが田沼だったというのだ。

「田沼様は何と」

「一日だけ点呼を見逃し、松永に人を戻せと伝えて欲しいと……な」

ここまでの話から解るのは、島田は一橋の息が掛かっていないということ。幕閣は田沼派、一橋派に分かれており、島田が敵対派閥《はばつ》に属していれば田沼は頼まないだろう。かといって田沼派とも近しくなかったから、島田は驚いただろう。

「田沼様に恩を売ろうって訳か」

片笑んだ勢いで、地の伝法《でんぽう》な口調が出た。

「それもあるが……断れる者がそういようか。しかもたった一日、悪い話ではない」

島田は目を細めて小さく舌打ちした。島田は上の役職がつかえていることで、今なお火付盗賊改方長官の介添えをしている。これを機に出世の足掛かりを得ようとしているのだろう。

——何が起きている。

幕閣の中でも激しく動きがあることは確かである。

「他には？」

「他の役目に差し障《さわ》ることは頼まぬと。つまり鳥越を追うのは変わらぬ。ただ……」

「ただ？」

源吾は声を小さく身を乗り出した。

「田沼様も独自に調べる、と」

「奉行所か」

島田は苦い表情になった。南北の町奉行所は田沼の勢力圏の中にあると聞いており、火付盗賊改方とは別の指揮系統にある。吉原の一件でも両者がぶつかり、ひと悶着あったのだった。

――要人《かなめ》か。

そう思ったのも束の間、改めた。田沼の手駒である日名塚《ひなづか》要人は、先の「狐火もどき」の事件で重傷を負った。だいぶ癒えたらしいが、隠密にもかかわらず派手に動いた為、暫くはなりを潜めねばならないと聞いている。

「どのようにするか知らぬが、配下を戻しておけ。伝えたぞ」

島田は腰を上げて講堂を出ようとしたが、戸に手を掛けたところで振り返った。

「今一つ。伝え忘れた。皆目《かいもく》解らぬが、話せば解ると」

「何だ」

「てつが動く。信じて待て」

「ああ、解った」

源吾が口元を綻ばせて頷くと、島田は曖昧《あいまい》な表情になって首を捻《ひね》った。

「何故、ぼろ鳶のお主らが目を掛けて頂いているのか……」

独り言《ご》ちて島田が出て行くと、入れ替わりに星十郎が入って来た。

「島田殿は何と」

「その前にやることがある。『十三番』を打て」

江戸の火消は火事の伝達以外に、半鐘の打ち方に様々な意味を付けている。新米の鳶がまず覚えるのはこの半鐘の打ち方といってもよい。源吾が言った十三番の打ち方とは、新庄藩に仕官してから未だ使ったことがないものだった。

「総退却……三人を戻すので？」

星十郎が唇を巻き込む。

「ああ。頼む。火事が見えたと言い訳すれば、こればかりは咎められねえ」

半鐘を間違いで打って罪となるのなら、なかなか踏ん切りがつかない。故に町人の先打ちを除《のぞ》き、間違いは罪に問われないことになっている。

「しかし三人を戻せば、誰が外で事件を調べるのです」

星十郎は珍しく反発した。これで新庄藩は新之助を捜す術の全てを封じられる。だが明日の点呼で人が足りぬことが知れれば、新庄藩は取り潰しの沙汰《さた》を下されるかもしれない。それだけは避けねばならない。

「田沼様が信じろと。探索を引き継いで下さる」

「誰が……」

「銕《てつ》だ」

源吾が脳裏に思い描いているのは、銀の煙管をくゆらせる不敵な男の姿である。星十郎もその探索の実力は京で垣間《かいま》見ている。あっと声を上げて力強く頷いた。

第三章　もう一人の銀煙管《ぎんぎせる》

一

長谷川平蔵が田沼意次《おきつぐ》の屋敷を訪ねたのは、橘屋の火事から二日後の昼前のこと。中間《ちゆうげん》によって届けられた文、それが田沼からの呼び出しであった。田沼と父は肝胆相照《かんたんあいて》らす仲であり、平蔵も知遇《ちぐう》を得ている。

屋敷を訪ねるとすぐに居室に通された。田沼は文机《ふづくえ》に向かい、何やら書き物をしている。

「長谷川平蔵、罷《まか》り越しました」

「久しいな。来てくれたか」

田沼は筆をおいてゆっくりと振り返った。

――お疲れのようだ。

以前に会った時より額《ひたい》の皺《しわ》が深く、鬢《びん》の白髪《しらが》も些《いささ》か増えたように思えた。声にも掠《かす》れがあり、疲れの色がありありと浮かんでいる。

「今の役職は書院番《しょいんばん》であったな」

「はい」

父の死を受けて江戸に戻って家督《かとく》を継ぐと、幕府より西《にし》の丸《まる》御書院番士に任じられた。将軍継嗣《けいし》の警護役である。

先代平蔵は、田沼の目指す政《まつりごと》に共感していた。平蔵は亡父の遺志を継ぎ、すぐにも田沼の手足になりたいと願ったが、

――今は様々なことを学ぶ時よ。

と、田沼は許さなかった。そこで昨年、書院番に任じられたという経緯《いきさつ》がある。

「西の丸仮御進物番《ごしんもつばん》を命じる」

「つまり……」

「有体《ありてい》に言えば、儂《わし》に届けられた賄賂《わいろ》の差配《さはい》役よ」

田沼は不敵《ふてき》に笑った。田沼と最も頻繁《ひんぱん》に面会する役職の一つといってよい。この人事に関しては田沼の一声で決められるらしく、幕閣《ばっかく》の了承もすでに得ているという。将軍の決裁なども仰がねばならない為、正式には来年任ぜられることに

なるが、見習いをさせると押し切ったらしい。

「のっぴきならぬことが出来《しゅったい》したのですな」

昨年は学ぶ時といっておきながらの、急転直下の役替え。平蔵はそう読み取った。

「単刀直入《たんとうちょくにゅう》に言う。力を貸して欲しい」

平蔵も日本橋本銀町の商家「橋屋」が火付けによって全焼したことは聞いている。だがそれ以上のことは市井《しせい》に広まっておらず、平蔵も知らなかった。

「まさか……」

平蔵はことのあらましを聞いて絶句《ぜっく》した。平蔵も鳥越新之助という若者は知っている。まかり間違っても押し込みや火付け、勾引《かどわ》かしなどをするようには思えない。だが火盗改《かとうあらため》の同心たちが見たことは間違いないという。

「新庄藩は封じられた。そして新庄藩火消《ひけし》の鳶《とび》が市中をうろついているとの一報から在否を厳しく調べられることになった」

「それは全て……」

「ああ、かの御方の意思だ」

「一橋」

平蔵が口にすると、田沼はしっと鋭《するど》く息を吐いた。一橋が幕閣を陰で操っていることは知っている。

「儂は後手《ごて》に回っている」

事が起きた後、下手人《げしゅにん》の正体を知ったのは、一橋のほうが早かった。その時の一橋は、しめたとほくそ笑んだだろう。これまで一橋が画策《かくさく》したと思われる事件、それを悉《ことごと》く頓挫《とんざ》させている者こそ、松永源吾を始めとする新庄藩火消なのだ。これは、鳥越新之助だけでなく新庄藩をも取り潰《つぶ》す好機であった。

一橋は事件の翌朝、田沼が登城していなかったのをいいことに、詰めていた老《ろう》中《じゅう》を一斉に集め、次々に対応を決めさせた。

田沼が知ったのはその後、出てしまった命《めい》を差し止めるのは極《きわ》めて難しく、全てを覆《くつがえ》すことは出来なかった。

「点呼のことは苦し紛《まぎ》れだが、何とか手を打った」

先代の平蔵が京都町奉行に転任した時、火盗改の与力《よりき》や同心も入れ替わった。誰かを上手く丸めこんだのだろうか。

「新庄藩を救うには、一刻も早く真の下手人を見つけねばならぬ。奉行所にも独自に探索させているが……心許《こころもと》ない」

話の先が読めて平蔵は苦笑した。

「私を買いかぶり過ぎです」

「京での活躍は聞いている。先代も、いずれ倅《せがれ》は己を超えるだろうと常々《つねづね》言っていた」

「父が……」

面と向かってそのようなことを言われたことはなかった。父がそのように話してくれていたとは、嬉《うれ》しくもあり、些か気恥ずかしくもある。

「頼めるか」

「承《うけたまわ》りました」

「すまぬ」

田沼が頭を下げたので、平蔵は慌てて手を動かした。

「田沼様が詫《わ》びることはありません。礼なら松永に言わせます」

「それもそうだな」

田沼は厚い唇《くちびる》を綻ばせた。

「それにしても、何故こうも厄介事《やっかいごと》にばかり巻き込まれるのか……あいつらには疫病神《やくびょうがみ》が憑《つ》いているんじゃありませんか」

「困っている者を放ってはおけぬ連中だ。必然、巻き込まれることも多くなろう」

「確かに」

己も同じ性質であるためよく解る。初めこそ気に食わぬ奴と思っていたが、ぼろ鳶《とび》、いやあの男のことは認めている。平蔵は居住まいを正し、改まった口調で言った。

「必ずや事件の真相を明らかにしてみせます」

田沼も険《けわ》しい顔つきになって頷《うなず》いた。

二

平蔵はすぐに探索を始め、町に繰り出した。

「如何《いかが》なさいますか？」

そう尋《たず》ねてきたのは石川喜八郎《いしかわきはちろう》。先代の平蔵がその実直《じっちょく》な性格を買い、田沼に頼んで与力に配した男である。火付盗賊改方、そして先代平蔵最後の職であった京都西町奉行でも一緒だった。

平蔵とも浅からぬ縁があり、最も信頼をおいている。これも田沼の配慮により、書院番から今に至るまで、平蔵の転任に伴《ともな》って喜八郎も与力として役職を移している。つまり今の立場は西の丸仮御進物番与力となる。

「聞き込みからだな」

「時がありませんぞ」

事件は今尚続いており、世間に下手人と目《もく》されている鳥越新之助は、橋屋の娘を連れて逃走を続けている。これが捕まる前に事件の真相を解くというのが、平蔵に課せられた役目である。

「焦《あせ》れば負けだ。探索の基本は足……俺はこれを曲げねえ」

喜八郎はふっと眉《まゆ》を開いてみせた。足で調べる。これが先代平蔵の遺訓《いくん》の一つであることを、喜八郎もよく知っているのだ。

「さて、どこから行きますか？　橋屋は……」

「ああ、火盗改が押さえていて探索出来ねえ。それに俺が火事場を見ても、そこから判《わか》ることは知れている。まずは……加賀だ」

「なるほど」

橋屋で火盗改の同心たちを蹴散らして逃げた後、追手は新之助を一度しか捕捉出来ていない。その場所が佐竹右京大夫の屋敷付近であり、見つけたのは町火《まち》消。後で駆け付けた加賀藩。江戸でも名の知れた槍術家《そうじゅつか》、一花甚右衛門が刃《やいば》を交《まじ》えた。

「鳥越は、一花を人質に囲みを抜け、後に幕府は下手人が新庄藩火消頭取並《とうどりなみ》の鳥越新之助だと触《ふ》れを出した……あれだ」

平蔵は顎《あご》で辻の人だかりを指した。大高札場《こうさつば》をはじめ、市中三十五ヶ所に掲《かか》げられた高札全てに下手人の人相書きが出回っている。捕まえた者には金五十両、役立つ情報を持って来た者でも三両の報奨金《ほうしょうきん》が出ると添えられていた。

「色白く、顔小さく面長なる方、二皮目、唇《くちびる》薄き方……特徴だけ連ねると冷たく感じますな」

高札を見た喜八郎は眉間に皺を寄せた。顔の特徴はよく捉《とら》えているのだが、何かが少し違うように見える。

「いつも、へらへらしているからな。笑みを取れば案外こんなもんだろう」

「なるほど。そうかもしれませんね」

人相書きは、特徴だけを書き連ねる。実際の新之助はいつも笑顔で、そのせいで随分《ずいぶん》と印象が異なるのだろう。

二人は本郷の加賀藩上屋敷を訪ねた。新之助と直接戦った一花甚右衛門から話を聞くためである。門番に姓名と来意を告げて待っていると、脇門からひょっこり小柄な男が顔を見せた。

「一花殿で？」

「いえ、一花は見廻りでござる。今は一花に限らず、当家のほとんどの鳶が下手人を捜しに出ている有様《ありさま》でして。平鳶までいないものですから不便で不便で……」

男はこちらが訊いていないことまで、矢継早《やつぎばや》に話す。平蔵は呼吸の間を取って口を挟《はさ》んだ。

「貴殿《きでん》は？」

「拙者《せっしゃ》は当家の火消組で組頭を務めている福永矢柄と申す者。あいやお待ち下され。お尋ねにならずとも解ります。皆が出払っておるのに、何故拙者が残っているかでございますな。いや、決して頼りないということで留守《るす》を命じられた訳ではないのです。それは話すと長い訳《わけ》があり……」

「福永殿、こちらの話をお聞き下さい」

とにかくよく喋《しゃべ》るので平蔵は辟易《へきえき》し、自然と語調が強くなった。

「これは失礼致した。長谷川平蔵殿、石川喜八郎殿。一花に如何なる用件でござろうか？」

「お尋ねしたいことがあったのですが、他出されているということならば出直します」

平蔵が引き下がろうとした時、門の中から呼ぶ声がして矢柄は首を引っ込めた。

「お待ちを。長谷川殿をお招きせよと」

「どなたが？」

一花は不在のはず、と平蔵は顔を顰《しか》めた。

「大頭《おおがしら》でござる。あいや大頭は加賀鳶のみの役目、そもそも加賀鳶には八の組頭があり……」

「福永殿」

矢柄はまたやってしまったと、自らの額をぴしゃりと叩《たた》く。そして手で口を押さえて、手ぶりだけで中に招き入れた。矢柄に案内されて奥の一室に通される。

「西の丸仮御進物番、長谷川平蔵です。こちらは同与力の石川喜八郎」

「加賀藩火消頭の大音勘九郎です。こちらへどうぞ」

勘九郎は手で上座へと促す。大音家は大身《たいしん》とはいえ陪臣《ばいしん》。直臣《じきしん》である二人への配慮である。

「流石《さすが》は大音殿。同じ火消の頭でも、不作法《ぶさほう》な誰かとは違う」

平蔵が頰《ほお》を緩《ゆる》めると、勘九郎も微《かす》かに息を漏《も》らした。互いに思い描いている男は同じだろう。

「ここで結構。膝《ひざ》を詰めてお話ししたい」

平蔵は上座に移らず、近々と向き合う形で腰を下ろした。

「一花に用とか」

「はい。下手人……いえ、鳥越新之助についてお伺《うかが》いしたい」

勘九郎とは初対面である。だが、加賀鳶とぼろ鳶が互いに意識し合いながらも助け合う、いわゆる好敵手の間柄であることを知っている。

「無礼は承知で申し上げるが、長谷川殿を信じてもよろしいので？」

「ほう」

梟《ふくろう》の鳴き声のようになった。これだけで勘九郎が、この事件に何か裏があると知っている証左《しょうさ》になる。平蔵はにじり寄って小声で言った。

「西の丸仮御進物番……の長谷川平蔵でござる」

「つまり田沼様の命で動いておられると」

平蔵はこくりと頷く。浅間山《あさまやま》に噴火の兆候《ちょうこう》が見られた時、田沼は勘九郎を帯同して調べに臨《のぞ》んだ。勘九郎と田沼は互いの人となりを知っており、田沼はぼろ鳶とともに加賀鳶を最も頼りにしている。

「一花が見たことをお話し致しましょう」

勘九郎は信用に値すると思ってくれたようで、当日の話を事細かにしてくれた。そして最後に、

「松永には先ほど伝えました」

と、結んだ。その顚末《てんまつ》を聞き、平蔵は腕を組んで唸《うな》り声を上げた。

「豪儀《ごうぎ》なことで」

鳶口《とびぐち》を取りに行くという名目で乗り込むなど大胆不敵《だいたんふてき》。しかし法度《はっと》のぎりぎりの線を衝《つ》いているあたり新庄藩の悪癖が広がっているのか。喜八郎も感心というより半ば呆《あき》れた表情である。

「しかし同じ手はもう使えませぬ。よって我らは、火盗改や他の火消に先んじて鳥越を捕まえることを考えております。すでに配下の全てを町に放ちました」

加賀鳶は、如何《いか》なる時にも火事に即応出来るよう備えている。全て出払うなど

よっぽどのこと。新庄藩を援護してやろうという熱が感じられた。

「随分《ずいぶん》と肩入れされているようで」

聞けば火事が起きた時には、町ごとに集まる地が決められており、そこから火元へ向かう段取りとなっているらしい。そちらへの対応も抜かりはない。

「あやつが私に負けを認めるまで、取り潰《つぶ》されては困るのですよ」

勘九郎は軽く鼻を鳴らしてみせた。ともかくこれで逃走する新之助と、唯一接触した時の情報を得られた。今後の推理に大きく役立つだろう。

礼を述《の》べて腰を浮かせた平蔵は、ふと引っ掛かって顎に手を添えた。

「先刻、配下の全てを町に放ったと仰ったが、福永殿は何故ここに？」

「ああ……」

勘九郎は溜息《ためいき》を漏らし、こちらを見上げながら言った。

「あれは余計なことまで、うっかり口を滑らせる心配がありますので」

「なるほど」

平蔵は、あの鉄砲を乱射するかのような話し方を思い出して苦笑した。勘九郎も呆れたような顔付きになっている。ぼろ鳶の連中も個性豊かであるが、加賀鳶もまた負けてはいないようだ。

三

加賀藩上屋敷を出ると、平蔵は横を歩く喜八郎に言った。

「鳥越の足取りを追おうと思う」

喜八郎は眉を八の字にする。

「一花殿と戦って以降、鳥越殿を見た者はいません。そこから追うのは難しいかと……」

「いや俺が追うのは事件の後じゃねえ。前だ」

「なるほど。そういうことですか」

田沼が奉行所に探らせて解ったのは、未《ひつじ》の刻（午後二時）頃、母親に、

——見廻りに行ってきます。

と、告げて自宅を出たということだけだった。そこから何処《どこ》で何をしていたのか、皆目《かいもく》解っていないのだ。

「火盗改が橋屋から逃げる下手人を見たのは、亥の下刻を過ぎていたとのこと。未の刻から約四刻半（約九時間）も奴は何をしていた」

「縁談を断りに行ったのでは？」

大音勘九郎は、新庄藩火消から橋屋の娘と新之助が見合いをしたこと。そして当日、新之助が恐らくそれを断りに向かったことを聞いていた。

「亥の下刻だぞ？」

全ての木戸が閉まるような時刻。新庄藩でも門限は過ぎている。わざわざそんな時に赴《おもむ》くとは思えない。

「確かに妙ですな。しかし近くを見廻ってから向かうと言っていたとか……」

真夏の日差しは燦々《さんさん》と降《ふ》り注ぎ、喜八郎の額からは止めどなく汗が流れている。喜八郎は腰から手拭いを取って押さえつつ答えた。

「その様子を見ていた者がいるかもな」

いつまで新之助が界隈《かいわい》を見廻っていたのか解れば、空白の時間を埋めることが出来る。さらに夜に橋屋に向かった訳も判るかもしれない。

「ええ。夜まで近くにいたのならば、いよいよ何かのっぴきならぬ訳があり、向かったことになります」

「昼と夜じゃあ、廻り方も違うな」

平蔵は唇に手を添えて呟いた。

　火消の見廻りは昼と夜では大きく違う。昼に行うのは、江戸の町並みは日に日に変わるため、新たな建物、路地など見て廻り、いざ火事の時に迷わぬよう頭に叩き込むということ。また、これと合わせて天水桶《てんすいおけ》に水を張っておけだの、火付けの用心のために燃えやすいものは仕舞えだの、市中の人々に声を掛けて廻る。夜は専《もっぱ》ら注意喚起《かんき》。昼と異なって人々は家の中にいる。拍子木《ひょうしぎ》を打ちつつ、

――火の用心。

　と、呼びかける。夜回りとも言い、一般的には見廻りといえば、庶民はこちらのほうを思い浮かべるだろう。

「見廻りは昼までか……それとも夜までか」

　平蔵は煙草《たばこ》入れから銀の煙管《きせる》だけを取り出し、手にひたひたと打ち付けた。父が考え事をする時によくやっていた癖《くせ》である。こうすればよい知恵が浮かんでくるような気がし、今では癖までが受け継がれていた。

「それに違いが？」

　喜八郎は怪訝《けげん》そうにする。

「大違いさ」

　見廻りが昼の間だけだったとすれば、夕刻までに橘屋に向かった可能性が高

い。となると、新之助は何らかの理由で、夜、橘屋を再訪したことになる。例えば忘れ物をした、言い忘れたことがあったなど。そこで事件に遭遇《そうぐう》したということも考えられる。

「最も濃い線は、亥の下刻まで橘屋に滞在していたことだ」

「あっ、なるほど」

喜八郎は考えつかなかったと言う。例えば主人に引き止められ、飯を食って行けなどと誘われた。いよいよ暇《いとま》を乞《こ》おうとした時に、凶賊が襲って来たということも考えられなくはない。

「反対に夜まで見廻っていたとなれば、なかなかに怪しい」

夜まで続けていた場合、橘屋へ行くつもりだったのが、気が変わって返事を延ばそうと思ったとも考えられる。それなのに亥の下刻に橘屋にいたということは、さらに変心して足を向けたと見ることができるのだ。平蔵は違うと信じているが、状況的には新之助が下手人でもおかしくない。

「鳥越は拍子木を持って出たか否《いな》か。持って出たならば、昼からぶっ続けで廻るつもりだったことになるが……」

「新庄藩と繋がることはできません。鳥越殿の家族に訊くのもままなりませんな」

「いや、これは足で調べられる」

煙管でちょいと進む先を指した。

「金魚ぉー、めだかー……」

向こうから近付いて来るのは夏の風物詩《ふうぶつし》である金魚売。夏から初秋にかけてこうして声を掛けつつ、金魚やめだかを売る。雑踏《ざっとう》に混じって、すぐ近くに来るまで気付かなかった。もしこれが夜の静けさの中ならば大層目立つだろう。

「いけますね」

喜八郎も察したようで、顔に喜色《きしょく》が浮かんだ。

夜の見回りは己の管轄《かんかつ》内で行う。つまり新之助が拍子木を打ち、火の用心を告げて回れば近所の者は分かる。必ず一人や二人は聞いている者がいるはずだ。

「行くぞ」

平蔵は足を速め、新庄藩上屋敷のある芝森元町《しばもりもとちょう》を目指した。

緩やかな坂を上っていく。喧《かまびす》しい蝉《せみ》の鳴き声に混じり、喜八郎の荒い息が耳朶《じだ》を揺らす。

「躰《からだ》が鈍《なま》っているんじゃねえか？」

平蔵は汗を拭きつつ、前のめりに歩く喜八郎を見て笑った。

「歳ですかね。夏が苦手になってきました」

「京のほうが暑かったがな」

平蔵は茹《う》だる暑さに歪《ゆが》む京の風景を思い起こした。

「それはそうですが……江戸はどうしてこうも坂が多いのでしょうな」

喜八郎は腿《もも》を叩きながら愚痴《ぐち》を零《こぼ》した。確かに京の町に勾配《こうばい》は少ない。一方江戸は存外《ぞんがい》坂の多い町である。

「見えてきたぜ。おお、沢山《たくさん》いやがらあ」

平蔵は舌打ちをした。坂の上に見えてきた新庄藩上屋敷のぐるりを、多くの武士がうろついている。火盗改か火事場《かじば》見廻《みまわり》、あるいはその両方であろう。

「あれでは文を投げ入れることも難しいかと。不用意に近付かぬのが賢明《けんめい》です」

「そうさな」

胸にふいに寂寥《せきりよう》感が溢《あふ》れて声が小さくなった。父が長官を務めていたこともあり、当時は火盗改の者たちとも親しくしていた。喜八郎もその一人である。だがそこから二代を経《へ》ており、顔ぶれはすっかり変わっている。二人は知らぬ振りをして行き過ぎると、そこから手分けして周囲の屋敷や長屋、自身番で聞き込みを行った。

夏で日は長いが、一刻（約二時間）ほど経《た》てば、薄《う》っすら空に茜《あかね》が滲み始めている。

「どうだった？」

喜八郎と合流するなり訊いた。

「二十軒ほど訪ねて解ったことが」

平蔵も二十四軒に聞き込んだ。二人合わせて約五十の証言を取ったことになる。

「昼過ぎに見廻る鳥越を見たという爺《じい》さんがいた。近く碁《ご》の相手をする約束をしたらしい」

「こちらは子どもです。せがんで隠れ鬼で遊んでもらったとか」

正確な時刻までは解らぬが、日中に見廻りを行っていたことは確かである。

「夜回りもあった」

「はい。大半がそう答えています。しかし皆が口を揃えて違う名を」

「ああ、め組の銀治《ぎんじ》だな」

町火消め組の頭でありながら、初心を忘れることなく自ら拍子木を打って夜回りをする。しかも毎日欠かすことがない。ある大雪の日、蓑笠《みのかさ》をつけ、腰に提灯《ちょうちん》を差した姿で回り続け、それを見た誰かが、

——季節外れの蛍《ほたる》のようだ。

と言ったことが広まり、「銀蛍《ぎんぼたる》」の異名《いみょう》で呼ばれるようになった。華こそないが堅実《けんじつ》な仕事ぶりで火消番付《ばんづけ》にも名を連《つら》ねている。め組の管轄は芝口界隈《かいわい》とここから近い。五日に一度はこの辺《あた》りにも足を延ばしていると、住民たちは口々に話した。

「新庄藩も普段から夜回りをしているようですが、自身番の者たちの話では、当日は火事場に出向いていたこともあり、回ってこなかったそうです」

つまり新之助は夜回りをしていない。

「銀治に会ってみるか……あるいは他の線か……」

「おい」

平蔵が思案《しあん》していると背後から声が掛かった。振り向くと、西日を背負いつつ五人の男がこちらに近付いて来ている。

「何だ」

「この辺りを探っているらしいが、何用だ」

先頭を歩く受け口の男が言った。その顎のしゃくれた相貌《そうぼう》は、顎《あぎ》と呼ばれる魚を彷彿《ほうふつ》とさせる。聞き込んだ住民の口から洩《も》れたのだろう。男たちはこちらの動きを知っている。

「別に。帰ればいいんだろう。じゃあな」

平蔵は手を宙にひらりと舞わせ、身を翻《ひるがえ》した。

「おい、待て――」

肩を摑《つか》んで制止しようと男の一人が間合いを詰めたのだ。平蔵は砂利《じゃり》の擦《す》れる音だけでそれを察し、勢いよく振り返った時、その手は刀の柄《つか》を握っている。

平蔵は地を這《は》うように低く言う。

「詰めんじゃねえよ」

「貴様……何者だ」

男は歯ぎしりをし、顔のえらがより張り出す。

「人様に名を尋ねる時は、まず自分から名乗れって、母上に教えてもらってねえのかい？」

小馬鹿《こばか》にした物言いに、男は顔を真《ま》っ赤《か》に染めている。居合で斬れる間合いである。他の男たちも足に根が張ったように動けない。

「ご無礼を致しました。背後から迫られれば、身構えるのは武士の常《つね》。我らは退散致します故《ゆえ》……」

それまで目頭を摘《つま》んでいた喜八郎が、間に入って取りなそうとする。しかし男は怒りが収まらぬと見え、四角い顔をぐいと近付けて来た。

「火付盗賊改方組頭、猪山蔵主《いやまくろうず》だ」

どうだ恐れをなしたかと得意げな顔に書いてある。それが妙に癇《かん》に障《さわ》った。

「息が臭《くせ》えよ」

「なっ――」

間合いに入っていることも忘れ、猪山は激昂《げっこう》して胸倉《むなぐら》を掴もうとする。平蔵はすかさず柄から手を離し、猪山の手首を捻《ひね》り上げた。

「狼藉《ろうぜき》を働くか！」

「てめえの息が狼藉だ。馬鹿野郎」

平蔵がにやっと笑ったので、喜八郎は額に手を当てて大きな溜息をついた。騒ぎを聞きつけて、新庄藩上屋敷のほうからさらに仲間が駆け付けて来る。囲まれては厄介だと考えた時、新手の中から声が掛かった。

「長谷川様！」

「お、牧田《まきた》か。久しぶりだな」

父が長官を務めていた時からの火盗改同心である。歳は平蔵よりも若く、当時はよく酒を奢《おご》ってやっていた。僅《わず》かながら古くからの者も残っているらしい。

「長谷川平蔵様の嫡子……」

「本所《ほんじょ》の銕《てつ》か！」

火盗改が口々に言って騒《ざわ》めいた。

「このようなところで何を。お止《や》め下さい」

牧田は諸手《もろて》を突き出して宥《なだ》めようとする。

「火盗改は時に拷問も許される強権を与えられている……故に常に己を律し、礼を失することがあってはならぬ」

「長谷川様の……」

牧田が言う「長谷川様」は父のこと。父の下《もと》でお役目に就いていた火盗改なら、耳にたこが出来るほど聞かされた訓示《くんじ》である。

「牧田、これじゃあ、ただのならず者の集まりだ。民も恐れるだけよ」

平蔵は猪山の手を離して、後ろに下がり、間合いを取った。猪山は顔を歪《ゆが》めながら手をぶらぶらさせる。

「本所の鉄であろうが、俺は許さんぞ」

「猪山様、今朝ほど、お達しが……」

他の火盗改が猪山に耳打ちをする。

「来年には西の丸仮御進物番だと……」

猪山は明らかに狼狽《うろた》えている。今朝の段階で己が西の丸仮御進物番に内定し、見習いに入ることは各所に通達されていたようだ。田沼の腹心《ふくしん》ともいうべき役職である。好んで軋轢《あつれき》を生じさせたい幕臣などは皆無《かいむ》だろう。

「互いに誤解があったようだ。非礼を詫びる」

平蔵は喧嘩の駆け引きは慣れたもの。ここらが落としどころだと、こちらが先に詫びた。

「いや……こちらも申し訳なかった」

猪山も渋々《しぶしぶ》といった様子だが、頭を下げた。

「失礼する」

「では」

喜八郎を目で促《うなが》し、歩み始める。牧田の近くまで来ると、平蔵はぼそっと呟いた。

「火盗改も変わったな」

牧田は俯《うつむ》くようにして顔を背《そむ》けた。暮れなずむ日に照らされているからか、牧田の顔はやや紅潮《こうちょう》しているかのように見えた。

暫し離れたところで、喜八郎は背後を確かめて言った。

「付いて来ていないようです」

「ああ」

「まったく若……いや、長谷川様は変わられたと思いましたが、相変わらず……」

「ふっと本所の頃に立ち戻っちまった」

「口が悪すぎます。あのようなことを申されれば、猪山でなくとも怒って当然」

「悪い。気を付ける」

平蔵は片手で詫びて片笑んだ。父亡き後、妻を除けば、このように苦言を呈してくれるのは喜八郎だけ。故に深く信頼しているのだ。

「しかし、あちらは随分と変わったようで」

喜八郎もかつて火盗改に属していたのだ。先代平蔵が率いていた時との変わりようには、少なからず驚いているようであった。火付け、押し込みなどの凶賊を未然に防ぐことを目的とするだけあって、元々荒っぽい集団ではある。だが、どの者も江戸を守るという使命に燃えていて、あのように殺伐《さつばつ》とした雰囲気《ふんいき》は決してなかった。

「ふむ……」

「どうかしましたか?」

曖昧な返事をしたので、喜八郎は顔を覗き込んできた。

「いや、妙に食い下がってきたなと」

猪山がこちらの素性《すじよう》が知れた後も引き下がらなかったのが、妙に気に掛かった。新庄藩の監視をよほど厳しく命じられているのかもしれない。

──面倒ごとを。じっとしてろよ。

坂道を下る途中、振り返ると新庄藩上屋敷の屋根だけが見えた。あの屋根の下にいるはずの、無鉄砲《むてつぽう》な男に、心の内で呼びかけ、平蔵は小さく舌打ちをした。

四

新之助は御頭の家を辞すと、橘屋にはすぐに向かわず、管轄内を見廻ることにした。一度自宅へ戻り、母の秋代に声をかけて、また出てきた。商家というものは日中どこも忙しい。夕刻になればそれも落ち着くので、橘屋を慮《おもんばか》り、申《さる》の刻（午後四時）を目処《めど》に行けばいいと思っていた。

「栄蔵《えいぞう》さん、こんにちは」

新之助は目を細めて会釈した。すれ違ったのは近所の武家の隠居である。

「おお、鳥越の坊か」

「もう坊って、歳じゃないんだけどな」

新之助は口を歪めて頰を搔《か》いた。

「儂にとってはいつまでも坊さ。生意気に身丈《みたけ》ほどある竹刀《しない》を背負って、道場に通っていたのが昨日のようだよ」

「もう十年以上前のことでしょ」

新之助は苦笑したが、思い出してぽんと手を打って続けた。

「それよりも栄蔵さんの家の垣根。枯《か》れているところは切ったほうがいい。火を付けられたらあっという間に燃えてしまう」

「なるほどな。じゃあ植木職人に……」

「今度の非番の日でも、私が行って切りますよ」

「いいのか？」

「ええ」

「じゃあ、その後こっちも付き合ってくれよ」

栄蔵は指二本を宙に動かした。これまでも新之助は暇を作って、碁好きの栄蔵の相手をしている。碁の腕は決して良くなく、八子局《はちしきよく》でも完敗してしまう。

「栄蔵さんは強いからなあ」

「九子局にしてやる」

「解りました。じゃあ、桶の水は切らさないで下さいよ」

新之助は念を押して栄蔵に別れを告げた。こうして近くに住む人々と交流を持つことも、火消として大事なことである。信頼がなければ、いざという時にこちらの指示に従ってくれないこともままあるのだ。

大通りから猫道まで、隈なく見廻りをする。壊れた桶などが放置されていることがあり、そのようなものを見つければ即座に片付けてしまう。日々の心がけで火事が起こる可能性はぐんと下げられるのだ。

「新之助さん！」

「平吉《へいきち》か。夏風邪《かぜ》はもう治ったのかい？」

見廻りでよく会う、七歳の男の子である。父親は青物を売る棒手振《ぼてふ》りである。数日前に風邪をひいて寝込んでいたと耳にしていた。

「もうすっかり」

にかっと笑った平吉の歯が一本抜けている。生え替わる途中で、いつもどこかが抜けている。

「それはよかった」

「隠れ鬼しようよ」

平吉が指差す方向に、同じ年頃の男の子が五人いる。どの顔もよく見慣れた顔である。

「見廻りの途中だからね」

「一回だけ」

「よし……じゃあ、私が鬼をしよう」

「やった！」

平吉は嬉々《きき》として仲間に告げに行く。新之助は壁に向かってゆっくりと数えた。

「七、八、九……十。もういいかい？」

「まーだだよ」

口元が緩む。これを二、三度繰り返さないと、いつも探すことを許してくれないのだ。ようやく許可を得て探し出す。五人はすぐに見つけたが、誘った平吉だけがなかなか見つからない。

「あれか」

商家の脇に置かれている小ぶりな樽《たる》の蓋《ふた》の位置が、先ほど見た時よりも少しずれている。一度見たものを絵のように覚える特技を持つ己でなければ、気付かないほど僅かな違いである。樽に近付くとそっと蓋を取った。

「平吉、見つけた」

「げ……自信があったのに」

目を丸くして見上げた平吉は、膨れ面で桶から出る。

「中に水が入っていただろう？」

樽の内側は湿っている。中に水が入っていたのだ。周囲は微かに濡れているが、水溜まりはない。

「三人で運んで堀に……」

「これは火事があった時に使うものだから、勝手に空《から》にしちゃいけない」

穏やかな口調で叱《しか》ると、平吉は肩を落とした。

「ごめんなさい」

「解ったならいい。皆で井戸まで汲《く》みにいこう」

平吉の顔がぱあっと明るくなる。新之助は商家に事情を告げて手桶を借り、子どもたちと共に井戸に向かう。二度往復して樽は水で満たされた。

「これでよし。これからは気を付けてね」

「はい！」

平吉を始め、子どもたちの元気な声が揃う。再び遊びに興じ始めた子どもたちを横目に見ながら、新之助はまた見廻りを再開した。

「そろそろか」

未の下刻（午後三時）の鐘が鳴ってから暫し経った。ゆっくり向かえば、ちょうど申の刻頃だろう。新之助は見廻りを終え、日本橋本銀町に店を構える橘屋を目指した。

季節は夏本番というところ。ますます日差しが強くなってくる。堀からは藻《も》が蒸《む》されたような臭いが漂い、気のせいだろうが、水さえもとろみが付いているように見えた。威勢《いせい》のよい掛け声と共にすれ違う、冷水《ひやみず》売りもこの季節の風物詩。額からは滝のように汗を流している。

「さて、ここか……」

思った以上に立派な店構えで些《いささ》か驚いた。見合いの席を立てば破談《はだん》になると思っていたのだが、先方は気にしていないようで、再度席を設けたいと仲人《なこうど》に言って来たらしい。

いよいよという段になり、新之助の脳裏にあの日の見合いの光景がまざまざと蘇《よみがえ》ってきた。

表を張り替えたばかりなのだろう。汚れ一つない畳から藺草《いぐさ》の香りが立ち上っている。忘れた頃に鳴る、澄んだ鹿威《ししおど》しの音が、場の清らかさをより一層引き立てていた。普段は滅多《めった》に足を踏み入れぬ高級な料理茶屋。

己はどのような顔が相応《ふさわ》しいのか解《わか》らずに、ほとほと困り果てていた。

「口《くち》」

母の秋代が小声で言う。どうやら口が少し開いていたらしい。

比度、仲人を務めることになった新庄藩出入りの商人もこれに気付き、思わず苦笑していた。

「この度は顔合わせをお受け頂き、まことにありがとうございます」

向かいの男が頭《こうべ》を深く垂れる。「橘屋」の主人で名を徳一郎《とくいちろう》と謂《い》う。それに合わせて隣の娘も頭を下げる。徳一郎の娘で琴音《ことね》と謂い、見合いの相手である。

「琴音でございます」

歳は十七。きめ細かな若々しい肌、二重《ふたえ》の大きな目に長い睫毛《まつげ》、摘《つま》み上げたような高い鼻。星十郎のように、どこか南蛮《なんばん》の香りがする顔である。好みもあろうが、新之助は美しいと思った。

「鳥越新之助です」

新之助は頰《ほお》を無理やり上げて笑みを作った。

「ご立派な御血筋と伺《うかが》っております。元は御城主の家柄とか」

徳一郎は人のよさそうな笑みを浮かべた。これには秋代が答える。

「元亀天正《げんきてんしょう》の昔のこと。いまでは戸沢家の一《いち》家臣です」

「今は今で新庄藩火消頭取並《とうどりなみ》。ご活躍はかねがね」

「悪名が轟《とどろ》いていますからね……」

ぼそっと呟《つぶや》くと、母がぎゅっと腿《もも》を抓《つね》ってきた。

「橋屋さんこそ、ご立派な」

手に滲む怒りとは対照的に、母は満面の笑みである。

この国には図抜《ずぬ》けた豪商が三つある。「白木屋《しろきや》」、「越後屋《えちごや》」、そして新庄藩も大《たい》層《そう》世話になっている、下村彦右衛門《しもむらひこえもん》が当主の「大丸《だいまる》」である。橋屋はその大丸傘下の七つの有力な商家のうちの一つ。江戸でも指折りの富商《ふしょう》であると聞いていた。

「そんな滅相《めっそう》も無い」

徳一郎は顔の前で手を振った。

「薬種《やくしゅ》を商っておられるとか」

「はい。他にも干鰯《ほしか》など手広くやっていますが……元は蜜柑《みかん》です」

秋代に求められ、徳一郎は滔々《とうとう》と橋屋について語り始めた。

毎年霜月《しもつき》（十一月）八日、鍛冶屋《かじ》、鋳物師、鋳掛屋など鞴《ふいご》を用いる職人たちが一斉に仕事を休み、鞴を清めて注連縄《しめなわ》を張る。火難除《かなんよ》けのために火の神を祀《まつ》ると も、金山彦神《かなやまひこのかみ》、金山姫神《かなやまひめのかみ》を祀るともいうが、これを「鞴祭り」と呼ぶ。この時に蜜柑を食べると、冬の間風邪をひかないと言われており、鞴を祀る家々は近所の子どもに蜜柑を振る舞うのだ。

「何故《なぜ》、蜜柑なんでしょう？」

新之助は疑問に思って口に出した。鞴祭りのことも、蜜柑を配ることも知っていたが、その由来は知らなかった。

話の腰を折るな、と母は睨《にら》むが、徳一郎は穏やかに解説してくれた。

「蜜柑は鉄を錆《さ》びさせる酸が含まれているので、鍛冶屋や鋳掛屋は代々これを忌《い》み、自らの庭には植えないそうです。鞴を休める日だからこそ、普段食べられない蜜柑を食べて祝う。そのような説もあるとか……」

「その鞴祭りの蜜柑を橘屋さんが納めておられたということですね」

母は愛想《あいそ》よく話を続ける。橘屋はこの古い神事に目を付け、紀伊《きい》から大量に蜜柑を仕入れて、金物を扱う職人たちに安く売った。これを足掛かりに江戸への進出を果たしたということらしい。

「ええ。つまり元は、しがない蜜柑屋でございます」

「そんな、そんな……」

母と徳一郎は互いの家を褒《ほ》め合い、次いで他愛《たあい》も無い話に移る。

「半鐘《はんしょう》……」

遠くで確かに鳴っている。新たに半鐘を引き継ぐ町《まち》火消が現れ、音はどんどん近付いている。

「すみません。火元に向かいます」

新之助は立ち上がった。皆の視線が一斉に集まる。見下ろした母は溜息《ためいき》をついて頷《うなず》く。

「かなり遠くのようですが……？」

「当家はどこにでも駆け付けねばなりませんので」

日本《に》橋本銀町に住まう徳一郎は、管轄《かんかつ》を守る町火消にしか馴染《なじ》みがないだろう。

だが方角《ほうがく》火消は違う。一応管轄はあるが、御城の守護が役目である以上、江戸全体が管轄ともいえる。

「しかし、装束《しょうぞく》も……」

「持って来ています」

「えっ――」

その場にいた母以下、一様に驚きの声を上げる。

「お役目に熱心なもので……」

母は苦い表情で言った。

「なるほど。これこそ……」

「火消侍《ひけしざむらい》というものです」

新之助が言うと、徳一郎の口元が綻ぶ。こちらを見上げる琴音の目が、何故か輝いているように見えた。

「私どものことはお気になさらず。お役目に励んでいらして下さい」

「ありがとうございます。行って参ります」

微笑みながら言う徳一郎に、新之助は一礼して部屋を出ると、手早く火消装束に着替えた。大小を差し、指揮用の鳶口《とびぐち》を腰の反対に捻《ね》じ込む。最近になってようやく御頭《おかしら》から持つことを許された。その御頭は、新米《しんまい》の鳶を教練するため、小《お》川町定火消《がわまちじょう》屋敷にいる。己が代わって指揮を執《と》らねばならない。

新之助は道に飛び出した。半鐘の音に耳を傾けながら、続々と鳶が集まりつつあるはずの新庄藩上屋敷の教練場を目指した。

――困った。

橋屋の暖簾《のれん》を見つめながら、新之助はこめかみを指で掻いた。

正直な感想である。あのままうやむやになることを、どこかで望んでいたのだ。再び席を設けるとなれば、先方にも無用な気を持たせることになる。その気が無いならば、早めにお断りしろと母にも言われていた。

第一声を何にしようかと店の前で躊躇《ちゅうちょ》していると、丁度《ちょうど》暖簾《のれん》を潜《くぐ》って手代らしき男が飛び出して来た。

「これは、鳥越様」

「ご存《ぞん》じなんですか？」

「ええ、それはもう。旦那様！　鳥越様が――」

「け、結構です！　近くを通りかかっただけなので……」

止めようとするが、奉公人は気にせず中に入っていく。新之助は溜息を零し、腹を決めて店の中に足を踏み入れた。

「鳥越様、御運び下さり、誠にありがとうございます」

出迎えてくれたのは橋屋の主人、徳一郎。咄嗟《とっさ》のことで怯んでしまい、近くを通りかかっただけと言い訳してしまっている。その流れで縁談を断りに来たとは流石に言えなかった。

「本当に近くを通っただけで……この後、用があるので、行かねばなりません」

「残念です。それでも立ち寄って下さったこと、これほど喜ばしいことはありません。誰か早く呼びに……」

「いやいや、そんな――」

店から出ようとしたが遅かった。奉公人の声を聞いていたのだろう。廊下から足早な跫音《あしおと》が聞こえ、娘が姿を現した。

「どうも」

新之助は会釈《えしやく》する。先日の見合いの相手、琴音である。

「鳥越様、よくお越し下さいました。過日の火事、大層《たいそう》ご活躍なさったと耳にしております」

「私は何もしていませんよ」

新之助は目の前で手を振った。前回の火事では御頭の執念《しゆうねん》が、加賀鳶を動かし、藍助《あいすけ》という切り札を呼び込んだ。己は火消として最低限のことはしたが、目を瞠《みは》るほどの活躍はしていない。

「ここに書いてあります」

片手を後ろに隠していることは気付いていた。一枚の刷り物が差し出される。

「それは……」

「火事読売《よみうり》です」

琴音の相貌は大人《おとな》びているが、笑うと八重歯《やえば》が覗いて、年相応《そうおう》に無邪気《むじゃき》に見える。

「ああ、文五郎《ぶんごろう》さんの」

火事のことを専門に扱う読売書き、文五郎が書いたものである。何やら紙面《しめん》に朱《しゅ》で印がつけてあるので、新之助は顔を突き出して凝視《ぎょうし》した。

まず先着が新米の鳶たちを教練している途中だった、新庄藩火消頭「火喰鳥《ひくいどり》」松永源吾、加賀藩火消頭取並「隻鷹《せきおう》」詠兵馬と書いてあり、その後、──麹町定火消《こうじまちじょうびけし》日名塚要人、新庄藩の鳥越新之助らが駆け付け……。

と、短く触れられている。己の名があるところに朱で細く線が引いてあるのだ。

「よく見つけましたね」

新之助が苦笑すると、琴音は自慢気に少し胸を張った。

「鳥越様の活躍が書かれているのではと思い、翌日、読売を買いに走りました」

「ありがとうございます」

幾らお役目とはいえ、見合いの席を一方的に中座したならば気分を害しそうなもの。また、このような夫の元に嫁《とつ》げば、四六時中《しろくじちゅう》心配していなければならないと気付くには十分のはず。それなのに琴音はむしろ、新之助が火事場に走ったことを誇らしげにさえしている。

「今日はどちらへ？」

二人のやりとりを微笑《ほほえ》みながら見ていた徳一郎が口を挟む。

「いや……その……町を見回らねばなりません」

今日は一度出直すほうがいいと判断した。

「お役目でございましたか。お引き止めして申し訳ございません」

徳一郎に謝られ、胸がちくりと痛む。

「では、失礼致します」

「またいつでもお立ち寄り下さい」

徳一郎と共に、琴音も頭を下げた。新之助は心苦しくなって、会釈と共に橘屋を後にした。そして足早にその場から離れていく。あんなに良い娘を妻に迎えることは出来ない。己はいつ何時、火に敗《やぶ》れて死んでもおかしくない火消侍《ざむらい》なのだ。

そろそろ皆が家路《いえじ》に就く時。すれ違う人々の足は皆軽やかである。幾つもの幸せそうな顔が流れていく中、新之助は程よく温《ぬる》くなった風に溶かすように、細い溜め息を零《こぼ》した。

五

平蔵らは日本橋の北側に向かった。芝口《しばぐち》三丁目に向かい、銀治から話を聞こうと思ったが、あの界隈にも火盗改は多くうろついている。ひと悶着《もんちゃく》あったばかりのため、翌日以降に持ち越すのが賢明《けんめい》だと判断したのだ。

「さて、聞き込むぞ」

拳《こぶし》を掌に打ち付け、平蔵はぐるりと見渡した。夜も更《ふ》けて方々《ほうぼう》の居酒屋から、賑《にぎ》やかな声が漏れ聞こえている。橋屋近辺の居酒屋を虱潰《しらみつぶ》しに当たるつもりである。

「骨が折れますな」

一日中動き回って疲れているであろう喜八郎は、愚痴を零すものの、早くも一軒目の居酒屋の暖簾に手を掛けている。今回が時との勝負だということを、父の薫陶《くんとう》を受けたこの与力は熟知している。

数軒回っても事件当日のことを知る者には出逢えなかった。しかし橋屋の商いについて知る者は多かった。どの者も異口同音《いくどうおん》に、

――橋屋はよい商いをしていた。

と悪く言う者は皆無であった。中には事件の凄惨《せいさん》さを思い出して涙ぐむ者もおり、橋屋が界隈から親しまれていたことが窺える。

『来生《きすぎ》』なんてどうです？」

酔客の一人が教えてくれた。何でも町火消がよく集まる居酒屋らしい。火消のことならば、火消に訊く方がよいのではないかということだ。

「ここだな」

歩いて四半刻足らず、暖簾に「きすぎ」とある店の前に辿り着いた。他の居酒屋に比べ、何とも騒々《そうぞう》しく、派手《はで》な酒の呑み方をしている客が多い。

「すみません」

喜八郎が入口近くの客に声を掛けるが、店の喧騒《けんそう》に掻き消されて気付かない。

「すみません、少しお訊きしたいことが……」

諦《あきら》めずに喜八郎は繰り返すが、奥のほうで何やら喧嘩紛《けんかまが》いの口論まで始まり、

誰も耳を貸そうとはしなかった。平蔵は息を吸い込むと、大声で言い放った。

「火消は耳が遠いのか⁉」

「何だ、てめえ！」

効果覿面《てきめん》。客の七、八割が一斉に腰を浮かせた。これらが火消と見て間違いないだろう。

「聞こえているんじゃねえか」

「ここをどこだと思ってんだ」

一人の男がゆっくりと近づいて来る。鳶という連中は武士を屁《へ》とも思っておらず、事と次第によっては喧嘩をしても構わないという気概《きがい》に溢《あふ》れている。他の客はまずいことに巻き込まれたと財布を取り出し、帰る機会を窺っている者もいた。

「来生だろ？」

「当たり……じゃねえ！」

店の中がどっと湧《わ》いた。皆が酔っていることもあろうが、火盗改の時と違い、何とも陽気ではある。男も仲間に笑われて気勢《きせい》を削《そ》がれたのか、ばつの悪そうな顔で頭を掻き毟《むし》る。

「訊きたいことがある」

「何でえ」

「橘屋の火事……鳥越新之助のことだ」

　ふっと一瞬にして店内の雰囲気が変わったのを感じた。

「てめえ、火盗改か」

　男は眉間に皺を寄せ、他の者たちの顔も険しい。先ほども喧嘩になりかけたが、それはどこか祭りを楽しむ様《さま》に似ていた。しかし今は純然たる怒りのようなものを感じる。

「だったら？」

「何も言うことはねえよ」

　けっと吐き捨て、男は席に戻ろうとした。

「俺は火盗改じゃねえ」

「どうだか」

　手をひらひらと動かして行こうとする。

「長谷川平蔵ってもんだ」

　奥の小上がりで男が一人立ち上がった。

「どっかで見たと思ったら、本所の銕か！」

「おうよ」

店内に感嘆《かんたん》の声が上がる。席に戻りかけた男も振り返り、まじまじと顔を覗き込む。

「お父上には世話になりました」

一人が頭を下げたのを皮切りに、皆が口々に礼を述べた。

「この事件の真相を探っている」

「ってことは……長谷川様もやはり鳥越が下手人ではないと」

「あいつを知っていれば、そうなるよな」

平蔵がこめかみを掻くと、一同の表情が一気に和《やわ》らいだ。

「話を聞かせてくれ」

静かに言葉を継ぐと、男は頷いて奥へと招き入れた。小上がりで平蔵を取り囲むようにして火消たちが座る。口火を切ったのは平蔵と睨み合った男である。

「長谷川様が言ったように、火消の半分は鳥越が下手人とは思っちゃいません」

幕府より府下の火消に出動が命じられたのは、事件の翌日。しかし、火消たちは下手人が新之助だと知らずに追っていた。

事件の二日後、下手人が新之助であると判明した時には、火消たちにも激しい動揺が走ったという。新之助を知っている者は一様《いちよう》におかしいと声を上げたが、火盗改側もしかと見たので間違いないと強弁《きようべん》した。

——捕えた者には五十両。その者がいる組には五百両。反対に人を繰《く》り出さなかった組には厳罰を与える。

そのような通達があったのは、その直後のことであった。これで府下の火消は二分されることになったという。

「同じ一番組でもまちまちさ。は組が目の色変えて捜してやがる」

別の男が大きな舌打ちをする。は組は五百両に目が眩《くら》んだと思っている。お上何するものぞの火消にとって、仲間を信じぬ彼らは許せぬらしい。

「万組は腹を括《くく》って、誰も人を出してねえ」

新庄藩の武蔵は元万組の頭。新之助を信じ、罰を受ける覚悟で撥《は》ねつけているという。

「よ組の秋仁は人を出し、火盗改より先に見つけるつもりだ」

まずは新之助の身柄を火盗改より早く確保する。その上で真実を問い詰めるつもりでいるらしい。加賀鳶と同じ考えだった。

「に組は全く解らねえ。ここにも顔を出さねえしよ」

に組と謂《い》えば辰一《たついち》。己の縄張りには人を配して見張っているものの、常の如く他の町までは捜しに出ておらず、何を考えているのか解らないと皆が言う。

「うちは御頭が鳥越様の無罪を訴えたが、全く取り合われないどころか、探索を攪乱《かくらん》する所業《しょぎょう》だとかで謹慎《きんしん》だぜ？　ふざけんな」

離れたところで憮然《ぶぜん》と酒を呷《あお》っていた若い男は、声を荒らげ、土壁をどんと叩いた。

「お前の組は？」

「い組だ」

「頭は確か『縞天狗《しまてんぐ》』の漣次」

その道にあまり詳しくない平蔵でも知っている著名な火消である。

「御頭はあの日、火事が起きる直前まで、鳥越様と酒を酌《く》み交《か》わしていたんだ。絶対にあり得ねえと……」

「何だと……いつだ⁉」

平蔵が声を荒らげたので、男は驚いて口を尖らせた。

「ゆ、夕刻、日本橋の袂《たもと》でばったり会ったと。初めて一緒に酒を飲んだとか……

詳しいことは御頭しか解りやせん」

「漣次はどこにいる」

「御頭は自宅で謹慎していやす」

漣次の罪をこれ以上重くしたくなければ、必死に下手人を捜せと脅され、渋々ではあるが、い組は副頭を中心に昼夜交代で探索に当たっているという。

——やはり引っ掛かる。

新之助の無罪を訴えただけで謹慎とは、度が過ぎる。

「お前、名は？」

「慎太郎《しんたろう》です。まだ新米なので頭付きを務めておりやす」

頭付きとは武家における小姓《こしょう》のようなもの。見込みのある若い者が命じられ、火消のいろはを直《じか》に叩き込まれる。頭の身の回りの世話なども役目らしいが、漣次が謹慎を命じられたことで慎太郎は早朝から夕刻まで新之助を捜し回ることになった。今日は夜番と交代後、来生を訪れて他の火消と管《くだ》を巻いていたということだ。

「慎太郎、漣次の家まで案内してくれるか？」

平蔵は懐から財布を取り出すと、二分金を二枚卓の上に置いて皆の分の勘定《かんじょう》も済ませる。慎太郎は酒をぐいと呑《の》み干し、仄《ほの》かに染まった顔を縦《たて》に振った。

六

暫く歩いて新之助は溜息を零す。別に琴音が気に入らない訳では無い。僅かに交わした言葉の端々から気立てのよさが窺え、むしろ好ましく思っている。だが、やはり妻を持つことは躊躇われた。

父が亡くなって四年が経った。母は一度たりとも涙を見せなかった。今ではもう父のことなど忘れたかと思うほど、いつも笑みを絶やさないでいる。だが、それが本心のはずはない。新之助が床に入った後、母が毎夜のように一人で啜《すす》り泣いているのを知っている。それでいて己の前では気丈《きじょう》に振る舞っているのだ。新之助が何度勧《すす》めても下男や下女を雇わず、自ら家のことをてきぱきとこなすのも、哀《かな》しみを紛らわすためなのだろう。

——半人前じゃ駄目だ。

火消でいる限り、危険は付きまとう。どれだけ経験を積んでもしくじる時があると、御頭は言っていた。己の父も華は無いが優秀な火消であったらしい。それでも母を残して逝《い》ってしまったのだ。

半人前の今、妻を娶《めと》るなど考えられない。仮に一人前になるまで時を要し、長く独り身でいることになったとしても、妻になる人を母のような目には遭わせたくはなかった。

「ぼろ鳶じゃねえか」

ふいに呼ばれて振り返る。最初は揶揄《やゆ》であったこの名も、今は親しみを込めて呼ばれることが多く、全く抵抗は無くなっている。

「漣次さん……何でここに」

そこに立っていたのは、い組の頭の漣次であった。縞模様を好み、火消半纏《ばんてん》も縞模様の特別誂《あつら》え。そして江戸随一の纏師でもあり、凄まじい指の力だけで、屋根に身を引き上げる様から「縞天狗」の異名を取っていた。今日の漣次は、白地に千筋縞の着物を粋《いき》に着流している。

「ここはうちの管轄だぜ」

漣次の鞣革《なめしがわ》のような褐色《かっしょく》の肌から、純白の歯が覗いた。

「確かに。そうですね」

「どうした。暗い顔して」

漣次は流石に五百人近い組を纏め上げているだけあって、人の機微《きび》を見るのにも長《た》けている。すぐにこちらの心境を察したようだ。

「いえ……」

「源《げん》に叱られたか？」

漣次と御頭は生まれ年も、火消になった年も同じ。武士と町人という身分の差はあるものの、そのように気安く呼ぶ間柄である。

「いつものことです。それでは気落ちしませんよ」

「違いねえ。あいつすぐ怒るからな」

漣次は軽快に笑った後、片眉を上げて改めて問うた。

「で、何かあったか？」

「色々と考えることがありまして」

首を捻っていた漣次は、手を口元にやって唐突《とうとつ》に尋ねた。

「いける口かい？」

「ええ、少しは」

「呑みに行くか。俺が話を聞いてやろう。源には話しにくいこともあるだろう」

漣次はそう言って軽く肩を叩いた。その親しみやすさに、新之助は思わず頷いてしまっている。御頭の古馴染みだけあって、どこか通ずるものがあった。

「俺の取って置きの店に行こう」

漣次は指で招くと、ずんずんと進んで行く。普段なら一番組の火消がよく集まる「来生」に行くところだが、人目は少ないほうがよいだろうと気を利かせてくれた。

一刻後、二人は「ほの花《か》」と謂う居酒屋で酒を酌み交わしていた。細い路地の奥にひっそりと佇《たたず》んでいる小体な店である。普段はほとんど酒を呑まない新之助だが、この日は気が鬱《うつ》していたこともあり、早くも銚子《ちょうし》を二本空《から》にしている。

「なるほど、一人前の火消ねえ」

漣次は太刀魚と胡瓜の酢和《すあ》えを箸《はし》で摘むと、口に放り込んで咀嚼《そしゃく》する。

「はい。そうじゃないと、とっても妻なんて……」

上気《じょうき》した頬をひたひたと叩きながら零した。

「考える頃だろうなあ」

「漣次さんも？」

漣次はぐいと酒を呑み干し、熱い吐息を吐いた。

「考えるさ。考えねえ火消なんていねえと思うぜ」

「じゃあ、皆さんどうして……」

まず身近なところでは御頭がそうである。漣次も女房がおり、五歳になる子どももいるという。他にも加賀鳶の勘九郎も病で亡くしたが妻がいた。に組の辰一ですら連れ合いがいると聞いて驚いたことがある。

「俺は悩んでいた時、爺《じじい》に背中を押されたからな」

漣次も若い頃には悩んだことがあったという。だが今は亡き元い組の頭、「白狼《はくろう》」の金五郎《きんごろう》が、

——後先考えず、一緒になっちまえ。

と、尻を叩いてくれたらしい。その時は不安しかなかったが、今となっては感謝しているという。

「そうだったんですね」

「他は解らねえな……片っ端《かたぱし》から訊いて回るか？」

漣次は軽い調子で言うと、さらに追加の酒を注文した。

「いやいや、漣次さんはともかく、残り三人は怖いですって」

新之助は慌てて両手を突き出して止める。

「そうかい。まあ、源は特別だしなあ……」

漣次も人伝《ひとづて》に馴《な》れ初めを耳にしたらしい。確かに御頭の状況は特別といえる。何より深雪様のような女性は、江戸中はおろか日ノ本中を探しまわってもいないだろう。

漣次は小女から銚子を受け取ると、手酌《てじゃく》で自らの盃《さかずき》を満たした。

「それに辰一もな」

「え……辰一さんも？」

「まずい。口が滑った。あいつに怨《うら》まれると厄介だ。本人に訊いてくれ」

漣次はごまかすように新之助の盃にも酒を注ぐ。

「だから無理ですって」

新之助は頬を引き攣《つ》らせた。

「ともかくよ……皆、かみさんを貰って変わったよ」

「変わった？」

「勘九郎なんて本当にいけ好かねえ奴だったからな。今もまあ、そんなところは残っているがな」

漣次は勘九郎さえも呼び捨てにしているらしく、新之助としては苦笑せざるを得ない。

「内記《ないき》くらいなもんか。ずっと独り身は」

漣次は斜め上を見ながら呟いた。八重洲《やえす》河岸《がし》定火消頭「菩薩《ぼさつ》」の進藤《しんどう》内記。かつて新庄藩が悪事を暴《あば》いた男である。

「確か皆さん、ほとんど同じ頃に火消に……」

「そうさ。黄金《こがね》の世代なんて持て囃《はや》されたのを知っているか？」

漣次はからからと笑い、鯨《くじら》のたれに手を伸ばす。槌鯨《つちくじら》の赤身を醤油に漬け込み、天日で干したものである。これを焦げ目がつくほど炙ってもらうのが、漣次の好みらしい。

「聞いたことがあります」

進藤内記三十七歳、大音勘九郎と辰一が三十五歳、松永源吾と漣次が三十四歳、そして秋仁が一つ下の三十三歳。今では江戸屈指《くっし》の番付火消であるこの面々が一、二年のうちに火消になった。皆が将来を嘱望《しょくぼう》されており、当時そのように呼ばれていたらしい。

「話を戻すが……今思えば、俺も含めて皆半人前だったろうよ。きっと守るものが出来たから、もっと強くなれたと思う。少なくとも俺はそうさ」

しみじみと言って漣次は酒で流し込む。新之助が聞き入っていると、漣次はじっとこちらを見て続けた。

「時がくれば自《おの》ずと踏み出せる。今が違うと思うなら、無理に動く必要はねえ。相手の娘にも失礼だろうよ」

「確かにそうですね……やっぱり気を持たせるのは悪いな。明日にでも……」

橋屋の店構えを脳裏に思い描き、ふとあることに気が付いた。

「どうした？」

盃を持った手が止まっていたので、漣次は目を細めて尋ねた。

「いや……橋屋の天水桶に水がなかったなと」

天水桶とは軒先に置く大桶である。打ち水などにも使うが、主に防火のためのものだ。これに水が張られていれば、小火《ぼや》などはすぐに消し止められる。反対に疎《おろそ》かにして全焼した場合も多い。消火はやはり初動が大切なのだ。

「そりゃ、物騒《ぶっそう》だな」

「何で気付かなかったんだろう」

新之助は己の未熟さが嫌になって頭を掻き毟った。

「行くか？」

漣次は小さく顎を振った。たった一日だから大丈夫などという考えは、火消には無い。炎というものは得てして、そんな緩んだ一日に襲ってくるものである。何事も起こらず無駄足になっても構わない。ほんの些細《ささい》な芽でも摘んでおくというのが、御頭の教えである。

「はい。そうさせて頂きます」

新之助が財布を取り出そうとすると、漣次はすっと手で制した。

「いいから行ってこい」

「しかし……」

「先達らしくさせろ。物騒な輩《やから》も多いから、気をつけろよ」

各地で飢饉が起こり、江戸には大量の余所者が流れ込んでいる。田沼はそれらの働き口を増やすためにも、商いを奨励《しょうれい》していると深雪様は言っていた。だがそれでも追いつかず、無宿となって町をうろつく者たちもいる。そんな輩が追剝《おいはぎ》に身を落としたり、やけになって火付けをしたりする事件が増え、江戸の治安は年々悪化していた。

「解りました。行ってきます」

新之助は腰に両刀を捻《ね》じ込んだ。

「府下十傑には釈迦《しゃか》に説法だろうな」

「漣次さん、ありがとうございます」

新之助は深くお辞儀《じぎ》をすると、暖簾を潜って外に飛び出した。夜空に明るい月が浮かんでいる。輪郭《りんかく》がぼうっと薄くかすんでおり、不気味《ぶきみ》に感じてしまったためか、心が騒《ざわ》ついた。新之助は視線を戻すと、危《あや》うく行きすぎそうになった辻を鋭く曲がった。

七

漣次の家は、「来生」からほど近い場所にある。長屋ではなく、小綺麗な仕舞屋《しもたや》である。町火消の俸給《ほうきゅう》、経費は各町から拠出《きょしゅつ》されている。い組の縄張りには豪商が多く資金も潤沢《じゅんたく》で、漣次にかかわらず各組の頭たちはそれなりに貰っているらしい。案内してくれた慎太郎が勝手口を叩く。

「頭、夜分に申し訳ありません。慎太郎です」

暫くすると中で物音がした。戸の向こうから女の声が返って来る。

「慎太郎さん、今は……」

「姐《あね》さん、少しでも早いほうがいいことなのです」

漣次やこの慎太郎を始め、い組は皆新之助の仕業でないと信じている。平蔵は己の真意を伝える決断をした。一刻も早く真相を突き止めねば、新之助が濡れ衣を着せられたまま、取り返しのつかないことになってしまう。そのために己たちは独自に探索をしているのだ。

「しかし……」

「構わねえ。慎太郎、何があった？」

新たな声が聞こえた。低くよく通る渋みのある声。漣次のものだろう。

「鳥越様の無実を晴らすために動いておられる御方が、頭の話を聞きたいと」

「誰だ」

「長谷川平蔵と申す」

そこで初めて平蔵は声を発する。

「本所の……待っていろ、すぐ開ける」

心張り棒を外す音がし、戸がゆっくりと開く。平蔵もかつて火事場で見たことがある漣次。女の方はその女房であろう。少し不安げな表情だった。

「尾《つ》けられてねえか」

漣次は首を伸ばして道のほうを見た。

「それは心配ありません。名乗り遅れました。私は長谷川様の与力で石川喜八郎と申します」

謹慎中の者を訪ねるのだ。夜分で人気《ひとけ》が少ないとはいえ、今は新之助を捜す火消が江戸中に溢れている。尾行には細心の注意を払った。

「入って下さい」

漣次に招き入れられて中に入る。

「お前は休んでいろ。心配ねえ」

漣次は妻に優しく言葉を掛け、奥の一間に案内してくれた。

「それで……俺に訊きたいこととは何でしょう」

胡坐を掻くなり漣次は口火を切る。

「事件の当日、鳥越と共に酒を酌み交わしたとか」

「どこでそれを？」

「す、すみません……」

慎太郎は泣き顔になって頭を下げる。

「馬鹿野郎」

漣次は慎太郎に拳骨《げんこつ》を見舞う。慎太郎は頭を押さえながら俯く。

「火事場見廻から話すなって言われているんですよ」

謹慎を命じられた時、そのように付け加えられたらしい。

「どうせ酔っていたんだろう」

「はい……御頭がこんな目に遭うのが悔しくて、思わず口を衝いて」

「まあ、いいさ。命までは取られねえだろう。そもそも俺のために怒る必要なんてねえ」

漣次はそこで慎太郎に視線を送り、

「でも、怒ってくれてありがとうよ」

と、微かに歯を覗かせた。慎太郎は目尻に涙を浮かべ、嬉しそうに頷く。

「てな具合で口止めされています」

「そうか」

「でも話しますけどね。あいつ絶対やってねえし」

漣次は爽《さわ》やかな笑みを見せると、平蔵もつられて口元を緩めた。火消の良いところを詰め合わせたような好漢《こうかん》である。

漣次はその日のことを詳《つまび》らかに語り始めた。全てを聞き終えた平蔵は小さく唸る。

「そのようなことが。つまり鳥越は橘屋の天水桶に、水を入れるために戻ったと」

「ええ、だが今となると桶に水が入っていなかったのも怪しい」

平蔵も同じように思った。それなりの商家ならば財を守るため、防火の意識も高いはず。水を張っていないこと自体が考えにくい。しかしその晩桶は空で、押し込みが入り、火が付けられた。これも偶然にしては出来過ぎている。何者かが予め水を抜いておいたのではないか。

「別れたのが亥の刻（午後十時）頃。事件は亥の下刻。符合しますね」

喜八郎は行燈に照らされた顔を向けた。

「ああ、そこで押し込みに遭遇したと考えるのが妥当《だとう》だ。だが何故、鳥越が下手人に間違われた……」

新たな謎が生じた。新之助が下手人に間違われる筋が、想像出来ないのだ。

「どういうことで？」

ずっと黙していた慎太郎が首を捻る。

「鳥越は押し込みより早く着いたのか、あるいは後に着いたのか。同時か……いずれにしてもおかしいのさ」

平蔵は拳を持ち上げ、指を立てながら説明した。

「まず一つ。鳥越が先に着いた場合だ」

これは天水桶に水を汲み入れていた時に、押し込みが行われたことになる。通常まず叫んで追い払うことを考える。新之助の腕ならば戦って退《しりぞ》けようとするかもしれない。だが、実際には橘屋は炎上した。真の下手人は新之助に気付かれず、あるいはその制止をものともせず橘屋の者たちを縛り上げ、火を放ったことになる。

「しかもまた鳥越を残して逃げ去り、そこに火盗改が駆け付けた。有り得るか?」

「無いだろうね」

漣次は顔の前で手を振り、喜八郎も頷く。

「二つ目は鳥越が到着した時、すでに押し込みが行われていた場合」

新之助は異変に気付いてすぐに突入するだろう。いくら相手が大人数といえども、府下十傑の腕前を持つ新之助と戦って全員が無事で済むはずがない。物音で近所の者たちが気付いてもおかしくないのだ。真の下手人は新之助と戦いながら、火を放ち、しかも全員無事に離脱したことになる。

「最後は……すでに橘屋に火の手が上がり、下手人が逃げ去っていた場合だ」

「それなら有り得るかもしれませんよ」

喜八郎は自身の推理を口にする。すでに炎上していた橘屋の中に逃げ遅れた者がいないかと、新之助は単身突入する。そこで息のある二人の娘を連れて出たところに火盗改が来合わせ、勘違いされたという流れである。

「縄で縛られていたんだぞ？」

火盗改の報告では、二人の娘は縄で手を戒められていたという。

「下手人がすでに縛っていた。急ぎ連れ出すために敢《あ》えてそのまま引っ張ったということも」

「それは考えられる。じゃあ、何故そのまま火盗改に助けを求めなかった。娘たちは鳥越が下手人ではないと、証言してくれるはず。しかも逃げている途中、娘は一人消えているんだ」

「それは……」

平蔵の言に、喜八郎は反論出来ずに声を詰まらせた。

「どうやって鳥越を嵌めたんだ」

こちらは他に下手人がいる線で動いているからそう考える。だが普通に考えれば、新之助が下手人としか思えない状況なのだ。

「少しいいですか」

漣次が口を開く。先ほどとは打って変わり、重々しい語調だった。

「橘屋で何が起こったかは判りません。しかし、その後のあいつの足取りを推測することは出来ます」

「本当か」

平蔵は身を乗り出した。

「あいつは必ず源を頼るはずです」

つまり新之助はまず新庄藩上屋敷に戻ろうとしたはずだという。

「累《るい》を及ぼさないようにと考えるかもしれませんよ？」

喜八郎の言うことももっとも。己が下手人に間違われたならば、新庄藩が疑われることを避けるかもしれない。漣次は腕を組んで首を横に振った。

「あいつ一人ならそうかもしれない。だが娘がいるならば話は別。火消は助けた者を、必ず安全な地まで導くものです」

漣次の言葉には妙に説得力があった。火消どうしにしか解らない感覚というものがあるのかもしれない。

「娘だけでも匿《かくま》ってもらうことを考えるかもしれねえな……」

事件後、火消から追われるようになる前なら、新庄藩へ駆け込むこともできた。

「だが実際には戻っていませんからね」

喜八郎の言う通り、新庄藩上屋敷に一度も戻っていないことは事実。近くまで行って、思い直して引き返したのかもしれないが、夜分のことで目撃者もおらぬだろうし、それを確かめる術は無い。

「いや、待て。見た者がいるかもしれねえ」

平蔵はさっと手をこめかみに添えた。

「夜のあの辺りは人通りなど皆無で……」

「夜だからこそ出る者がいる。め組の銀治だ」

喜八郎と慎太郎はあっと声を上げ、漣次は拳を手に打ち付けた。新之助の足取りを探るために銀治と会おうとしていたが、漣次といたことが知れた今、その必要が無くなって頭から消していた。だが毎日欠かさず夜回りをしている銀治なら、何かを見た可能性もある。当たって見る価値はあろう。

「漣次、謹慎中にすまなかった。早々に退散する。慎太郎も助かったぜ」

平蔵は腰を浮かせながら礼を述べた。

「松永様は命の恩人です。そんな松永様の薫陶《くんとう》を受けた鳥越様が下手人のはずがない」

慎太郎が熱っぽい視線を向けるのを見て、平蔵は口元を綻ばせた。

「火消の大半は鳥越の味方か。幕府も早まったな」

府下の全火消を繰り出してしまった。だが加賀鳶、い組、万組などの火消は新之助が下手人とは信じず、むしろ救う道を模索《もさく》している。これは幕府にとっては誤算だったはず。それを感じているから、これ以上新之助を助けようとする火消を増やさないため、濡れ衣だと訴え出た漣次まで謹慎を命じたのだろう。

「長谷川様、改めて言いますが……あいつはやってねえ」

漣次は引き締まった顔で低く言う。平蔵は立ち上がって腰に刀を差すと、漣次を見下ろして力強く頷いた。

漣次の家を辞すと、西に大きな月が浮かんでいた。すっかり夜は更けており、銀治の夜回りも終わっていることだろう。今日はここまでで、明日出直すしかなかろう。時は無常《むじょう》に流れていくが、それでも事件の真相に少しずつ迫り、必ず白日の下に晒す覚悟である。

――それまで逃げ続けろ。

平蔵は瞬《またた》く星や月を目でなぞり、今も江戸のどこかにいるはずの新之助に心で呼びかけた。

八

新之助は小走りで橘屋に向かっていた。元々夕刻に橘屋で縁談を断り、宵《よい》の口には戻るつもりだったので、母にも見廻りに行くとしか伝えなかった。もう子どもではない。遅くなったところで心配はしないだろうが、出先からどこかの火事場に向かったのではないかと考える頃。早く戻って安心させるに越したことはない。

「え……」

新之助は目を擦《こす》った。三町ほど先が茫《ぼう》と急に明るくなったのだ。

「くそっ」

血が全身を高速で駆け巡るのが分かった。間違いない。火事である。新之助は火元と思《おぼ》しき場所に向かった。そうこうしている間に、炎が天に立ち上るのも目視出来るようになる。

——燃えるのが速い。

火元には恐らく油のような火の勢いを増すものがあると見た。

新之助は息を弾《はず》ませ、火元を目指して辻々を折れている内にあることに気が付いた。

「まさか……」

通りに飛び出し、火元に辿り着いた新之助は愕然《がくぜん》とした。燃えていたのは元々目指していた場所、橘屋であったのだ。

——ここから一番近い町火消は……。

新之助の思考がぐるぐると巡る。

「い組か」

口から零れ出た。漣次率いる熟練の町火消である。だが半鐘のある本拠までは僅かに遠い。そこまで走って半鐘を打つように命じ、鳶を引き連れて戻るには少々時を食う。橘屋の火勢は凄《すさ》まじく、その頃には建物全てが焔《ほのお》に呑み込まれているだろう。

——隣家もまだ気が付いていない。

夜遅くの場合、近くの家の者が火事に気付く切っ掛けは、煙の臭いと相場が決まっている。だが、それはもう少し先である。煙は部屋に充満して一度留まり、存外《ぞんがい》漏れるのが遅いのだ。火元の者たちが逃げ出し、隣家が逃げ遅れるような事態が度々《たびたび》起こるのは、これが原因だった。

「どうなっているんだ」

新之助は左右を見回して歯を食い縛った。橋屋の者たちが出ていないのだ。たとえ眠りこけていても流石にもう気付くはず。一人、二人が逃げ遅れているというならば煙を吸い込んで昏倒《こんとう》していることも考えられるが、主一家の他に住み込みの丁稚《でっち》などもいる。これほどの炎ならばすでに逃げ出していてもおかしくない。だが、橋屋の周りにはそれらしき者は一人としていないのだ。

――何かがおかしい。

新之助はそう判断した。すでに橋屋の中には誰もいないか、何らかの理由で皆身動きが取れないのではないか。縛られているか、あるいは考えたくもないが、すでに全員が死に絶えているということもある。

新之助は例の天水桶の元に走って中を覗き込んだ。やはり水は一滴も入っていない。

「このまま行くしかない……」

水もかぶらずに突入するつもりである。まだ中に人がいるかもしれないのだ。一刻の猶予《ゆうよ》も無い。

新之助は戸に近付いて手をかけた。戸締まりがされていれば蹴破るつもりだったが、果たして潜り戸はあっさり動いた。押し込みの線がさらに濃くなった。戸の横に立ち、思いきって開け放った。外気を吸い込んで炎が暴れ狂う「朱《あけ》土竜《もぐら》」を警戒した。だが炎が飛び出してくることは無い。

「よし」

新之助は胸の中の息を全て吐き出す。そしてゆっくりと吸い込んで八分のところで止めた。これが、最も長く息を止めていられる、熟練の火消たちの呼吸法であった。

袖《そで》で顔を覆いながら中に飛び込んだ。すでに帳場にも焰が伸びている。火の回りが恐ろしく速い。

――火元は一箇所ではないな。

いくつかの場所にほぼ同時に火が放たれたと見た。

「誰かいませんか！」

鋭く叫《さけ》び、耳を欹《そばだ》てた。同時に残りの息から、あと三回叫ぶのが限度と弾き出した。

炎が暴れる音以外、何も物音がしない。もしかしたら微かにでも鳴っているのかもしれないが、御頭のような並外れた耳は己には無い。

これ以上踏み込めばさらに危険が増すのを承知で、帳場を越えて奥の廊下に向かった。焔が渦《うず》巻《ま》いており、赤い回廊の如くなっている。

「誰か！」

炎の慟哭《どうこく》以外、やはり何も聞こえてこない。身を屈めて廊下を駆け抜けると、焦げて紋様《もんよう》が浮かび上がったような障子《しようじ》を蹴り倒した。

思わず声が漏れそうになるのを耐えた。客間であったろう座敷。轟然《ごうぜん》と荒れ狂う焔の中に二つ人影がある。目を凝《こ》らすと、手足を縄で縛られているのが判った。ぴくりとも動かない。髪はすでに燃え落ち、肌も黒ずんでいる。押し込み強盗による火付けで、もはや疑いようはなかった。

——いや、おかしい。

店土間を越えて来た時の景色がふいに浮かんだ。

帳場机の引き出しが落ち、数枚の小判が散乱していた。急いでいて取り零したのか。状況から見て、恐らく橘屋の者は全て縛り上げられている。火を付ける前に、一枚残らず悠々と掻き集められたはず。

――ずれている。

昼間に見た位置から帳場机が動いている。何者かの足に当たったようなずれ方だ。その時に引き出しが飛び出て、小判が零れたのではあるまいか。

一瞬にしてそこまで考えた時、新之助の耳に微かな異音が届いた。再び「誰か」と叫びそうになったが、思い留まって別の言葉を発した。

「鳥越新之助だ！」

今度は間違いない。激しい物音がする。下手人たちがまだ店の中にいると考え、身を潜めていた者がいるのだ。

新之助は物音がした方向、熱波渦巻く廊下をさらに奥へと突き進んだ。肌の潤《うるお》いはとっくになくなり、刺すような痛みが走る。

再び襖を蹴り倒す。この部屋は先ほどよりも炎は少ないが、白煙が流れ込んで視界が悪い。目を凝らすと、半ば開いた押し入れの中に人影が見えた。しかも影に動きがある。

新之助は真っ直《す》ぐ押し入れに向かう。はきと見えた。琴音である。向こうもこちらに気付いたようで、驚きの表情だった。

「閉めて」

最後の息を絞り出すと同時に、押し入れの中に飛び込んだ。予想通り中はまだ煙が少ない。新之助は口を尖《とが》らせて呼吸を整えた。

「琴音さん」

躰が触れ合っているが、薄暗くて顔は解らない。

「鳥越様……」

「無事でよかった。何が」

「見知らぬ男たちが……」

「やはり……。まずは外に逃げます。手を引くので付いて来て下さい」

探りあてた手を握った時、琴音が上擦った声で言った。

「玉枝《たまえ》が……奥に妹がいるのです」

「え――」

炎が近付いており、障子の隙間から赤い光が差し込む。確かに奥にもう一人いるのが分かった。小刻みに震えている躰は小さく、お七《しち》やお琳より三つ、四つ下だと解った。

「玉枝ちゃん。こんばんは」

少しでも落ち着かせようと、出来るだけ優しい語調を努めた。

「こんばんは……」

珠《たま》を転がすような可憐な声である。短い返事だが震えているのが解った。

「逃げるよ」

「でも……」

「心配無い。二人とも必ず守る。こっちへ」

腕を伸ばして手を引く。琴音を乗り越えてきた玉枝を抱きしめた。

「玉枝ちゃんは抱いていきます。琴音さん、私の帯を掴んで、離れずに付いて来て下さい」

「はい」

「いきますよ」

引き戸を開け放つと、新之助は玉枝を抱きかかえて駆け出す。時折振り返って琴音が付いてきていることを確かめながら、炎を躱《かわ》して出口を目指した。

帳場に差し掛かって、金箱があるのに気付いた。錠前《じようまえ》が掛かっており、こじ開けられた痕跡《こんせき》も無い。

室内の大気が不安定になっており、焰風が向かってくる。玉枝を片手で支え、残る片手で琴音の袂を摑んだ。玉枝が首に回した腕にぎゅっと力を込める。新之助は背を向けて焰風から守っていた。

「必ず守ります。心配ない」

新之助は二人に囁きかけると、そのまま出口を目指した。先刻からずっと、己は火消なのだ、命を守れと心の中で唱《とな》えている。新之助は赤の景色を置き去りに外へと飛び出した。

第四章　真の下手人《げしゅにん》

一

漣次を訪ねた翌日、平蔵と喜八郎は芝口三丁目、日比谷《ひびや》稲荷の横にある、め組の町火消《まちびけし》小屋を目指した。昼番として詰めていた鳶《とび》は三人。銀治は、ろ、せ、も、す、百、千、そしてめ組の属する二番組の緊急の会合の為に出かけているという。鳶たちは内容を聞かされていなかったが、恐らくは新之助の探索に関することだと思われた。一番組だけでなく二番組でも対応の差が生まれており、軋轢《あつれき》を生んでいるのかもしれない。

ただ銀治は火事でもない限り夜回りを欠かすことはなく、宵《よい》の口には必ずここに顔を出すらしい。その時ならば会えると鳶は教えてくれた。

「一度戻ってる時もねえ。この辺《あた》りで聞き込みをして出直そう」

平蔵はそう言って、芝口三丁目を中心に聞き込みを行った。この辺りは新庄藩上屋敷に近いこともあり、新之助を見知っている者も多かった。どの者も、あの若者が押し込みなど考えられぬと口を揃えて言う。

「喜八郎」

掛茶屋を出て暫《しばら》く行ったところで、平蔵は前を見据えつつ名を呼んだ。

「どうやら尾《つ》けられていますね」

喜八郎も気が付いていたらしい。半町（約五十五メートル）ほど離れて後ろを付いて来る。辻を折れる時、何度か横目で確かめた。やくざ者のような風体の男である。その顔に見覚えは無い。

「なかなか上手《うま》いな」

「ええ。撒《ま》きますか？」

「取っ捕まえて口を割らすという手もある」

「割りますかね」

「やるか」

二人は素知らぬ足どりで小間物《こまもの》屋の角を曲がった。そこで足を止め、塀に身を寄せる。すぐに小刻みな跫音《あしおと》が近付いて来るのが解った。男が折れた瞬間、平蔵は声を掛けた。

「いらっしゃい」

ぎょっとした男の胸倉《むなぐら》を摑《つか》んで、塀に押し付けた。

「な、何を——」

「こっちの台詞《せりふ》だ。何故《なぜ》、俺たちを尾ける」

「尾けてなど……」

平蔵は腕に力を込めて、鼻が触《ふ》れるほど顔を近付けた。

「寝言は寝て言え」

男の膝《ひざ》が震えている。もう少しで陥落すると見て続ける。

「奉行所に突き出す。叩《たた》けば埃《ほこり》が出るんじゃねえか？」

「それは……」

「義理があるなら、黙ってりゃいい。喜八郎、今月は南北どっちの奉行所だった？」

江戸には南北二つの奉行所があり、月替わりで役目に当たっている。

「確か南ですな」

喜八郎は指を繰りながら答えた。

「よし、行くか」

「ま、待ってくれ！」

「こっちの問いに一つずつ答えろ」

平蔵はにやりと笑い、指の力を緩《ゆる》めて尋問《じんもん》を始めた。

まず男の名は鹿太《しかた》。元は甲州《こうしゅう》の生まれという。飢饉《ききん》が起こって田を捨て、江戸に出て来たのが七年前。真《ま》っ当《とう》な職に就《つ》こうとしたが、当時は今に比べてもかなり景気が悪く、どこも雇ってくれる者はいなかった。以来、人足として日銭を稼いでいるらしい。

「そのお前が何故《なぜ》俺を？」

「頼まれた……」

昨夜鹿太は賭場にいた。ここのところ仕事にありつけず、僅かな持ち金を増やすつもりで勝負に出たのだ。だが、賽《さい》の目は悉《ことごと》くはずれ、一文無しで賭場を出た。そこに男がふらりと現れ、

——簡単で儲かる仕事があるのだが……。

と声を掛けて来たのだと言う。

身構えていた鹿太であったが、ある男を尾行してほしいという存外容易《ぞんがいたやす》い話であったため二《ふた》つ返事で承知したという経緯《いきさつ》である。

「その男に見覚えは?」

「ねえ……初めてみた」

「歳と格好」

「歳は三十四、五。若旦那《だんな》風だったが……」

「だったが?」

「ありゃあ、多分武家だ」

鹿太は、観念したからか、洗いざらい話した。

「若」

顔を出して往来《おうらい》の様子を確かめていた喜八郎が言った。昔のように呼んでしまっているあたり、何か急を要することが起きたらしい。

「どうした」

「二重に尾けられています。今、こちらに気付いて逃げました」

「鹿太、お前も尾けられていたってよ」

「そんな……」

鹿太に再び接触してきたところを捕まえようと思ったが、気付かれた以上、もう二度と姿を現さないだろう。それどころか鹿太が殺される恐れすらある。そのことを伝えると鹿太はわなわなと震えた。

「やくざ者なんかになるからだ。自業自得《じごうじとく》さ」

「飢饉でかみさんと、子どもが死んだ……それでも生き抜こうと、まともに江戸で働くつもりだったんだ」

鹿太は妻子のことを思い出したようで、目に涙を湛《たた》えながら続けた。

「でも手に職のない俺が働ける口なんてねえ……」

平蔵は受け口になって天に向けて息を吹きかけた。

「鹿太、今からでも真っ当に生きる覚悟はあるか？」

「そりゃあ、出来るものなら……」

「死んだかみさん、子どもに誓《ちか》えるか」

「誓える」

人は心を決めた時、目を見開くもの。今の鹿太の目は真っ直《す》ぐにこちらを見つめていた。

「よし、家に来い。丁度、中間《ちゆうげん》が足りてねえ」

「いいんですか⁉」

おかしなもので、鹿太は敬語になっている。

「ただ今は構っている余裕がねえ。本所の音松《おとまつ》を知っているか？」

「本所深川を取り仕切っている……」

香具師《やし》の元締めである。己が「本所の銕」と恐れられていた頃、散々連《さんざんつる》んで歩いた仲だ。明和《めいわ》の大火の折に先代が死に、その受持《しま》を引き継いでいる。

「ああ、そこに行って銕三郎《てつさぶろう》が匿《かくま》ってくれと頼んでいると言えば心配無い。必ず迎えに行く」

「へい」

鹿太は頭を下げ、来た道を引き返していった。

「本当に行くと？」

喜八郎はその背を見送りながら呟く。

「どうだかな」

「全く変わりませんな」

呆《あき》れているのかと思ったが、喜八郎は嬉《うれ》しそうに頬《ほお》を緩《ゆる》めている。

「やくざ者や科人、皆に足を洗う機を与えてやれる訳じゃねえ……何かそんな仕組みがあればいいんだがな」

いつか己なりの答えを見つけた暁《あかつき》には、田沼様に相談しよう。そのようなことを茫《ぼう》と考えた。平蔵は仕切り直すように手を叩く。

「俺たちも行くか」

「また、尾けられるかもしれませんよ」

「勝手に探らせておけ。反対に尻尾《しっぽ》を摑《つか》んでやる……折角《せっかく》だから一服していくか」

腰の煙草《たばこ》入れに手を伸ばす。銀の煙管《きせる》を見つめながら、平蔵はふっと微笑《ほほえ》んだ。

二

平蔵らがめ組の火消小屋を訪ねたのは、日も落ちて薄暗くなっている頃。天日干してあった竜吐水《りゅうどすい》を、取り入れようとしている鳶に声を掛けた。

「銀治は戻ったかい?」

「御頭《おかしら》なら……」

鳶は小屋の中を見る。奥に、肩に拍子木《ひょうしぎ》を掛け、腰に提灯《ちょうちん》をぶら下げている男が見えた。身丈は五尺四寸(約百六十二センチ)ほど、やや垂れ目で温厚《おんこう》そうな顔つきであるが、半纏《はんてん》の下の躰《からだ》はよく引き締まっているのが判《わか》った。

「どうした？」

銀治がこちらに気付いて歩を進める。

「御頭に用という御方が」

「西《にし》の丸《まる》仮御進物番《ごしんもつばん》の長谷川平蔵と申す。こちらは与力《よりき》の石川喜八郎」

「昼間に訪ねて来た御方がいたとは聞きましたが……あっしに何か用で？」

銀治は少し仰《の》け反《ぞ》って拍子木が揺れる。

「訊きたいことがある」

「丁度夜回りに出るところなんです。その道すがらでもよろしいでしょうか？」

「構わないさ」

「おい、行くぞ」

銀治が声を掛け、同じような格好の鳶が二人続く。

「ふらっと一人でやることも多いのですが、今は物騒《ぶっそう》だと止められましてね。こうして付き纏《まと》われているんですよ」

照れ臭そうに笑う銀治は何とも言えぬ愛嬌《あいきょう》があり、配下に慕《した》われるのも納得がゆく。

「火の用心――」

話をするために、配下の二人の鳶に掛け声を任せ、銀治は拍子木だけを打つ。小さな驚きがあった。他の二人の拍子木に比べ、銀治が打ったもののほうがより大きく、より澄んだ音を発しているのだ。

「拍子木なんてどれも同じだと思ったが、こうすると違いが判るものだな」

「これぱかりは年季です」

気付いてくれたかというように、銀治は嬉しそうにしている。

「何事も修練《しゅうれん》という訳か」

「あっしは他の火消に比べ、躰が特別大きい訳でもなければ、優《すぐ》れた技がある訳でもない。せめて夜回りをと続けているうちに、すっかり板に付いちまって……」

「大切なことだ」

拍子木の乾いた音の合間に、互いに言葉を掛け合う。

「で、お話とは。例のことなのでしょう？」

「ああ、鳥越とは面識《めんしき》があるか」

「はい。新庄藩が桜田組だった頃は、よく顔を合わせました」

　昨年、新庄藩は同じ方角火消《ほうがくびけし》でも桜田組から、大手組へと移されている。め組の管轄《かんかつ》である芝口から浜松町《はままつちよう》の界隈《かいわい》は桜田組の守る範囲でもある。自然とよく会うことがあったという。

「お主はどう思う？」

「鳥越様が下手人《げしゆにん》だとはどうしても思えません」

　新之助が市中を見廻り、防火を疎《おろそ》かにしないよう説《と》いて回っているのを何度も見た。人懐《ひとなつ》こい性格だから、子どもから老人にまで大層《たいそう》人気があるらしい。そのような新之助が押し込み、ましてや火付けなど考えられないと、銀治は熱弁を振るった。

　予想通りめ組の属する二番組でも、大いに意見が割れているという。

「うちと、千組の小太郎《こたろう》は同じ意見。人は出すが鳥越様を見かければ、事情を訊《き》いた上、いざとなれば匿うつもりです」

　温厚そうに見えるが銀治も火消。腹は相当に据わっているらしい。

「ろ組、も組、す組、せ組、百組はお上に従う。特に百組は金に目が眩《くら》んでやがります」

　この界隈の町火消の事情は解った。平蔵はいよいよ本題に入った。

「事件当日も夜回りをしていたとか。鳥越を見なかったか？」

「御見かけしませんでした」

空振《からぶ》りだったかと礼を言って去ろうとした矢先、銀治は前後を確かめながら囁《ささや》いた。

「しかし、その日の夜更《よふ》けに、おかしなものを見ました」

「何……」

普段なら夜回りは亥《い》の刻（午後十時）には引き上げる。しかしその日は橘屋の火事があった。め組は流石《さすが》に遠くて繰《く》り出さなかったが、風向きが変わらないか、飛び火は無いかと、夜通しで見廻りを続けたというのだ。

「鳥越様の家です」

中級藩士である鳥越家は、敷地外に借り上げた町家が割り当てられている。新之助は事件後そこに一度も帰っていないはず。一体何を見たのかと尋《たず》ねると、銀治はさらに声を落とす。

「戸口に張り紙がありました」

——玉返欲、他言無用。五日与。

という漢字だけの謎《なぞ》の文であったらしい。

「何だそりゃ」

「あっしには何とも。ただ気になって覚えていたのです」

「玉……」

真っ先に考えつくのは橘屋にあった宝物か何か。それを新之助が持っており、何者かが渡すように指示をしているのではないか。だが、新之助は金に目が眩むような男ではない。

「その紙は？」

「それが……奇妙なことに、東の空が白む頃に再び通り掛かったら消えていたのです」

「新庄藩火消が剝《は》がしたということは……ないか」

その日は新庄藩火消も出動していた。状況に鑑《かんが》みてもっとも考えられるのは、

「鳥越本人……」

新之助は、出動した火消と入れ替わりで帰ってきた。にもかかわらず、藩に助けを求めなかったことになる。奇妙な張り紙に手掛かりがあるということだろう。

「銀治、このことは誰かに話したか？」

「嫌な勘《かん》働きがして、訊かれましたが答えていません。長谷川様は信用に足ると思い、お話しさせて頂きました」

「誰に何を訊かれた」

平蔵は短く重ねて問うた。

「火盗改《かとうあらため》です。鳥越新之助と面識があるか。昨日の夜、この辺りで見なかったかと……」

平蔵は煙管を取り出し、掌に軽く打ち付けながら天を見上げた。銀治の話と照らし合わせても、やはりどこか引っ掛かるのだ。手の動きはそのままに、目を閉じてこれまでの流れを一つずつ整理することに没頭《ぼっとう》する。
一、まず橘屋に押し込みが入り、火を付ける。
二、駆け付けた火盗改を蹴散らした賊は、人質を連れて逃亡。
三、翌日、新庄藩が難癖《なんくせ》を付けられて、出入り禁止の処置を受ける。
四、幕府は事態を重く見て、府下全火消に下手人の探索を命じる。
五、一花甚右衛門が下手人たる鳥越新之助と交戦。
六、さらに翌日、新庄藩の鳶数人が屋敷外にいることが分かり、在否を厳しく確かめるよう下命。

事件は凡《およ》そこのような流れになる。つまり火盗改は、犯行があった時には下手人が鳥越新之助であることを特定できていたのだろう。それなのに世間はおろか、下手人を追うように命じた火消にさえ、

——何故、明かさなかった。

小さな棘《とげ》が刺さったかのように、ずっとその点が気に掛かっている。

「あのう……」

それまで夜回りに専念していた鳶が突然口を挟《はさ》んだ。歳は十五、六か。まだあどけなさの残る若者である。

「お前は？」

「藍助《あいすけ》といい、今年に入ったうちの新米《しんまい》です。火消としては半人前ですが、火を見る才は江戸でも随一《ずいいち》と松永様が太鼓判《たいこばん》を押してくださいました」

銀治は手で藍助を指し示しながら紹介した。

「松永が……」

あの男がそこまで言うからには、その点には余程《よほど》見込みがあるのだろう。

「一つ……ずっと気に掛かっていたことが。いや、全く役に立たないかも……」

「どんなことでもいい。言ってくれ」

平蔵はぐっと顔を寄せた。銀治も頷《うなず》いて同意し、藍助は怖々《こわごわ》と口を開く。

「当日の様子がすでに全火消に知らされたのはご存じですよね？」

平蔵は若者の声に耳を傾けた。

「ああ、聞いている」

「その中に辻褄《つじつま》の合わないことが一つあるのです。火元は本銀町の橘屋。火盗改の方々は鎌倉河岸に差し掛かったところで、異臭に気付いて急行したと」

「当日の風向きは南東から北西。おかしいことは……」

藍助がそのことを言わんとしているのだと思い、平蔵は先《さき》んじて話した。

「それは間違いありません。私が妙に思っているのは別のことです」

提灯の茫とした灯りが、首を捻《ひね》る皆の顔を照らした。

「どこに火を付けたかまでは公《おおやけ》にされていませんが、油が用いられたと聞きました」

「それなら解る。居間の襖《ふすま》、奉公人の部屋の寝具、仏間の三箇所らしい」

加賀鳶も事件を不可解《ふかかい》に思い、独自に調べていた。六番組頭の義平は元火事場見廻の下役ということもあり、昔の同輩から詳細を聞き込んだ。三箇所ほぼ同時の火付けに思われ、下手人は複数ではないかという予想も立ったらしい。だが目撃された新之助は人質を除《のぞ》けば一人。その疑問も残っている。平蔵はそれらの内容を、余すことなく勘九郎から聞いていた。

「やっぱり……おかしいと思ったのです」

何を言いたいのか皆目《かいもく》解らない。藍助は拍子木をすとんと手から落とす。首に掛かっている紐で振り子のように揺れた。

「炎は壁を焦《こ》がし、瞬く間に天井裏まで煙が満ちる……」

藍助は手を伸ばして宙を摑むと、まるで目の前に炎が見えているかのように、ゆらゆらと動かした。

「こうか」

藍助は一度握った拳をぱっと開いた。

「どういうことだ？」

平蔵はどこか恍惚《こうこつ》に似た表情を浮かべる藍助に、神々《こうごう》しさのようなものを感じていた。

「煙の臭いが鎌倉河岸に届く頃には火柱が上がっています」

「何……」

「この火付けの場合、悪臭がするより先に、どうしても炎が目に入るはずなのです」

「坊主、間違いないか」

平蔵は喉《のど》を鳴らし、確かめた。

「百度やっても同じようになるかと」

弱々しさを感じた先ほどまでと異なり、藍助の目は自信に満ち溢《あふ》れている。あの男のお墨付きの才ならば、平蔵も信じる気になっている。

「読めたぞ」

銀治と交《か》わした会話。そして藍助の疑問。これらを合わせ、一つの答えが閃いた。

「銀治、助かった」

「はい。鳥越様の無実を明らかにして下さい」

平蔵が何のために事件を調べているのか。銀治はとっくに察しがついているようだ。

「任せろ。坊主……いや藍助。ありがとうよ」

平蔵と喜八郎は来た道を引き返した。再び鳴り始めた拍子木、町に火の用心を訴えかける張りのある声が遠くなった頃、平蔵は喜八郎に話しかけた。

「下手人の正体が解った」

「え……」

喜八郎は吃驚《きっきょう》して顔を強張《こわば》らせる。平蔵は唾《つば》を呑《の》み込んで喉を鳴らす。

「それは……」

夏夜《かや》に吹く生ぬるい風に溶かすように、平蔵は天を仰《あお》いで小声で言った。

三

橋屋から脱し、炎が届かないところまで走る。

「玉枝ちゃん、立てそうかな」

「うん」

新之助は玉枝をゆっくりと地に降ろした。髪を振り乱した琴音の顔は、煤《すす》に塗《まみ》れて真っ黒になっている。

「何があったかは後で聞きます。玉枝ちゃんと、い組の元に」

「鳥越様は……」

「他の人を助けに戻ります。早く――」

新之助は異変に気付いた。辻《つじ》から複数の男たちが現れて、猛然《もうぜん》とこちらに向かって来ているのだ。逃れ出た直後である。燃える橘屋を見張っていたとしか考えられない。押し込みによる火付けならば、とっくにこの場を離れているはず。これで別の意図があることを察した。

「娘を渡せ」

男たちは走りながら一斉に刀を抜き放ち、足を緩めることなく突っ込んで来た。

「琴音さん。逃げて」

左手で琴音の腕を思い切り引いて後ろに下がらせる。先頭の男が斬撃を繰り出すと同時、新之助は腰間《ようかん》から刀を煌《きら》めかせた。刀と刀が交《まじ》わって宙で動きを止める。

「なっ――」

まさかこちらが受けるとは思わなかったようで、男の顔が引き攣《つ》っている。残りの者は四人。内二人は警戒して足を止めたが、残る二人は脇をすり抜ける。

男たちは駆け出した琴音と玉枝に向かっている。刀を押し返し、相手がよろめいた隙をついて新之助も後を追う。一人が琴音に追いついて襟《えり》を摑んだ刹那《せつな》、新之助の刀が躍動した。

「離せ」

男の左の肘《ひじ》を打ち据えた。斬ってはいない。峰《みね》を遣ったのだ。だが、骨は折れたに違いなく、男は絶叫《ぜっきょう》して蹲《うずくま》った。息をつく間もなく、背筋に戦慄《せんりつ》が走り、振り返るに合わせて刀を振るった。

高い金属音が耳朶《じだ》を揺らす。背後からの一撃をいなしたのである。

「貴様、何者だ！」

「そっちこそ」

頰を粉砕《ふんさい》するつもりで峰を返して顔を狙《ねら》ったが、紙一重《かみひとえ》で躱《かわ》された。この男はなかなかに遣う。男たちは琴音ら二人を追うことを止めない。新之助も相手も走りながら戦っている。

琴音は遅れ始めた玉枝の手を引いて走る。その玉枝に男の一人が追いつき、後ろから肩を摑んだ。

「きゃあ！」

玉枝の高い声が夜空を切り裂いた。

新之助は無言で飛び上がると、男の頭に刀を振り下ろした。男の手が緩み、ずるっと頽《くずお》れた。その時には二人が己に向かってきている。目の端で捉《とら》えたのは、琴音に向かって刀を振り上げる残る一人の男。

新之助が足を大袈裟《おおげさ》に踏み出すと、ぎょっと、二人の男の足が鈍《にぶ》った。怯《ひる》ませるのが目的、新之助は横に飛んで琴音に迫る男に体当たりをする。男と縺《もつ》れて塀で止まった。

「は、離せ」

もがく男のみぞおちに肘を突き刺した。男が白目を剝《む》き、塀に寄り掛かるようにして滑っていく。

「そこまでだ」

先ほど手強《てごわ》いと感じた男。恐らくこの集団の首領格である。後ろから玉枝の肩を片手で押さえつけ、そのか細い首に刀を当てていた。

人というものは身構えてしまえば、再び走り出すまでに存外時が掛かる。といっても一拍二拍ほどの間であるがそれで十分。その間に琴音に迫る男を始末し、再び玉枝を助けに走るつもりだった。

――しまった……。

首領格は並の者よりも、早く立ち直り玉枝に向かった。その刹那の差を読み違えたことになる。

新之助は琴音の前に立ちはだかって刀を構えた。

「鳥越新之助だな……」

「何故？」

「昼間も来ていたろう。ぼろ鳶め……刀を捨てろ」

首領格はどすの利《き》いた声で低く言った。

「さっきの叫び声、何より火事でもうすぐ人が来る。ほら……」

新之助は男たちの後方を顎《あご》で指した。首領格は振り返らない。代わりに残る一人が後ろを確かめる。

「確かに人が出てきています……」

嘘《うそ》ではない。ようやく火事に気付いた近隣の者が、ちらほら往来に出てきているのだ。距離があって燃える橘屋に目を奪われていることもあり、まだこちらには気が付いていない。

「その子を離せ」

「その女を渡せ。渡せばお主を見逃してやろう」

その時である。半鐘《はんしょう》の音が鳴り始めた。方角から察するに、よ組の半鐘で間違いない。蝗《いなご》にも譬《たと》えられる、よ組の大人数が向かってくることになる。首領格は舌打ちをした。

「話しても無駄か。ならば娘を殺すほか……」

「出来るか。こっちは逃げるぞ」

琴音がえっと小さく呟《つぶや》くのが聞こえた。玉枝を見捨てると勘違いしたのだろう。新之助は左手を後ろに回して宥《なだ》めるような仕草《しぐさ》をする。

「琴音さんから何か聞き出したいのか」

首領格に動揺が走る。かまをかけたが図星《ずぼし》だったらしい。新之助は畳みかけるように言った。

「二人の命が守られると解るまで、渡すことは出来ない」

「ならば……」

「大事なことなんだろう？　守るのが琴音さん一人なら……私は負けない」

首領格は地に唾を吐いた。こちらの実力は相手もすでに知っている。虚言《きょげん》ではないと分かるだろう。

半鐘は鳴り止《や》まず、すでに他の町火消の半鐘にも伝播《でんぱ》している。い組、に組、は組、万組。町火消の中でも花形と言われる一番組の面々。その消火は迅速《じんそく》である。間もなく駆け付けるだろう。

新之助の脳裏《のうり》に新たな疑問が浮かび始めている。それなのに首領格の顔に余裕の色が窺《うかが》える。胆力《たんりょく》に優れているのかとも思ったが、残る一人も同じで顔色は変わらないのだ。

「お前たちの知りたいことを紙に記す。三日後の子《ね》の刻（午前零時）、芝増上寺《ぞうじょうじ》境内《けいだい》で玉枝ちゃんと交換……」

「ふふふ」

新之助の提案を遮《さえぎ》り、首領格が低く笑う。気が狂《ふ》れたのかと訝《いぶか》しんだ時、後ろから声が掛かった。

「鳥越様」

琴音の声に微《かす》かな弾《はず》みが生まれている。前方の敵に注意を払いつつ、ちらりと背後を確かめた。火事で周囲が明るくなっているため判りにくいが、幾つもの筋状の灯りがこちらに近付いているのが解った。

龕灯《がんどう》と呼ばれる捕方の照明具。数の多さから察するに、奉行所の者たちか、火付盗賊改方が現れたのだと察した。

「どうする。もうそこまで——」

「くく……」

首領格はいまだにやついている。脇のもう一人にも安堵《あんど》の色が浮かんでいる。

「まさか……」

首領格はどんと玉枝を突き飛ばして、手下の一人に託すと、片手で刀を構えて大音声《だいおんじょう》で言い放った。

「火付盗賊改方である！　手荒な真似《まね》は止めて娘を放し、大人《おとな》しく縛《ばく》に就け！」

首領格が言い終わるや否や、新之助は琴音の手を引いて地を蹴ると、大人一人がやっと通れるほどの猫道を目指した。

「鳥越様！　玉枝が——」

「玉枝ちゃんを守るためにも、今は逃げるしかない！」

新之助は道を塞《ふさ》ぐ桶《おけ》を横に蹴り飛ばし、飛び込んだ隘路《あいろ》を真っ直ぐに駆けた。

「追え！　押し込みの下手人が逃げたぞ！」

背後からあの首領格の声が聞こえた。

「鳥越様……あの人たちは……」

息を切らしながら琴音が言う。

「下手人が火盗改だなんて」

全てが予想の範疇《はんちゆう》を超えていた。隘路の出口が見えて来た。刃を納めねば、誰に見られるかもしれない。刀を縦《たて》に旋回《せんかい》させて鞘《さや》に素早く戻す。子どもの頃、こんな曲芸のような技が道場の子どもたちのあいだで流行《はや》った。刀で遊ぶなと師匠に拳骨《げんこつ》を食らったものである。

隘路を抜けると右から集団が向かって来るのが見えた。火元から離れて薄暗くなったが、斜めの線が交差する半纏に見覚えがある。背には菱形《ひし》の意匠《いしよう》があるはず。市中では飛蝗菱《ばつたびし》などと呼ばれるもので、よ組の半纏である。後方には揺れる纏《まとい》の影も見えた。

「駄目だ」

新之助は道を左に折れて、よ組から離れることを選んだ。

これまでのやり取りを見た者は皆無《かいむ》。火盗改に押さえられれば、たとえ秋仁が庇ってくれようとも、有無《うむ》を言わさず捕まえられてしまう。それどころか己の素《す》性《じよう》も知れ、火消組、ひいては新庄藩全体に迷惑を掛けることになる。

「何故こんな……」

琴音は動揺を隠せないでいる。

「話は後です」

何故琴音を欲しているのかも解らない。琴音は自分自身でも解っていないようであった。ただ首領格の反応を見る限りそれは余程のことらしい。

ともかくこの最悪の事態が好転するまで、

——逃げ続ける。

そして何か打開策を見つけて玉枝を取り戻す。

「御頭……」

意図せず口から滑り出た。だが今は頼る訳にはいかない。

遠くの方から喊声《かんせい》が聞こえた。よ組が火元に到着したのだろう。夜だというのに往来に人が出始めている。野次馬《やじうま》に向かおうというのだろう。すれ違う者に顔を背《そむ》けながら駆け続けた。新之助の手は先ほどから、ただの一度も開いていない。今も琴音の手をしっかりと握り続けている。

四

喜八郎の顔に戦慄《せんりつ》が走った。絶句《ぜっく》している。とても信じられぬというのだろう。平蔵は改めて、先ほどより明瞭《めいりよう》に言い切った。

「下手人は火付盗賊改方。それ以外に考えられねえ」

新之助が下手人でないなら、それが唯一辻褄《つじつま》の合うことだった。それならば新之助が橋屋に到着していた時、すでに凶行が行われていて、かつ「火付盗賊改方」に見咎《みとが》められる状況に説明がつく。

「二人の娘を連れて逃げたと言われているのに、実際には一人しか連れていないのは？」

「一花殿の見た年格好から、連れているのは上の娘。妹のほうは火盗改が連れ去ったと考えられ……」

言いかけて平蔵は言葉を止めた。

「いかがしたので？」

「橋屋の勾引かされた娘の名……確か上が琴音。下が玉枝じゃあなかったか？」

「あっ」

下手人を追い、核心に近付いていくと、様々なことが一気に結び付くものだと父が言っていた。平蔵は今、それを身をもって感じている。新之助の家に張られていたという紙にはこう書かれていた。

――玉返欲、他言無用。五日与。

「つまり、玉枝を返して欲しくば他言無用。五日与える」

新之助の家に張り紙をしたということは、火盗改は橘屋で新之助と邂逅した時点で、新庄藩の者だと解ったのか。いや解らなかったとしても、玉枝は姉の見合い相手であるため知っている。脅して聞き出したのかもしれない。

「事件から五日、あと二日しか……」

喜八郎は弱々しく言った。

「ああ。それにもう一つ。火盗改が娘たちを欲している。そこには何がある」

流石にその訳は解らない。別の線から次に進むべきだと見て、喜八郎に尋ねた。

「当日、現場に居合わせた火盗改は？」

「少々お待ちを」

喜八郎は懐《ふところ》から帳面を取り出し、提灯を近付けて目を凝《こ》らした。

「火付盗賊改方、十八組」

歴代の長官により組織は変わる。この五人で一組。合わせて二十四組に再編したのは父である。小回りが利き、相互に助け合うに最も適した数だということだ。一組ごとに探索にあたり、いざ踏み込むなどの段では五組、十組と投入する。この形は今も変わっていないと聞いていた。

「組頭の名は解るか」

「はい……猪山蔵主――」

「あの顎《あぎ》か」

新庄藩上屋敷近くでこちらに突っかかって来た。顎のしゃくれた男である。

「これが猪山の組だけの仕業《しわざ》か。あるいは火盗改全体での所業《しよぎよう》か。または他に数組、猪山に同心していることも考えられます」

「最悪の場合、火盗改全体が毒されていると考えるべきだろう」

「真の下手人が火盗改ならば、鹿太の賭場を知っているのも説明がつきます」

「ああ、あいつらにとってはお手の物だ」

火盗改はより凶悪な下手人を捕まえるため、軽微《けいび》な罪の者を脅し、あるいは取引をして様々な情報を引き出している。町奉行所よりも裏の道に通じているといっても過言ではない。

「ここまでを一度、田沼様に報じたほうがよいのでは。かの御方の邪魔が入る前に」

喜八郎はそう進言した。田沼の屋敷は神田橋御門内にある。御城の門は暮れ六つには閉ざされる。朝一番で報告に行こうかと考えていたが、何かがまだ引っ掛かる。

今の仮説を事件の流れに組み込みながら、今一度考えてみた。銀煙管の雁首《がんくび》を、汚れを落とすように親指でなぞる。平手に打ち付ける。吸い口を摩るなど弄《いじ》りながら歩き続けた。

喜八郎もこちらが思案《しあん》していることを察し、声を掛けては来なかった。

「そうか……俺は……田沼様も大きな勘違いをしていたらしい」

此度《こたび》の事件、火盗改が真の下手人と仮定する。新之助に橋屋襲撃を見られ、しかも狙いの琴音をとり逃がした火盗改は新之助に罪を着せ、幕府に由々しき変事が出来《しゅったい》したと上申。幕府は事件の大きさ、火付けという性質から全火消に探索に協力を命じる。一花甚右衛門により、追われているのが新之助だと世に知れる。

「一橋の野郎は好機と見て、新庄藩に出入り禁止を命じるように画策《かくさく》したのだと思っていた」

「実際にそうでは？」

橋屋襲撃の翌日、新庄藩は出入り禁止を命じられたのだ。

「いつ将軍《だんな》にご注進した」

「確かに……」

大名の処罰《しょばつ》は、幕閣《ばっかく》の協議を経《へ》た後、将軍に決裁を仰がねばならない。将軍が政務を執るのは昼食後。同日同時刻には新庄藩は大目付《おおめつけ》よりすでに沙汰《さた》を受けていた。どう考えても都合が合わない。

「つまり前日には、すでに上申されていたということ」

一橋は加賀鳶が正体を暴《あば》くより早く、新之助が下手人だと知っていた。いや違う。新之助が濡れ衣を着せられていると知っていたのだ。この事件の最後の推理を終え、平蔵は重々しい口調で言った。

「火盗改は一橋に報告したのではない。一橋が火盗改にやらせたんだ」

「何故火消たちを動かしたのでしょう」

喜八郎は問うた。一橋は当然、邪魔をした者が新之助で、火盗改が犯行を隠すため罠《わな》に嵌《は》めたことの報告を受けている。火消の中には、新之助が下手人であることを信じず、あるいは同情して動かない者たちが出ることを見越していたはず。それを承知で繰り出すはずがないと喜八郎は熱弁を振るう。

「考えられる訳は二つ。一つは腹《うち》の中を試したんだろう」

一橋は何故か執拗《しつよう》に火に拘《こだわ》っている。これからもそれに纏《まつ》わる手法で何かしかけてくるだろう。となれば最大の敵は火消。その火消の中で、どの家や組が金に目が眩むのか。反対に横の繋がりを大切にするのか。どちら付かずの日和見《ひよりみ》を決め込むのか。それを見極めようとしているのではないか。

「ただでも転ばぬと」

「これまでを見ていれば、そんな野郎だと解る」

平蔵は吐き捨てて続けた。

「もう一つは簡単だ。どうしても捕まえたいのさ」

町奉行所の捕方、目明《めあか》し、火付盗賊改方の全てを合わせても三百に満たない。しかも奉行所は田沼の息が掛かっており、思うように動かせない。一方で府下の火消は総勢一万六千五百。たとえ半分が動かなくとも八千強。江戸で動かすことが出来る最大の組織。疑惑を抱かれる可能性を承知で動かさざるを得ないほど、新之助を捕まえねばならない訳があるということだろう。

これで全てが繋がった気がする。未《いま》だ解らないのは一橋が、橋屋に何を求めているかということ。この一点だけだ。

「田沼様のご意見を聞こう」

夜分であるが急ぐに越したことはない。平蔵は足を速めて神田橋御門内にある田沼意次の屋敷を目指した。

五

橋屋から逃げた後、新之助は琴音を連れて新庄藩上屋敷を目指そうとした。火事は未だ収束せず、夜だというのに火消や野次馬が往来に出ている。それらを避け、時に隠れるため遅々《ちち》として進まない。ようやく森元町近くに辿《たど》り着いたのは、月の傾きからすると丑の下刻（午前三時）頃であった。

御頭の家に向かう途中、己の家の前を通った時、新之助ははっと足を止めた。

「何だこれは……」

覚えのない紙が自宅の塀に張られている。剝がして月明かりに掲《かか》げて文字を目で追った。

「もしかして……」

琴音は早くも意味を察したようだ。

「すでに先回りされたようです」

ここに戻って来ると見越して紙を張っている。こちらが進むのに手間取ったとはいえ、敵の動きは迅速《じんそく》である。しかもわざわざ自宅に張ったということは、

——その気になればお主の母も殺せる。

と、暗《あん》に報《しら》せているのだろう。何かの証拠になるかもしれず、新之助は紙を懐に入れた。

「顔を隠すほうがいいのか……」

新之助は袴《はかま》から裾《すそ》を切り取る。それを脇差で細長く切って首巻にする。顔を見られてはまずいと判断した時は、引き上げて覆面にするつもりだった。

「ともかくここから離れます」

藩を頼ることは出来ない。己が屋敷に入れば、たとえ何も知らなかったのだとしても、下手人を庇《かば》ったと難癖をつけられ、取り潰されるかもしれない。

歩き始めて琴音が訊いてきた。

「これからどうすれば……」

「五日後までに決着を付けるしかない」

あの張り紙をしてきたということは、交渉の余地がまだあるということ。向こうにとって虎の子の玉枝を、府外に連れ去るということは考えにくい。どこかに捕えているはず。

あれが火盗改の一部の者の仕業なら、いずれかの自宅であろう。だが火盗改ぐるみでのことならば、最も隠しやすい場所がある。

「清水《しみず》御門外にある、火付盗賊改方の役宅に乗り込みます」

琴音は絶句して思わず足を止める。無謀《むぼう》とも思えるが、今思いつくのはその方法しかない。

「身を隠して機を覗《うかが》いましょう。お金があるかな……」

逃げ続けるためには当然食べなければならない。新之助は懐から財布を取り出して中を改めた。酒代は漣次が出してくれたが、それでも持ち合わせは多くない。勿論《もちろん》、急に襲われた琴音は一銭も持っていないだろう。

「鳥越様」

「あ……いつの間に」

「これで暫くは」

琴音が袂から取り出したのは小判である。暫くは玉枝と宿暮らしになることが咄嗟《とっさ》に頭を過《よぎ》り、帳場に落ちていたものを二枚拾ってきたのだという。

――琴音、下村様がな……

徳一郎は大丸の下村彦右衛門に心酔《しんすい》しており、ことあるごとにその話をしたという。世には金を稼ぐことを見下す者もいる。しかしそれは間違っており、世の中の大抵のことは金で解決出来ると、彦右衛門は言い切るのだ。

――だが金ではどうにもならぬこともある。それこそ人にとって最も大切なこと。

徳一郎は穏やかに、彦右衛門の信条を教えてくれたらしい。

それでも、あの状況下でそれを思い出すなど、賢《かしこ》く逞《たくま》しいことだ。

「深雪様みたいだ」

新之助は橘屋を出てから初めて笑った。

「深雪様？」

「ええ、御頭の御新造様です。凄く賢くて、逞しくて、料理が上手で……でも時々、般若《はんにゃ》みたいに怖い」

新之助は二本の指を角に見立てて頭に添えた。すると琴音もくすりと笑う。

「是非《ぜひ》、私もお会いしてみたい」

「ええ、きっと。これが終われば」

それで会話は途絶《とだ》え、暫く二人は何も語らずに歩んだ。このような時刻に男女が連れ立っているだけで怪しい。出来る限り細い道を進み、人とすれ違わないようにした。今のうちに寝床を見つけねばならない。それも追手に気付かれないように。

新之助の耳朶に微かに音が届く。琴音が啜《すす》り泣いているのだ。己の身を襲った理不尽な仕打ちに、抑えていたものが一気に込み上げてきたのだろう。

新之助は前を見ながら、涙を拭《ぬぐ》う琴音の手をすっと取った。何も掛ける言葉が浮かばない。ただ手を握って少しでも安心してくれればと願った。

新之助と琴音は新庄藩上屋敷を諦《あきら》め、城の西側を警戒しつつ進んだ。

「夜が明けます」

琴音が陽《ひ》を恐れるかのように声を震わせたのは、四ツ谷《よつや》に辿り着いた頃であった。

「堂々としていれば、まず心配無い」

「はい……」

「少し休みますか？」

琴音の顔に疲労が浮かんでいる。火事から抜け出し、夜通し歩き続けていたのだから無理もない。

「いいえ。まだ歩けます」

「今の内に休みましょう」

四ツ谷には寺院が多い。寺は寺社奉行《じしやぶぎよう》の管轄で、火盗改は細々《こまごま》とした根回しをしないと踏み込めない。見つかってもその間に逃げることも出来る。

二人が参拝客を装《よそお》って入ったのは、西念寺《さいねんじ》であった。幸いにも境内に人影はない。御堂の裏へと何食わぬ顔で進み、廻り縁の下に潜《もぐ》り込んだ。

「これからどこへ……」

膝を抱えるような格好で琴音が尋ねる。新之助には敵が火付盗賊改方だと知った時から、逃げ場所として閃《ひらめ》いた地がある。

「吉原へ」

「えっ――」

琴音は複雑な表情になった。

「いや……あの、吉原は奉行所の管轄。火盗改は至極《しごく》入りにくいのです」

「そうなのですか」

慌てて説明すると、琴音も納得したように頷《うなず》いた。

「吉原火消の矢吉《やきち》さんと謂う人を頼るつもりです」

如月《きさらぎ》(二月)の一件以降、矢吉を始め吉原火消は、新庄藩火消に信奉《しんぽう》に近い感情を抱いてくれている。中でも彦弥とは互いによく行き来していると聞くので、誰かに走って貰って事態をそっと告げることも出来よう。

己は昨日の昼からずっと戻っていないのだ。火事にも駆けつけておらず、皆が訝《いぶか》しんでいるはず。もしかすると向こうもそろそろ捜し始めており、吉原でばったり会うなどということもあるかもしれない。

「少し眠って下さい」

「鳥越様は？」

「火消は危険が迫れば飛び起きられるのです」

半《なか》ば本当、半ば嘘《うそ》である。確かに半鐘の音には無条件に反応する躰になっている。だが御頭のような化物《ばけもの》じみた耳ではないのだから、境内を歩く跫音《あしおと》で目を覚ます自信は無い。目を瞑《つむ》って躰を休めるだけで、眠らぬように努めるつもりである。

暫くすると琴音の寝息が聞こえて来た。しかし、一刻ほどすると、琴音はうなされはじめた。初めは体勢が悪く寝苦しいのかもしれないと思ったが、すぐに考えを改めた。

「お父様……お母……玉枝……」

と苦しげな声を漏らしているのだ。無理もない。父母も奉公人たちも、皆失ったのだ。気丈に振るまっているが、まだ十七歳の娘なのである。

さらに一刻くらい経った時、琴音は、

「あっ――」

と、声を上げて跳び起きようとした。新之助はさっと手を出して口を押さえる。同時に、

「琴音さん、起きて下さい」

危うく廻り縁に頭をぶつけそうになったので、これも優しく受け止める。

「大丈夫です」

努めて穏やかな声で話しかけた。恐怖で強張っていた琴音の顔に、ゆっくりと安堵の色が浮かんでいく。

「あの……」

「何も言わなくていい」

新之助が両手を離すと、琴音はこくりと頷いた。そして少し間を空け、話を転じる。

「鳥越様も眠って下さい。とてもお疲れの顔をなさっています」

「いいえ、私は元気ですよ」

「嘘、解ります。少しだけでも眠って下さい。私が代わりに起きています」

有無を言わさぬ調子で言うものだから、新之助は素直に頷いた。正直なところ限界が近付いていたのだ。

「じゃあ、少し。鼾《いびき》を搔《か》いたら起こして下さい」

「分かりました」

新之助は狭い中で刀を抱くようにして眠った。どれほど経《た》ったか。今度は新之助が肩を揺すられる番であった。陽の光に淡《あわ》さが含まれている。大凡《おおよそ》、申《さる》の刻

（午後四時）を過ぎたところか。琴音は声を掛けない。それで事態を一瞬のうちに悟った。
——誰かいるな。
跫音が近付いて来る。息を潜めて待っていると、御堂の正面に脚が見えて来
た。一人である。どうやらただ参拝しにきたらしい。人の気配が無くなると新之
助は囁いた。
「行きましょう」
御堂の下から這《は》い出ると、再び二人は歩き出す。目指すは吉原である。
「あれはまずい」
新之助は琴音の袖をちょいと引いた。こちらに向かって歩いてくる三人の男。
何かを捜しているかのように、周囲に注意を払っている。火盗改ではないかもし
れないが、避けるに越したことは無い。他にも一瞬でも顔を覗かれれば、横道へ
入る。西へ東へと進むのでなかなか進まない。
日もとっぷり暮れて闇が落ちて来る。ゆっくりと歩を進めて本郷の辺りに差し
掛かった。
——加賀鳶に……。

この近くに加賀藩の上屋敷がある。助けを請おうかと過《よぎ》ったが、すぐに考《こ》えを改めた。加賀藩は信用に足るが、やはり吉原のほうがより安全だろう。不忍池《しのばずのいけ》から東に進み下谷同朋町《どうぼうちょう》辺りに来た時のことである。辻の向こうに人の気配がする。一人や二人ではない。

――引き返すか。

そう考えたのも束《つか》の間《ま》、今度は後ろからも人が来るのが解った。これも五人以上である。

「まずい。挟まれた」

「でも……火消のようですよ?」

琴音は目を凝らした。己より夜目《よめ》が利くらしい。暫し待つと確かに半纏を着ているのが見えた。火事場の帰りであろうか、手に鳶口や刺叉《さすまた》を持っている。前方は何者か解らない。ならば何食わぬ顔で引き返してやり過ごすしかない。

――る組か。

半纏の意匠から解った。近くに来ると火消の相貌《そうぼう》も解る。見たことがない鳶である。そう思った直後、背に悪寒《おかん》が走った。

「おい」

「ああ」

　鳶たちが小声で言い合った時、新之助は首巻をぐっと上げて顔を覆う。次に琴音の手を取って踵《きびす》を返した。

「追え！」

　火消が何故追ってくるのか。なぜ見咎められたのか。全く解らないが足を回す。和泉橋通りに飛び出すと先ほどの気配の正体が解った。こちらも町火消。

「ぬ組――」

　全ての町火消の半纏の意匠を記憶している。きょとんとしている鳶を躱し、新之助はさらに東を目指した。

「下手人だ！」

「娘の着物の柄は間違いない！」

　背後の鳶が叫ぶ。琴音の着物の柄が知られているのだ。見咎められた訳は分かったが、火消に追われる訳はやはり解らない。

「鳥越様……」

　琴音が苦しげに呼んだ。女の足ではいつか必ず追いつかれる。新之助は覚悟を決めた。

「先に行って。三十数える間に追いつく」

琴音の背をぽんと押すと、新之助は鳶たちに向き直った。

「来るぞ！」

「やっちまえ！」

鳶口、刺叉、六尺棒などを構えて向かってくる。振りかぶった一人目の手を押さえて捻《ひね》り上げる。

「痛っ――」

鳶口を奪い、二人目の六尺棒を払って肘鉄を見舞う。突き出された刺叉は、飛んで躱し、素早く踏み込むや鳶口の柄《え》で三人目の首を強《したた》かに打った。

「殺されたいか」

声を低く変えて脅すと、鳶口を足元に転がして刀の柄《つか》に手を掛けた。怯んで身動きが取れない鳶を捨て置き、新之助は琴音を追った。

「琴音さん」

「鳥――」

新之助は指を口に添えて鋭く息を発した。こちらの名を呼ばれるのはまずい。

「吉原まで急ぎましょう」

そう言ってひたすら駆け続けた。

——どうなっている……。

路地という路地から追手が湧《わ》き出て来る。それも火消ばかりである。考えられることはただ一つ。今回の事件が火付けということで、府下の火消全員に下手人を捕縛せよとの命《めい》が出されているのだ。かつてそのようなことは一度も無かったが、わらわらと出でる火消を見れば、そうとしか考えられない。

「卑怯《ひきよう》な！　娘を放せ！」

新手は侍《さむらい》火消。これまでと違い、一斉に刀を抜き放った。鳩《はと》羽《ば》色の羽織《はおり》、御茶ノ水定《じよう》火消まで出ている。侍火消が斬りつけてくる。足を退《ひ》いて鼻先で躱すと、小柄《こづか》で刀を握る両手を叩き落とした。

「ぐわ！」

指が折れたのだろう。侍火消は絶叫して刀を取り落とす。

「くそっ……数が多すぎる」

白刃を搔い潜《くぐ》って進むが、まるで己が火元であるかのように火消が向かってくる。琴音を守りながら闇雲に走っている内に佐竹屋敷の塀際に追い込まれた。琴音を後ろに庇う。三方から六尺棒、刺叉、あるいは刀を構えた火消がじりじりと迫る。素早く納刀して腰を落とした。

「居合だ……」

「相当に遣うぞ……」

「一斉に行くか」

などと、相談し合っている火消たちに、新之助は凄《すご》みを利かせて言い放った。

「五、六人は斬り伏せる」

鯉口《こいぐち》を切って睨《にら》みつけると、皆が慄《おのの》いて二、三歩後ろに退《さ》がった。

「掛かれ！」

刺叉を持った御茶ノ水定火消の一人が、悲壮《ひそう》な顔で向かって来た。六尺棒を持った二人が続く。六尺棒の男の手を摑むと、膝の裏に足を掛けて横転させる。刺叉は踏み落とし、細い柄を駆け上がって、膝蹴りで二人目を沈める。

次の六尺棒が来る。これを避《よ》ければ琴音に当たる。新之助は眠っていた刀を刹那に解き放った。六尺棒の先が飛び、高い音を立てて地に跳ねた。どよめきが起こる中、新之助は息を整えて窮地《きゅうち》を逃れる策を巡らせた。

定火消たちが刀の柄に手を落とした時、宙を断《た》ち割るような烈声《れっせい》が飛んできた。

「下がれ！」

——あれは……。

衆を掻き分けて進み出る男。それは間違いなく加賀鳶三番組頭にして、府下十傑に数えられる槍術の達人。一花甚右衛門である。新之助は唾を呑み下して身構え続けた。

六

田沼は寝間着に一枚羽織った姿で現れた。夜の訪問である。一時も早いほうがいいと考えたのだろう。

「何か解ったようだな」

苦味《にがみ》のある声で尋ねる田沼の目は、行燈《あんどん》の加減か獣《けもの》の如く光って見えた。

「はい。順を追って話します」

平蔵はこれまで聞き込んだことに加え、自身の推理を滔々《とうとう》と話した。

「ふむ……よくぞ調べてくれた」

田沼は一々《いちいち》頷き、最後にそう労《ねぎら》った。

「田沼様は如何《いかが》思われます」

「平蔵の推理通りだとすると、かの御方が何のために橘屋を狙ったかが肝《きも》……これは儂《わし》に少し思い当たる節《ふし》がある」

平蔵、喜八郎、共に黙して続きを待つ。田沼は目を細めつつ訊いた。

「大丸を知っているか？」

「は……それは」

この国に富商《ふしょう》は多いが、真の豪商と呼べるのは三つだけ。「越後屋」、「白木屋」、そして「大丸」である。

「儂は大丸と懇意《こんい》にしておる」

田沼は政《まつりごと》に私財を投じている。無宿者《むしゅくもの》への職の斡旋《あっせん》、行き倒れを保護する施薬院《せやくいん》の充実、自身番屋の増設など多岐《たき》に亘《わた》る。田沼のことを快《こころよ》く思っていない者は、賄賂《わいろ》で得た莫大《ばくだい》な金を遣って庶民の歓心を買おうとしていると陰口を叩いている。

「実際に付け届けは受け取る。奴らより儂のほうが上手く使える故な」

田沼は悪びれずに言い放った。それでも人道《じんどう》に悖《もと》る頼みは決して受けていないと付け加えた。

「儂を悪く言う者は皆阿呆《あほう》よ。算盤《そろばん》も使えぬ。賄賂で足りるはずがないのだ」

「なるほど……それで大丸が」

「儂と志《こころざし》を同じくし、少なからぬ金を献じてくれている。代わりに大丸に便宜《べんぎ》を図《はか》っているのも事実」

幕閣の勢力争いにおいて、田沼は決して優勢とはいえない。だがこと商業に関しては、田沼の知見《ちけん》に敵《かな》う者はおらず、絶大な発言力がある。大丸は田沼の支援を受けてさらに商いを広げ、そこで得た金を献上しているという構図である。

「それが越後屋は面白くないのだ」

昨今、江戸で増加の一途《いっと》を辿る高利貸し。それを背後で操っているのが越後屋だと田沼は情報を得ていた。故に田沼は残り二つの豪商に声を掛け、大丸は応じ、白木屋は保留という結果であった。

「その越後屋が、今年の初め頃からかの御方と急速に近くなっている」

田沼の言わんとすることが未だ理解出来ず、平蔵は首を傾《かし》げた。

「それと橋屋がどう……」

「橋屋は大丸傘下の有力な七家の一つ。大名で謂うところの筆頭家老《ひっとうがろう》のような家だ」

「話に一本筋は通ります。しかしここまでの所業には、よっぽどの訳があるはず」

「その、よっぽどがあるのだろう」

田沼は眉一つ動かさずに言い切った。一橋は己の野望《やぼう》のためならば、それくらいのことはしてのける。そう言いたげな顔である。田沼は厚い唇の間から息を漏らして言葉を継いだ。

「今、大丸当主の下村彦右衛門は江戸にいる。急ぎ心当たりはないか問い合わせよう。だが、この期《ご》に及んで訳は重要ではない」

「鳥越の無実を証《あか》し、火盗改の悪行を白日《はくじつ》の下《もと》に晒《さら》す。さすれば一橋の狙いが何であれ、打ち砕《くだ》くことが出来ます」

平蔵は丹田《たんでん》に力を込めて凛然《りんぜん》と言った。

「だが、かなり苦しい事態。鳥越はどうするつもりだ」

「そこまでは」

田沼は新之助と面識がない。己も数度言葉を交《か》わしただけ。今何処にいて、何を考え、これから何をしようとしているのか。全く想像がつかない。

「あやつにしか解らぬか……」

田沼が言うあやつが誰か、すぐに解った。最も新之助のことを知るあの男の意見を聞けば、対策を立てられるかもしれない。だが新庄藩上屋敷は完全に包囲され、訪ねることは適わない。

「何人も入れませんからな」

「かの御方は油断をしたな。詰めが甘い。これくらいはどうとでもなろうよ」

田沼は不敵な笑みを浮かべ、平蔵に方策を伝えた。

「確かに。しかし誇り高い御三卿様には考えつかぬのでしょう」

平蔵もにんまりと笑みを浮かべる。

「ゆけるか」

「解りました。この足で再び新庄藩上屋敷に向かいます」

頷き合ったその時、遠くで呼子の音が聞こえた。その数は時を追うごとに増え続けている。

「これは……」

平蔵は腰を上げて耳に手を当てた。

「鳥越が見つかったようだ」

田沼は唇《くちびる》を噛《か》みしめながら、膝を強く叩いた。

「行って参ります」

「頼む」

平蔵は刀を掴み、案内も待たず薄暗い廊下に出ると、そのまま田沼の屋敷を飛び出した。

「長谷川様！」

屋敷の外を見張っていた喜八郎が指を差す。けたたましく鳴る呼子の音は近い。

「八重洲河岸か！」

腰に刀を差しながら走り出した。辰ノ口《たつのくち》に到ると、一町ほど先を駆けている集団が目に入った。半纏を身に着けていることから火消と解る。新之助を追っているとみて間違いない。馬場先《ばばさき》御門のほうから人の叫び声のようなものも聞こえた。

「喜八郎、急ぐぞ！　腹ぁ切る覚悟は⁉」

「若に出逢った頃から」

喜八郎が即座に返すので、口元が緩みそうになるのを堪《こら》えた。徐々に大きくなる喧騒《けんそう》を睨みつけながら、平蔵は闇《やみ》を切り裂くように駆けていく。

第五章　関脇《せきわけ》ふたり

一

橋屋が炎上してから三日。新之助と琴音は深川にいた。このあたりは「いろは四十八組」の管轄《かんかつ》の外で、別に本所深川町火消《まちびけし》というものが組織されている。御城を守護する方角《ほうがく》火消の管轄からは大きく離れており、見知った顔は皆無《かいむ》と言ってよい。人相書きが出回っていても、一目で気付かれることはないと考えてこの地に来た。以降、初日のように寺院の境内《けいだい》、橋の下などを転々として、当ても無く逃げ回っている。

加賀鳶の一花甚右衛門と刃を交《まじ》えたのが二日前。あの時、甚右衛門が機転《きてん》を利《き》かせてくれなかったら、あそこで一巻の終わりであった。

どうやら幕府から府下《ふか》の全火消に「下手人《げしゅにん》」を捕えるようお達しがあったらしい。それは本所深川町火消も同様で、昼夜を問わず捜し回っている。今までは何とか逃げ切れたが、間一髪《かんいっぱつ》の局面も何度もあった。このまま逃げ続けるには限界がある。

琴音は安い古着を買って着替えた。追手は男女の二人組を捜しているため、琴音一人ならば、面白いほど気付かれない。食べ物は琴音が掛茶屋や煮売り屋などで買ってきたが、金も残り少なくなっている。さらに真の下手人が張り紙で伝えてきた、五日の期限が刻々と迫っているのだ。

名も知れぬ橋の下、新之助は意を決して切り出した。

「このままではいずれ捕まります。動きましょう」

「どこへ……?」

琴音はすっかり憔悴《しょうすい》しきっている。父母の死を悼《いた》む間《ま》もなく、己しか味方のいない江戸を逃げ回っているのだ。

「田沼様の元へ行きます」

「御老中《ごろうじゅう》とお知り合いなのですか」

「私は直接の面識はありません。しかし必ずや助けて下さるはず」

田沼が御頭《おかしら》と懇意《こんい》にしていること、度々《たびたび》密命を下していることを知っている。きっと何かしら手を差し伸べてくれるはず。それほどの大物でない限り、状況を打開出来ないと悟《さと》った。

田沼の屋敷は神田橋御門内にある。奉行所も近く、一《いち》か八《ばち》かの賭けにも等《ひと》しい。

本当ならば琴音だけでもどこかに預けたいところだ。だが、もはや誰を信じてよいのか解らなくなっている。確実に味方してくれそうな者といえば、武家火消ならば加賀藩、仁正寺《にしょうじ》藩。それより一等信用は落ちるが、田沼の隠密《おんみつ》を務める日名塚要人のいる麴町定火消。いずれも屋敷までは相当に距離があり、連れて行くにも危険が伴《ともな》う。ならば危険は一度のほうがよい。

「ついて来てくれますか？」

「はい。離れろと言っても離れません」

「そうですか」

熱っぽい視線を向ける琴音に、新之助は精一杯の笑みを見せた。

ここ数日で判《わか》ったことがある。探索は昼夜問わずに行われているが、昼に比べて夜は人数が格段に少ない。三割ほどではなかろうか。一気に駆け込むとすれば夜しかない。夜が深くなるのをじっと待ち、新之助と琴音は神田橋御門を目指した。

予想通り夜の探索は少なく、運も良かったのかするすると町を抜けられた。だが、それもここまでである。御門を突破しなければならない。

――目と鼻の先に、あの男、一橋の屋敷がある。

この事件への関与は解らない。ただ一橋にとって新庄藩火消は目の上のたん瘤《こぶ》。その頭取並の己が追われているとなれば、ここぞとばかりに私兵を繰り出してくるに違いない。

――風早《かざはや》ほどの男がいたら。

かつて剣を交《まじ》えた一橋家の家士《かし》である。辛《から》くも勝ったが、もう一度戦ったならば勝てる保証は無い。一橋がそれほどの男を飼っていれば、琴音を連れた己はひとたまりもない。

思案の末、常盤橋《ときわばし》御門を選んだ。番士が二人守っているのが見える。

「この先は時との勝負です。ここで待っていて下さい」

新之助は言い残すと、軽快な足取りで門へと近付いていく。

「すみません。猫を探しているのですが、見ませんでしたか？」

「そんなものは見ておらぬわ。向こうへ行け」

番士は面倒くさそうに手を払った。

「しかし先ほどそこらに影が……」

「おい、こっちへ――」

刀を抜き放つと鋭《するど》く峰《みね》で首を打つ。番士が沈むより早く、刀は再び煌《きら》めいて残る一人の首筋で止めた。

「門を開けろ」

「お前は……」

「二度は言わない。死にたくなければ開けろ」

「わ、解った」

男が門を開ける中、新之助は手招きして琴音を呼び寄せた。

「これで……ぐ――」

拳をみぞおちに打ち込む。項垂《うなだ》れた首の後ろに手刀《しゅとう》を見舞った。これで完全に気を失って倒れ込む。

「行きましょう」

中の様子を窺《うかが》っていた矢先、後ろから大声が聞こえた。たった今、辻《つじ》を折れてきたのだろう。何人かの町火消がこちらを指差して叫《さけ》んでいる。こればかりは運頼み、ここまでが幸運であったに過ぎない。

「早く！」

琴音を中に押し込むように入れ、自身もすぐに飛び込んだ。神田橋御門付近の田沼屋敷に向かうが、背後で呼子《よぶこ》の音が鳴った。これで町奉行所の捕方や火消だけでなく、城を守護する全ての者が湧《わ》き出て来る。

——何とか間に合え！

新之助は琴音の手を引き、力の限り地を蹴った。

「駄目《だめ》だ」

田沼の屋敷まであと二町ほどとなった時、正面から一団が向かってくるのが見えた。袴《はかま》を着けている。辻番の士に違いない。

踵《きびす》を返して後ろの町火消の方へと向かう。たった今通り過ぎた辻を折れるつもりである。

「鳥越様！　待ってくれ！」

「秋仁さん——」

町火消がよ組だと解った。流石《さすが》に秋仁は番付《ばんづけ》火消。並外れた体力を持っており、配下を引き離して新之助に迫る。

「待て、俺が何とかする！」

「信じられません。呼子を吹いていたでしょう！」

新之助は首だけで振り返って叫んだ。

「あれはうちの馬鹿が……とにかく止まれ。うちが匿《かくま》う！」

新之助はもう何も答えず、がむしゃらに走った。琴音の体力が限界に近付いている。何とか振り切って一度御門外に出ようと疾駆《しっく》する。踏み締めた足が地を滑り、砂埃《すなぼこり》を巻き起こす。視線を先に向け、新之助は舌を弾《はじ》いた。

「くそっ――」

すかさず柄《つか》に手を掛ける。行く手に一人の男が立ち塞《ふさ》がっているのだ。退けて突き進むほかに無い。

何者か。夜に赤い三日月が落ちたかのような、不気味《ぶきみ》な笑みですぐに思い出した。

「これは、これは……ぼろ鳶《とび》。お急ぎのようだ」

「進藤内記！」

火消番付西の関脇。八重洲河岸定火消頭取《とうどり》、「菩薩《ぼさつ》」こと、進藤内記である。刀に手を掛けるでもなく、目尻に皺《しわ》を寄せて笑っている。内記は己たちのせいで悪事が露見《ろけん》して謹慎《きんしん》になった。相当に恨《うら》んでいるはずで、打ち倒して通るしか道はないと覚悟を決めた。

「退け」

「どうせ逃げられんぞ。そこへ隠れればどうだ？」

ここは八重洲河岸定火消屋敷の前なのだ。塀際に置かれた幾つかの天水桶《てんすいおけ》を指差した。新之助は足を緩めて向かい合った。

「どういう風の吹き回しだ」

「お主《ぬし》に勝てると思うほど馬鹿ではない。追っ手が曲がって来れば袋の鼠《ねずみ》……どうする？ 右端が空《から》だ」

各御門は閉じられているだろう。斬り結んで内から再び突破せねばならないが、その時はもう作れそうにはない。次に追いつかれれば、内記の言う通りきっと逃げきれないだろう。

己の勘《かん》を信じ、右端の天水桶の蓋《ふた》を取った。確かに水は入っていない。

「琴音さん」

琴音を天水桶に入れ、己もすぐに足を突っ込んだ。

「来たぞ。急げ」

月光に照らされた内記の横顔は笑んだまま、まるで面《めん》を見ているかのように動かない。新之助は身を屈《かが》めて蓋を閉めた。真っ暗で何も見えない。狭い桶の中、琴音がぎゅっと腕を握って来た。多くの跫音《あしおと》が近付いて来るのが解った。

「内記……鳥越様はどこだ！」

秋仁の声である。多くの配下を連れ、内記と対峙《たいじ》しているのが想像出来た。暫《しば》しの沈黙に胸が高鳴る。何故《なぜ》内記の策に乗ったのかという後悔が沸々《ふつふつ》と湧き上がっている。天水桶の中だと言われれば、これにて長い逃亡劇も終わりを告げる。だが内記という男は、まだ幕を閉じさせようとはしなかった。

「はて、そちらに曲がっていったが」

「本当か？」

「嘘《うそ》を申す必要があるかな。私はぼろ鳶を救う義理はないと思うが」

一体何を考えているのか、内記は逃走の手助けをしている。

「だろうな。よし、行くぞ！」

秋仁が配下に号令を出す。振動が地を伝わるほど、大人数が去っていくのが解った。

――これは……。

よ組をやり過ごした後に配下を繰り出し、天水桶ごと捕まえる。手柄を己のものとする策に嵌《はま》ったのではないか。そう考えて下から蓋を押し上げようとしたが、重くて持ち上がらない。

「ぼろ鳶」

上に内記が腰掛けているのだ。

「出せ！」

「黙れ。まだ追手がいる。番士だ」

「え……」

「機を見て出す。鍛冶橋《かじばし》御門の番士たちとは懇意にしている」

内記はそこで一度言葉を切ると、哀願《あいがん》するような声色で続けた。

「応援を頼む。私の息子たちが懸命に下手人を足止めしている……このままでは斬られてしまう……と、でも言えば必ず門から離れよう」

内記の忍び笑いが聞こえて来る。

「何故、助ける」

「お主のような化物《ばけもの》、一人で捕まえられようか」

「しかし、今人を呼べば……」

「おや、その手があった。そうするも一興《いっきょう》か」

妖《あや》しい笑いが蓋を通して落ちて来る。

「お前――」

「するかよ。頭の足りぬところも、松永譲《ゆず》りか……別の番士が来た。今少し待て」

藪蛇《やぶへび》かと思ったが、やはり内記にその気はないらしい。

「こちらにも色々と都合があるのよ。話せば信じるか」

番士が去るまでにまだ時間があるようで、内記は桶の中にだけ聞こえる低い声で話し始めた。

現在、新庄藩は、藩士はおろか、中間、小者まで出入り禁止の沙汰を受けているという。

――それで……。

新庄藩火消に全く動きがないことを不審に思っていたが、その謎《なぞ》がようやく解けた。

「大丸が動いている」

「下村様……」

これまで声を殺していた琴音が呟《つぶや》いた。橋屋が大丸傘下《さんか》で一、二を争う商家であったことは知っている。武家でいうところの主筋《しゅうすじ》にあたるのだ。

「大丸は勿論《もちろん》、お主が下手人とは思っておらぬ。そして橋屋の一件に、烈火《れっか》の如《ごと》く怒っている」

橋屋の一件と下手人として新之助が手配されたことを知った彦右衛門は、店の者に命じて蔵の中から千両箱を次々に出させ、

——真の下手人を捕まえろ。金は幾らつぎ込んでもよい。

そう言い放って、手段を選ぶなと厳命した。同時に逃走している新之助への支援も考えた。彦右衛門の武器は唸《うな》るほどの金。それを最も有効に使えるのが、

「私という訳だ。前金三百両、後金五百両で助けることを約束した」

彦右衛門の相変わらずの豪胆《ごうたん》さに舌を巻いた。橋屋襲撃には一橋が絡んでいると推測したのだろう。内記の一件は彦右衛門も耳にしている。そこから内記が金で動くと見て持ちかけたのだろう。

「しかし幕府に弓を引く行為……」

「私も同じく問うた。何と言ったと思う？」

内記はくつくつと笑いながら続けた。

「幕府の目が曇《くも》っているならば、謀叛《むほん》で結構。銭を矢玉にして馳走《ちそう》致す……と

な。あれは相当な男よ」

　手の甲が琴音の頬《ほお》に触れて分かった。琴音は泣いているのだ。

「よし、行くぞ。八百両」

　内記はそう呼んで蓋を取った。二人が天水桶から出ると、内記の先導で駆け出す。鍛冶橋御門はすぐそこである。

「そこの角に隠れておけ」

　内記は一人で鍛冶橋御門に駆けていく。先ほどまでと違って弱々しく背が曲がり、足も縺《もつ》れて転びそうになっている。哀《あわ》れな男の見本のような演技である。内記は話していた通りに応援を請い、見事番士たちを御門から引き離すことに成功した。

　番士たちを引き連れて戻って来ると、新之助と琴音が隠れた角の前で、つんのめって転んだ。うつ伏せのまま前を指差す。

「大名小路を左に曲がったところです！　お助けを――」

　番士らは応《おう》と答えて走り去っていく。内記の顔から悲哀《ひあい》の色がすっと引く。能面の如き真顔である。

「今の内よ」

内記は冷えた声で言いながら立ち上がると、膝《ひざ》の埃をはたはたと払った。

「礼を言えばいいのですかね？」

「礼など一文にもならん。去《い》ね」

興なさげに言うと、内記は歩み始めた。新之助が行こうとした時、内記は思い出したかのように振り返って付け加えた。

「松永に。覚えていろ……と」

裏を返せば逃げきれと言っているとも取れ、新之助は苦笑して駆け出した。鍛冶橋御門に番士の姿はない。脇門の閂《かんぬき》を外し、易々《やすやす》と抜けられた。

御曲輪《おくるわ》内に追手が集中しているのだろう。往来には見事に人影が無い。

「田沼様のところはもう無理です」

元々、厳しい賭けではあった。残る手で思いつくのはただ一つ。

「玉枝ちゃんを奪い返します」

火付盗賊改方の役宅に踏み込む。火盗全体としての仕業ならばここに囚《とら》われているると見てよい。もし違って一部の犯行ならば、

「あの男を捕える」

「そんなこと出来るはず……」

琴音は唖然《あぜん》として顔を覗き込む。気が狂れたのではないかと思ったのだろう。

「出来ます」

新之助は断言した。嘘ではない。奇襲することが出来れば、成し遂《と》げる自信がある。ただしそれには一つ条件がある。

──どんな命も守る。

己に課した火消としての信条のことである。

琴音の顔をちらりと見た。この娘に恋心を抱いているのか。己でも解らない。ただ、玉枝を失えば琴音は天涯孤独《てんがいこどく》となる。父を失っても己には母がいた。仲間がいた。そんなことはさせないと心で呟き、新之助は首巻を口元まで引き上げた。

二

いざとなれば腹を斬る覚悟で助太刀《すけだち》する。その平蔵の想いは無駄足《むだあし》に終わった。喧騒《けんそう》に駆け込んだ時に新之助の姿はどこにも無く、追手も右往左往《うおうさおう》して捜している有様であった。

「誰か鳥越……下手人を見た者は⁉」

皆が首を横に振る。呼子に呼び寄せられただけで、姿を見た訳ではないらしい。

「喜八郎、捜すぞ」

「はい！」

道三河岸《どうさんがし》や大名小路を駆け回って新之助を捜した。向こうから町火消の集団が向かってくる。かなりの数である。半纏意匠から、町火消よ組と解った。

「長谷川平蔵と申す者。常盤橋御門近くの本町あたりは、い組の持ち場のはずだが、やけに早い到着だな」

「よ組の秋仁です。い組の頭の漣次が動けねえので、大所帯のうちが半分ほど代わりを」

「納得した。ところで……下手人を見なかったか」

誰も答えようとはしない。

「見ていません」

――嘘だな。

町火消の頭、秋仁の顔色は変わらない。ただ配下の顔色からそう読み取った。

では何故、秋仁は隠そうとするのか。平蔵は秋仁に近付いて小声で告げた。

「俺は鳥越が下手人だと思ってねえ。助けて真の下手人を暴《あば》く覚悟だ」

秋仁はじっと目を見つめた。そして配下に数歩退《さ》がるように命じる。

「信じても？」

「酔狂《すいきょう》でこんなことは言わねえ」

「……見ました。が、見失いました」

秋仁は一部始終《しじゅう》を手短《てみじか》に話した。

「進藤内記……か」

「はい。野郎はぼろ鳶を助けるどころか、恨んでいるでしょう」

秋仁はそう言うが、平蔵は何となく引っ掛かった。

「助かった。もしもう一度鳥越を見つけたら、本所の音松という香具師の元締を訪ねろと平蔵が言っていたと」

「解りやした」

平蔵は秋仁と別れると、八重洲河岸定火消屋敷を目指した。

屋敷に近付くにつれ、その前に複数の人影が見えてきた。火消羽織を着ているものが数名、半纏の鳶が十数名。八重洲河岸定火消だ。

「進藤内記はいるか」

「貴様、誰だ」

火消侍の一人が眉間《みけん》に皺《しわ》を寄せる。

「西の丸仮御進物番、長谷川平蔵。こちらは与力の石川喜八郎だ」

意外だったのか侍はうっと声を詰まらせる。

「私が進藤内記ですが」

異名《いみよう》に違《たが》わぬ菩薩顔がゆっくりと歩み寄って来た。新庄藩火消がこの男の悪事を打ち砕《くだ》くのに、平蔵も一役買っており、顔は知っている。

「鳥越を知らぬか」

「あちらに逃げたので、先刻も町火消に教えたところです」

「秋仁はお前が一人だったと言っていたが？」

「配下が起きてこなかったのです。何故、呼子の音で目を覚まさなかったのかと配下を叱責《しつせき》していたところです」

「火消がこの騒ぎで起きねえか？」

「我が組は昨年多くの配下が転身し、新米《しんまい》が多い。長谷川様もよくご存《ぞん》じのはず」

内記は薄《うす》ら笑いを浮かべた。八重洲河岸定火消崩壊の一端《いったん》を己が担《にな》ったことを知っているのだ。

——この男は正面から行っても無理だ。

そう感じた。一癖《ひとくせ》も二《ふた》癖もある。平蔵は内記の耳元に口を近付けた。

「取引だ」

「ほう。面白そうですな」

「何が欲しい」

「実は拙者《せっしゃ》、子どもの頃より田沼様の知遇《ちぐう》を得たいという夢があります」

「お前は一橋に……」

内記はかつて裏で人の売り買いに等しいことをしており、それによって得た大金の一部を一橋に献上していたと調べが付いている。この一連の悪事を新庄藩に暴かれたのだ。

「長谷川様は勘違いをしておられる」

「と……言うと？」

「誰かの『もの』ではない。生き残るため、出世のため、誰とでも手を結ぶ。そんな強《したた》かな男に憧れを持ちます」

尻尾を摑ませぬ絶妙な言い回し。やはりこの男は一筋縄《ひとすじなわ》では行かない。

「解った。田沼様に目通りがかなうよう、とり計らう」

「流石、西の丸仮御進物番……よろしくお願い致します」

内記は会釈《えしゃく》すると、ぐいと顔を近付けた。細めた目の奥が光っているように見える。

「例の『鳥』ですが、私が鍛治橋御門から解き放ちました」

「何……何故だ」

「それは他の方との商い上のこと。語ることは出来ませんが、確かにございます」

内記は些《いささ》かも狼狽《うろた》えていない。真実を話していると直感した。

「どこに行くと」

「それは聞いていません」

「解った。信じよう」

身を翻《ひるがえ》して歩み始めた平蔵を、内記は呼び止める。

「長谷川様、お忘れなく」

「追って連絡する」

吐き捨てるように言い残して平蔵はその場を後にした。鍛冶橋御門をどのようにして通らせたのかは解らない。

平蔵は、番士に役目と姓名を告げて門を開けさせた。

「喜八郎、田沼様に間に合わなかったと」

「承《うけたまわ》りました。長谷川様は……」

「この足で行く」

喜八郎は頷《うなず》いて引き返していく。平蔵は門を潜《くぐ》ると小走りで比久尼《びくに》橋を渡り、南へと向かった。目指すは新庄藩上屋敷、田沼の考えた方策に賭けるつもりでいる。

三

人気が無いことを確かめると、手を裏に回してそっと木戸を開ける。忍び入った長屋の井戸で水を汲《く》むと、置きっぱなしになっていた柄杓《ひしゃく》で掬《すく》って琴音に差し出した。

「どうぞ」

眠っているであろう住人を起こしてしまわぬよう、小声である。

今日は夜でも蒸《む》し暑い。ずっと走って来て、喉《のど》はひりつくように渇いていた。

玉枝が喉を潤《うるお》す間、新之助は桶に直《じか》に口を付け、零《こぼ》れるのも気にせず一気に流し込んだ。一息つくと新之助は俯《うつむ》きながら言った。

「すみません。何度も危険な目に遭わせてしまって……」

「いいえ。そもそも鳥越様がいなければ、私たち姉妹は焼け死んでいました」

「しかし……」

「もう謝るのはよして下さい。私は鳥越様を信じています」

「そういえば……何故、私と見合いをしようと？」

ずっと気に掛かっていたことだが、このようなことが無い限り訊けなかっただろう。琴音は少し恥じらうような仕草を見せた。

「駒込《こまごめ》で鳥越様を見たのです。頭に血の滲《にじ》んだ晒《さらし》を巻き、皆様を励《はげ》まして長屋を引き倒しておられました」

「あっ……明和の大火の」

琴音はこくんと頷く。今から二年前、古今未曾有《ここんみぞう》の大火が江戸を襲い、御府内全域が火焔《かえん》の坩堝《るつぼ》と化した。新之助は土蔵に閉じ込められた犬を救おうとして朱《あけ》土竜《もぐら》を受け、頭を強く打って昏倒《こんとう》した。

新之助が目を覚ました時、家中の者に戸板に乗せられて駒込まで来ていた。前方は逃げ惑う人々が押し合い、後方からは壁の如き炎が迫る。皆が絶望した中、たった一人、深雪様だけが諦めなかった。素人《しろうと》だけで建家《たてや》を倒して炎の進撃を止めようとしたのだ。新之助はまだ頭が激しく痛み、足がふらつくもそれを助けて懸命に戦った。その直後に御頭が駆け付けてくれ、駒込に逃げていた全ての人が救われたのである。

「あの日はちょうど、父と共に小石川《こいしかわ》の知人を訪ねていたのです」

そこに十五歳の琴音も居合わせていたというのだ。

「そうですか。あの頃の私はまだ半人前で……今も半人前か」

新之助は頭を掻《か》きながら笑った。

「父も私も、周りの人たちも、もう諦めていました。それなのに……何と強い心の方なのだと」

「諦めが悪いのが、うちの信条ですから」

「ぼろ鳶の――」

琴音は思わず零してしまったようで、慌てて口を押さえた。

「ええ、ぼろ鳶の信条です」

互いにどちらからともなく微笑み合う。

「最後まで諦めません」

新之助が言い切った時、路地の向こうから跫音が近付いて来るのが解った。

「休む間も無い……行きましょう」

琴音《あや》の手を取って再び走り始める。胸の奥がぎゅっと痛んだ。己はこの先、人を殺めることをも辞さないと、覚悟を決めた。琴音に想いを寄せて貰う資格など無い。

遠くに龕灯の灯りも見える。こちらは恐らく火盗改。最も捕まってはいけない相手である。追いつめられるように北へと向かう。

「いたぞ！」

不意《ふい》に声が上がる。男が自身番屋に潜んで通りを窺っていたようだ。身に着けている半纏は、は組のものである。それですでに大伝馬町《おおてんまちょう》に入っていることに気が付いた。は組は容赦《ようしゃ》なく追ってくる。

「相手は新庄の麒麟児《きりんじ》だ！」

剣の道では己はそのように呼ばれていることを知っている。子どもの頃からそう呼ばれ、家を継ぎ、二十歳を過ぎた今でも変わらない。だが新之助は、いつか「麒麟児」ではなく、真の「麒麟」になりたいと心の内で望んでいた。

大陸の書「水滸伝《すいこでん》」には百八星の好漢《こうかん》が登場する。無趣味な父であったが、この物語は好きで貸本屋からよく借りて来た。華の無い火消と言われ続けた父は、心のどこかで梁山泊《りょうざんぱく》の豪傑たちに憧《あこが》れていたのかもしれない。

新之助もこの書を読んだ。初めは父の真似をしただけだが、読み進むにつれて次第に惹《ひ》かれていった。どの好漢も格好よいのだが、中でも新之助が好きだったのは第二位の好漢、盧俊義《ろしゅんぎ》。梁山泊の副将として地味《じみ》ではあるが、首領の宋江《そうこう》を支える重要な役回りである。いつか新之助もこんな男になりたいと幼心に思った。その盧俊義の渾名《あだな》は、

——玉麒麟。

番付に拘《こだわ》る心はもう無い。火消の中で己は主役でなくてもいい。御頭を支え、一つでも多くの命を救いたいと願っていた。

「ここはどこだ……」

他に思考が奪われていたこともあり、一瞬己が今どこにいるのかを見失っていた。

——確かさっき渡ったのは緑橋《みどりばし》……。

新之助が思い出した時、琴音もこの辺りに土地勘があるらしくふいに言った。

「確かここは……馬喰町ですよね」

「まずい——」

先刻、昔の思い出、水滸伝のことを考えていたからすぐに過《よぎ》った。ここは龍が守る町だ。

その時、四方八方からけたたましく鉦《かね》が鳴り響いた。

「に組の鉦吾《しょうご》……ここには踏み込まないつもりでいたのに——」

全ての辻からわっと人が湧き出て来る。道だけではない。両側の屋根にも人影。完全に包囲されている。そもそも静か過ぎた。ずっと見られ、機を窺われていたということである。

「に組の町に踏み込むとはいい度胸だ！」

屋根の一人が叫んだ。

「私は下手人ではないのです！　宗助《そうすけ》さんに——」

「下手人が誰とかどうでもいいのよ。入った者は全てふん捕まえろって、御頭の命だ！」

「そんな……」

「やっちまえ!!」

その一言を合図に、全方向から喚声《かんせい》を上げて、に組の鳶が向かって来た。

「来れば斬るぞ！」

「上等だ！」

町火消随一の荒くれ者たち。脅しに怯む様子は全く無い。大刀を鞘《さや》ごと抜くと、正面の鳶の額《ひたい》を突いた。地に倒れながらも、むんずと脚を摑んで来た。月明かりが消えたので、はっとして空を見上げた。屋根から鳶が飛び蹴りを見舞って来たのだ。

足を摑んでいる鳶の脳天に一撃。手が離れるとすかさず飛び退《の》き、宙の鳶の顎を叩き上げた。

「いけいけ！　やっちまえ！」

二人とも気を失ったが、に組は怯むどころか、さらに気勢を上げる。他の町火消とは肝の据わり方が違う。しかも、どの者も相当に喧嘩《けんか》慣れしていた。

「琴音さん！」

琴音に迫る鳶がいたので手を摑み、引き寄せた。

「娘は関係ねえ！　俺たちはお前と喧嘩してんだ！」

しかし、鳶は琴音を無視して突き進み、拳《こぶし》を繰り出す。

「に組らしい」

躱しながら口元を緩め、脾腹《ひばら》に掌底《しょうてい》を打ち込んだ。鳶はぐえっと蛙《かえる》のような声を発して転がる。

「琴音さん、離します！」

新之助は握っていた手を離した。

「えっ――」

「に組に女に手を出すような、下衆《げす》はいませんよね！」

新之助は叫びながら、次に向かって来た鳶の首を叩いて沈める。

「ったり前だ‼」

鳶たちの声がぴったりと揃った。

「それでこそ火消だ！」

――火事と喧嘩は江戸の華。

こんな状況下でどこか心が躍っているのも、己が火消になった証《あかし》であろう。新之助は向かってくる鳶たちを次々に叩き伏せていく。

「俺にやらせろ。手え出すな」

拳を掌に打ち付けながら男が悠々《ゆうゆう》と歩いて来る。晒を腹に巻いて半纏を引っかけただけ。鋼《はがね》のような引き締まった躰付きに、獣の如き鋭い眼光を放っている。

「お前、何を勝手に――」

「うるせえ」

摑み掛かろうとした鳶の手を、男は目にも留まらぬ速さで払った。

「慶司《けいじ》……舐めてんじゃねえぞ」

鳶が呻《うめ》くように言ったことで、ようやくこれが誰だか判った。

「番付狩り……」

つい先々月、江戸の火消を震撼《しんかん》させた番付狩り。父は元い組の頭「白狼《はくろう》」の金五郎。紆余曲折《うよきょくせつ》あって今はに組に加わり、早くも「青狼《せいろう》」の慶司と異名まで付いている新鋭である。

「俺は俺のやりたいようにやるって話で、に組に入ったんだ。てめえらの指図《さしず》は受けねえよ」

「お前から先に畳むぞ！」

「やってみろや。だいたいよ……こんなに怪我《けが》人を出したら、に組の名が廃《すた》ると御頭にとっちめられるぞ?」

一応、御頭と呼んでいるのが可笑《おか》しかった。慶司に言われ、全ての鳶がぐっと怯む。

「俺がやられたら、好きにやってくれや」

慶司は手を宙で舞わせながら、きっとこちらを睨みつけた。

「やられねえけどよ」

慶司は地を蹴ると、身を低くして向かってくる。その姿は月下を疾駆《しっく》する狼《おおかみ》を彷彿《ほうふつ》とさせる。慶司は拳を振りかぶると、風を切る音が聞こえるほど強烈な一撃を放つ。

先ほどまでの鳶たちとは比べ物にならぬほど速い。が、新之助はそれを見切って避《よ》けると、刀の鐺《こじり》を鳩尾《みぞおち》に突き刺した。

「まだまだ!」

気絶すると思い、油断していた。横に払った慶司の腕が顔に当たる。咄嗟《とっさ》に後ろに跳んで衝撃を逃がすが、それでも頬に鈍い痛みが走る。

慶司は続いて鞭《むち》のような蹴りを放つ。神経が研《と》ぎ澄まされる。己の中で絡繰《からく》りの歯車が噛み合うかのような、何かの音が聞こえた気がした。

新之助は慶司の蹴りを屈んで躱《かわ》すと、こめかみ、頬、脇、内腿、脾腹、肩の付け根と、立て続けに打ち込んだ。慶司は歯を食い縛って耐えつつ、なおも拳を出すが虚《むな》しく宙を切る。

「あんた強《つえ》えな！」

「どんな躾してるんですか」

新之助は激しく足を動かして位置を変え、手を緩めることなく急所を打っていく。喉を突いて眠らせようとした時、背筋に悪寒を感じて横に飛んだ。

「くそ……あと少しだったのによ」

何か形勢を覆《くつがえ》す一撃を狙っていたのか。慶司は忌々《いまいま》しげに地に暗い唾《つば》を吐く。月光に照らされ、血が混じっているのが見えた。口の中も散々《さんざん》に切れているに違いない。

「手強《てごわ》いな……」

「本気で来いや」

慶司は筋のように垂れた鼻血を拭いながら言った。

「そのつもりですけど」

「いや、あんた底が見えねえよ」

慶司は向かって来る。新之助は居合の姿勢を取る。が、半間の距離のところで慶司が飛んだので、ぎょっとした。慶司は前方に宙返りし、その勢いをのせて落雷の如く踵《かかと》を打ち下ろして来たのだ。

乾いた音が辺りに響き、一瞬の静寂が訪れた。慶司は大の字に寝そべっている。新之助は踵落としを一寸の所で避けると、脇差に持ち替えて慶司の顎を打ち抜いたのだ。当然、刃は鞘に入ったまま。慶司は胸を上下させている。だが顎を打たれては頭がふらつき、暫く身動きが取れないだろう。

「強《つえ》え……」

意識を失っていないのだから、尋常でなく打たれ強い。この凄《すさ》まじい攻防に琴音は茫然《ぼうぜん》とし、他の鳶たちも呆気《あっけ》に取られているようであった。慶司は胸を上下させながら、くぐもった声で話し掛けてくる。

「どっちが強えかな……勝ったほうに勝てば、最後は俺の勝ちだ」

「え？」

言っている意味が解らなかった。慶司は呻きながら右手を持ち上げ、小刻みに震わせながら新之助の背後を指差した。新之助は息を呑《の》んで振り返る。

「慶司、何やられてんだ」

屋根の上に男が二人立っている。声を掛けたのは、今やに組の副頭を務めるようになっている「不退《ふたい》」の宗助である。

「うるせえ」

慶司は歯ぎしりして返した。

新之助の視線は宗助に向かっていない。その背後に仁王立《におうだ》ちする巨軀《きよく》の男に注がれていた。身の丈《たけ》は確か六尺三寸（約百八十九センチ）。素肌に臙脂《えんじ》の長半纏を一枚羽織っている。隆々《りゆうりゆう》とした胸板に割れた腹。そして九頭あるはずの龍の刺青《いれずみ》が、半纏の下から顔を覗《のぞ》かせる。

「出た……」

物《もの》の怪《け》を見た心地になって声が漏れた。

最強と呼ばれる町火消。火消番付東の関脇、「九紋龍《くもんりゆう》」の辰一である。この町に踏み込んで、新之助が真っ先に思い浮かべた男であった。

「に組は何ですか……屋根に上るのが流行《はや》っているのですか？」

新之助はやけになって軽口を叩く。

「格好いいじゃねえか……」

慶司が真顔で絞るように言ったので、思わず苦笑してしまった。

「馬鹿、よく見えるからに決まっているだろうが」

仰向けに伸びている慶司を指差し、宗助はからっと笑った。

「慶司、代われ」

鳶たちが硬直したからか。それほど大きな声ではないのに、一帯が震え、ひりついたようだった。

「動けねえよ」

「そうか」

辰一は低く言うと僅《わず》かに腰を落とす。

「無駄ですよね」

諦めて溜息を零した。この男は何者にも捉《とら》われないことを知っている。

静寂が極まった瞬間、瓦《かわら》が激しく軋《きし》み、龍が夜空を飛翔する。

辰一は両足で踏みつけるように己の真上に降って来る。先ほど慶司にやったようにぎりぎりまで引き付け、居合で顎を打つつもりだった。

「うわっ」

まさに新之助が鞘を振り抜こうとした時、辰一は上体を横に捻った。顎が間合いから外れて何も出来ない。辰一はその勢いのまま、豪腕で薙《な》ぎ払ってくる。宙で体勢を変える様は、さながら巨大な猫のようである。

新之助は後ろへ飛ぶ。辰一は右足、左足、左手の刹那《せつな》のずれで順に着地し、左手一本で巨軀を後ろに回転させて両足で立った。そして息つく間も無く猛然と突進して来る。

「けりをつけるぞ」

かつて新之助は辰一と戦ったことがある。その時は勝負がつかなかった。

「辰一さんを倒せば、見逃してくれます……か！」

体を開いて横っ飛び、鞘ごとの居合で膝裏を打ち抜いた。

「いいぜ」

「げ」

腱《けん》の強さが人とは異なるのか。辰一の膝は僅かも揺らがず、太い腕がぬっと頭を越えて伸ばされ、新之助の襟を摑んだ。

辰一が咆哮《ほうこう》と共に腕を振り抜く。躰が浮き上がり、新之助は宙を飛ばされた。

背後には壁、前方は向かってくる辰一。壁に叩きつけられる直前、新之助は体をひねり壁面を右足で蹴って、横に転がりつつこめかみを打った。

「効くか」

辰一は両手を結んで天に振り上げると、脳天目掛けて叩き落とした。仰け反って躱した新之助は目を疑った。腕を振り下ろした勢いのまま、辰一は前方に飛び込むように跳躍し、回転させた巨軀から踵を打ち下ろしてきたのだ。先ほど慶司が見せた技である。に組の連中がどっと沸く。

「ぐっ――」

間に合わず刀で受ける。掛矢《かけや》、いや鉄槌《てっつい》で殴られたような強い衝撃で吹っ飛ばされた。仰向けになったあとの追い打ちも容赦無い。辰一は走りながら膝を折ると、滑り込みながら蹴りを放つ。新之助は横に転がって逃れ、すぐに立ち上がった。

「相変わらずの化物だ……」

「速《はえ》えな」

通り過ぎた辰一は、砂煙の中ですうと立つ。剣術とは理詰めの技である。前回も感じたが、この男の野性の前に、その理は全く通じない。

新之助はちらりと脇を見た。琴音は眼前の攻防に腰を抜かしそうになっている。それをに組の鳶が慌てて支えるというおかしな光景が繰り広げられている。

「御頭、やっちまえ！」

「ぼろ鳶に目に物見せろ！」

夜半だということもお構いなしに、に組はやんやと歓声を送った。

「宗助！」

辰一は何を思ったか、屋根の上で見物している宗助に声を掛けた。

「へい。何でしょう」

「得物《えもの》が欲しい。どれだったらいい」

「そうですね……」

宗助はするりと地に降り立ち、顎に手を添えて暫し考え込む。

「一昨日、金貸しの土佐屋《とさや》の妾《めかけ》が、顔を腫《は》らして相談してきました。旦那が激しく打擲《ちょうちゃく》すると。そいつは俺と慶司でとっちめています」

「そうか。どれだ？」

「あれが土佐屋の別宅ですね」

宗助は一軒の町家を指差す。得物の話とどう関係するのか。新之助が訝《いぶか》しんでいると、辰一は家の前までつかつかと進んで行く。そして突如、入口の柱に体当たりをした。家全体が軋むかのような一撃に、外柱は真っ二つに折れてしまっている。辰一は柱をむんずと摑むと、凄まじい音と共に引き抜いた。

「いい塩梅《あんばい》じゃないですか？」

「ああ」

宗助は不敵に笑い、辰一は名刀を確かめるように宙に翳した。

「はは……」

常識の外の行動に、知らないうちに笑みが零れた。

「いくぞ」

得物と化した柱が唸る。材木を持って速さは衰えるどころか増している。今の辰一は、爪を剝き出しにした龍に等しい。受ければ刀を持つ腕が折れてしまう。次々来る辰一の攻撃に、とにかく間合いを取ることに専念した。

――何とか懐に入る隙を……。

転がっていた手桶を投げたが、柱によって見事に宙で粉砕される。辰一は片眉を上げる。その手があったかという顔である。

「あ……」

転がっていた桶がどこから来たのか判った。桶屋なのだろうか。辰一のすぐ側。店の前の大八車に桶が山のように積まれている。辰一は桶を摑むと、片脚を上げ、踏み込むと同時に腕をしならせた。桶は隼《はやぶさ》の如き豪速で飛んでくる。

一つ、二つ、三つ。十間ほどの間合いを保ちつつ避け、新之助は残りの桶を数えた。辰一は手当たり次第に、どんどん投げ続けている。桶が尽きた時こそ隙が生まれると見て、新之助は休みなく足を動かす。

——今だ！

辰一の手が空振りした。桶が尽きたのである。十間を一気に詰めようとしたその時、新之助は有り得ない光景を見た。大八車が夜空を舞っているのだ。

「嘘だろ」

一瞬、見上げて唖然《あぜん》となったが、再び距離を取ろうと後ろに退がる。軌道から察するに目の前に落ちる。安堵《あんど》して視線を下げた新之助の目に、暴れ牛の如く突っ込んでくる辰一の姿が飛び込んできた。

辰一はあわや頭に当たるというところで大八車の下を潜り、左腕を横に突き出して突進してくる。腕が目前に迫る。左腕の外側に避けるのが正解。頭ではそう解っているが、躰が反対だと告げていた。新之助は左脚を軸《じく》に体を開き、独楽《こま》のように回ってすれ違う辰一の背を打った。

「流石だな」

振り向いた辰一の頬が緩んでいる。逆に躱していれば、何か奥の手を放つつもりだったのだと察した。新之助の渾身《こんしん》の一撃も全く効いていない。
——何か方法を……。
この騒ぎを聞きつけて、いつ火盗改が来るかも解らない。ここで手間取ってい
る訳にはいかない。だが、この強靭《きようじん》な躰の男を倒す術《すべ》が思い浮かばなかった。
「抜けよ」
辰一は粉々《こなごな》になった大八車の残骸を踏み、引手の枠を折って新たな得物とす
る。
「嫌ですよ」
新之助は辰一を置いて走り出す。焦れば負け。火盗改のことを一度忘れ、何か
策が思いつくまで時を稼《かせ》ぐつもりだった。
辰一は足も速い。振り返れば離されず追ってくる。辰一が柱を折った土佐屋の
妾宅から、四十絡《がら》みの男が顔を出し、外の様子を窺っているのが見えた。
「すみません！　お邪魔します」
ぎょっとする男の脇をすり抜けて土間に入ると、戸を勢いよく閉めた。行燈が
灯っており、奥に寝間着姿の女が見えた。
「あ、あんた誰だ！」

「退がって。怪我をしますよ」

辰一は恐らく戸を突き破って入って来る。向かってくる場所さえ分かれば、待ち構えて己の最も得意とする居合を放つことが出来る。狙うは頸《くび》。ここだけはいかなる者も鍛えられず、血が止まれば眩暈《めまい》を起こすことを知っている。

「宗助！」

「揉《も》めたらこっちで何とかします」

先刻のようなやり取りが外で行われている。戸を破ってもよいかと尋ねているのだろう。

「よし」

辰一の低い呟きが聞こえた。

――来る。

辰一が飛び込んでくるのを、新之助は手ぐすね引いて待ち構えた。

轟音《ごうおん》と共に辰一が突入してきた。

「無茶苦茶だ！」

新之助は悲痛な声を上げて戸に手をかけた。辰一は戸ではなく、体当たりで壁を打ち破って入って来たのだ。

「た、辰一！　さ、さん……」

頭の瓦礫《がれき》を払う辰一に男は慄《おのの》いている。

「土佐屋か、次に女を殴《なぐ》ったら殺すぞ」

「はひ！」

男は素《す》っ頓狂《とんきよう》な声で返事をした。その隙《すき》に新之助は再び屋外に飛び出した。

辰一は大仰な舌打ちをして、自ら開けた穴から追って来て、往来で再び対峙する格好となった。

「得物が無いと抜きにくいかと、わざわざ持ってやったのに抜かねえ……とっと抜け」

「だ、か、ら、嫌ですって」

「じゃあ、仕方ねえ――」

辰一が指の骨を鳴らした時、宗助の吠《ほ》える声が飛んで来た。

「御頭！　火盗改だ！」

辰一は手を添えながら首を捻る。

――まずい……。

新之助も龕灯の光が揺れているのを見た。琴音を連れてすぐにこの場を離れねばならない。だが眼前の猛《たけ》った龍がどのような行動を取るか全く想像がつかなかった。新之助は固唾《かたず》を呑んで思考を巡らせる。

四

龕灯は確実に向かってくる。この騒ぎだ。当然だろう。家々からも何事かと人々が顔を出す。新之助が話しかけようとした時、辰一は巌《いわお》の如き躰を揺らして怒鳴った。

「宗助！」

「はいはい。解っていますよ……てめえら、出入りだ！」

に組の鳶が声を揃えて応じる。慶司は手を借りて起き上がり、屋根に上《のぼ》っていた鳶も通りに降りて来る。そして宗助のもとに集まる。総勢で五十人ほど。

龕灯が真っ直ぐ向かってくる。先頭を駆けているのは前《さき》の長官にして、今も介添えを務める島田政弥。火付盗賊改方でもはや疑いはない。

「娘を」

宗助が言うと、鳶が琴音に寄り添って己の元まで連れて来た。

「宗助さん……」

「御頭、いいですね？」

辰一は先ほどと打って変わり、小さく舌打ちをする。

「ぼろ鳶、屋根に上れ」

「でも琴音さんが……」

己はともかく、琴音は梯子《はしご》無くしては上れないだろう。

「言うことを聞け」

勘には違いないが、辰一の言はこの数日間で最も信が置けるような気がした。

「はい」

新之助は塀に上る。そこから跳躍して軒《のき》を摑むと、一気に身を屋根に引き上げた。そうこうしている内に、火盗改はすぐ近くまで来ている。新之助は屋根の上から様子を窺った。

「火付盗賊改方である！」

「見りゃ判りますよ」

島田の胴間声《どうまごえ》に、宗助は間延《まの》びした声で答えた。

火盗改は三十人と少し。に組の鳶は通りにずらりと広がって行く手を遮《さえぎ》る。その後方に琴音と辰一、そして屋根の上に新之助が潜むという格好である。

「邪魔立てするか……このごろつき共が！」

島田の唾が飛ぶのが夜でも分かった。

「そりゃあ、ご挨拶《あいさつ》だ。こっちは庶民の優しい味方、にっこり『に組』なんですがね」

宗助が受け流すように言った時、

「長官殿」

辰一がずいと前に踏み出した。

「辰一……」

島田は眦《まなじり》を決して睨みつけた。かつて辰一は島田を殴り、小伝馬町《こでんまちよう》の牢屋敷《ろうやしき》に繋がれたという因縁《いんねん》がある。

「娘をこちらに渡せ。保護する」

島田は琴音を指差しながら言った。

「娘、とは？」

「ふざけるな！　そこの娘だ！」

「長官殿は頭だけでなく、目も悪くなられたようだ」

辰一の痛烈な一言に、島田は怒りのあまり躰を震わせた。

「目が悪いだと……」

「これは教練の時、人に見立てて使う人形だ」

「我らを愚弄《ぐろう》するか」

琴音は縮こまって動かないが、人形は無理筋というもの。島田の背後の火盗改も憤怒《ふんぬ》の形相《ぎょうそう》で、に組の鳶と睨み合う。

「あの男を本当に下手人と思っているのか?」

「それは……」

辰一の問い掛けに、島田は一瞬口籠もる。

「思っているなら、目も頭も悪い」

「それを調べるためにも、つべこべ言わずに通せ。探索を邪魔するのは重罪だぞ」

島田の恫喝《どうかつ》に対し、ここで宗助が再び口を開く。

「火消法度《はっと》の十項。火事の最中は、いかなる者も消口を取った火消に従うこと……武家火消と町火消の対立を危惧《きぐ》し、設けられた法度。我らは消口を取っています」

「どこに火事がある！」

島田は左右を見回して怒号を発した。

「あっち……だったか？」

「こっちだった気がするぜ」

宗助が首を捻ると、慶司もそれに乗っかって反対側を指差す。

「ともかく、うちの管轄で小火《ぼや》です」

宗助は不敵《ふてき》に笑って、後方を親指で差した。

「貴様ら、気が狂《ふ》れているのか……」

「正気じゃねえのはそっちだ。ここをどこだと思ってやがる」

辰一は顎を持ち上げ、見下ろすようにして言った。

「何……」

「慶司！　もう覚えただろう。ここが何処《どこ》か教えて差し上げろ！」

宗助は楽しげな表情である。慶司は片笑みながら前に出ると、芝居の前口上《こうじょう》のように宙に手を滑らしつつ声高々《たかだか》と言い放った。

「火盗改の皆様……町火消の国へようこそ！」

「突破しろ！　刀は控えよ、後が面倒だ！」

島田の怒声と共に火盗改が突貫する。

「消火の邪魔をさせるな！　やっちまえ！」

宗助が手を振り、に組の鳶たちが喊声を上げて迎え撃つ。六尺棒で顔を殴った火盗改に、に組の鳶が飛び蹴りを見舞う。火盗改が後ろから首を絞めれば、に組の鳶は腕に噛みついて振り払う。両者は入り乱れ、怒号《どごう》が飛び交う大乱闘になった。

「こっちへ」

辰一は琴音にそっと手を差し伸べる。

「はい」

「心配するな」

辰一は、背と膝裏に手を差し入れると軽々と抱き上げた。琴音は小さく声を立てた。

「ぼろ鳶、受け取れ」

新之助は頷いて諸手を開き、待ち構えた。辰一が琴音を宙に放る。ふわりとしたもので先ほどのような荒々しさは微塵も無い。新之助は足に力を込めて琴音を抱き留めた。

「辰一さん……ありがとうございます」

「何故、あいつに頼らねえ」

乱闘を眺める辰一が、一瞥とともに問うた。

「今、新庄藩は封じられています。そうでなくとも、巻き込む訳にはいきません」

新之助は琴音を屋根の上に下ろしながら答えた。

「お前らはどんな時も、何とかしてきただろう？」

「しかし今回ばかりは……」

新之助は唇を嚙みしめる。眼下の乱戦はさらに激化している。人数で劣る火盗改とはいえ、幕府きっての武官。武芸の心得がある者たちばかりで、一対一では圧倒している。

しかしに組も、慶司などは先刻の負傷が無かったかのように大暴れしており、火盗改数人にしがみ付かれていた。

「あいつもきっとお前を待っているはずだ。信じて頼れ」

新之助は一瞬呆気に取られたが、すぐに頰を緩ませた。

「まさか辰一さんの口から、そんな言葉が聞けるなんて」

「うるせえ」

その時、に組の人垣を突破した火盗改がこちらに向かって来た。迎え撃った辰一は、左腕を横に突き出し首を刈らんとした。新之助との戦いで見せた動きである。火盗改は新之助とは逆、左腕の外に避けようとした。

その刹那、辰一は腕で首を巻き込んで引き寄せると、左腕に代わり今度は右腕が火盗改の首を捉え、飛び上がって旋風の如く身を回した。そのまま自重を乗せて地に強烈に叩きつける。火盗改は白目を剥《む》き、泡を吹いてのびている。

「そうなるんですね……」

新之助は顔を顰《しか》めた。己が喰らったことを想像すると身の毛がよだつ。

辰一が何か応えようとしたが、火盗改が屋根の上の二人に気付いたようで、また次々と向かってくる。今度は同時に二人。一人が豪腕で叩き伏せられている隙に、残る一人が塀に向かう。

「待てよ」

辰一は背後から帯を摑んだ。振り払おうとする火盗改の左手首を、辰一は左手で鷲摑《わしづか》みにする。突き飛ばすよう火盗改は躰の向きを変えられ、辰一と対峙する格好となった。

「や、止め――」

火盗改の顔に戦慄が走った。辰一の腕に筋が走り、引き寄せるや否や右腕で首を薙ぎ払った。火盗改は宙で後転して頭が地に突き刺さり、どさりと両足が落ちる。この天性の武は、毘沙門天《びしゃもんてん》の生まれ変わりではないかとすら思えた。

すでに琴音の手を握り、屋根の上を走り始めている新之助を、辰一はちらりと振り返った。そして猛々《たけだけ》しい雄叫《おたけ》びと共に火盗改に向かっていく。臙脂の長半纏は龍の尾のようにたなびいている。

第六章　出奔《しゅっぽん》覚悟

一

新庄藩上屋敷内にある講堂には、不穏な空気が漂っている。かってこれほどまでに配下から睨《にら》まれたことは無い。

田沼の指図《さしず》により長谷川平蔵が探索を引き継ぐと、島田の口から伝えられた。また、故《ゆえ》に信じて待て、とも。源吾が星十郎に命じ、総退却を意味する「十三番」の鐘《かね》を打たせたのは昨日のこと。新庄藩上屋敷を取り囲む火盗改《かとうあらため》、火事場見廻《みまわり》、大目付《おおめつけ》の下役たちは一時騒然《そうぜん》となったが、遠方に火の手が見えたとしらばくれた。火事を発見すれば報《しら》せる。これはかりは如何《いか》なる時も火消《ひけし》として守るべき責務。勘《かん》違いであったと言った後は、それ以上咎《とが》められることはなかった。

田沼からの言伝《ことづて》だけで、すぐさま行動に移した訳ではない。

——これ以上、藩を巻き込む訳にはいかねえ。

六右衛門、左門、御連枝《ごれんし》様まで対応に追われている中、橋屋を襲い、火を付けた下手人《げしゅにん》が新之助だという噂《うわさ》が家中にも急速に広まっている。新庄藩の家臣、家族は、今度こそ取り潰《つぶ》されるのではと恐々《きょうきょう》としていた。

図《はか》らずも家中を混乱させていることに、秋代も大層《たいそう》心を痛めており、深雪が食事を勧《すす》めるが、殆《ほとん》ど喉《のど》を通らない様子である。

新之助が下手人だと信じた訳ではないが、如何《いかん》せん分《ぶ》が悪すぎる。一度退《ひ》くべきではないか。そう考えていた時、田沼から連絡が来たという訳だ。

こうして外で探索に当たっていた武蔵、寅次郎、彦弥の三人を戻す決断を下した。己と星十郎にその三人を加え、今後のことを話している途中であった。今日は一段と場が重い。

「御頭ぁ……もう一度、言って下さいよ」

彦弥の顔には怒りが露骨《ろこつ》に浮かんでいる。

「何度でも言う。新庄藩火消は出られない」

「御頭！　新之助はどうなる。臆病《おくびょう》風に吹かれたのかよ！」

彦弥は青筋を浮かべて膝《ひざ》を立てた。普段は番付《ばんづけ》を揶揄《からか》って「十三枚目」などと呼ぶが、今日ばかりは違った。

「彦弥、口が過ぎるぞ」

武蔵は目を細めて声低く制した。

「しかし彦弥の言うこともっともです。鳥越様を切り捨てるってことなら、儂《わし》もおよそ承服《しょうふく》しかねます」

寅次郎は口調《くちょう》こそ丁寧《ていねい》だが、端々《はしばし》から怒気《どき》が漏《も》れている。

「切り捨てる訳じゃねえ。今、平蔵が……」

「我らは……我らは何もしないのですか。何も出来ないのですか」

星十郎も珍しく感情を顕《あら》わにする。己に従って半鐘《はんしょう》を打つように命じたものの、やはり納得していない。

「先生に策がねえなら、俺たちに考えつくはずがねえでしょう」

再び口を開く武蔵にも苛立《いらだ》ちが見て取れた。

「組頭《くみがしら》は途中から加わったから……新之助に思い入れがねえんでしょう⁉」

「てめえ！　ふざけんな！」

彦弥の度が過ぎた発言に、武蔵は憤《いきどお》って胸倉《むなぐら》を摑《つか》む。

「止《や》めろ！」

源吾が一喝《いっかつ》すると武蔵は渋々《しぶしぶ》手を離し、彦弥は舌打ちして襟《えり》を直した。暫《しば》し無言の時が続き、源吾は諄々《じゅんじゅん》と説くように話し始めた。

「当家はただでさえ幕府の心証が悪い。此度の振る舞い如何《いかん》では改易《かいえき》もあり得《う》る。そうなれば何の罪も無い家臣、その家族、下男下女に至るまで明日も見えぬ暮らしに放り出されるのだ」

「それはそうですが……」

寅次郎も頭では理解しているようで、口を窄《すぼ》めて俯《うつむ》いた。

「当家……か」

「何だ。まだ何か言いてえことがあるのか」

彦弥の呟《つぶや》きに武蔵が嚙《か》みつく。

「確かに御頭の言うことは正論だ。だけどよ……すっかり武士みてえだなってよ」

「御頭は元々武士だ」

「そうだったな。忘れていたぜ」

彦弥は顔を背《そむ》けて、それ以上何も話さなかった。

「何か……何か方法は無いか。もう一度考える。皆も自重《じちょう》してくれ」

若干《じゃっかん》の居たたまれなさもあり、源吾はそう言って終えた。陽《ひ》の高い内から集まったが、講堂の外に出ると空はすっかり赤く染まっていた。源吾はとぼとぼと歩き出す。

新庄藩に仕《つか》えてどれほどの月日が経《た》ったのか。浪人暮らしをしていたぼろ長屋の戸口に左門が立ったのは、確か四年前の文月《ふづき》（七月）。初めは方角《ほうがく》火消の定員すら満たしていないと聞いて驚いたものだ。

――思えばたった二人だったな……。

初めて出会った日。遅刻してばつが悪そうにしていた新之助の顔を思い起こした。当時から在籍している鳶《とび》もいるにはいる。だが皆が己のことだけで必死。新之助と二人、この江戸の町を歩き回って鳶を集めた。

寅次郎、彦弥、星十郎、少し遅れて武蔵。皆が加わった時、そこにはいつも軽やかに笑う新之助の姿があった。

新之助のことをどうでもいいと思ったことは一度も無い。それでも守るものが多くなるにつれ、他に考えねばならぬことも増えていく。それは動かしようのない事実である。しかし今の己は、それを言い訳にしているだけではないのか。己は変わってしまったのか。自問自答《じもんじとう》しながら、蕩《とろ》けるような茜《あかね》を全身に浴《あ》びつつ、源吾は歩き続けた。

二

家に帰ると、台所に立っていた深雪が迎えてくれた。平志郎をおぶっている。母親の背中で、平志郎は眠たげな目をしている。

「秋代殿は？」

「昨夜も寝られなかったようですが、今しがた微睡《まどろ》まれて」

秋代は飯もまともに喉を通らず、夜も眠れないようで、すっかり窶《やつ》れてしまっている。

「大丈夫か」

今の秋代には、どんな拍子に何をするか解《わか》らぬ危《あや》うさがある。

「はい。何度も見に行っていますので心配ありません」

源吾は履物を脱いで上がると、平志郎の頭を撫でた。

「間もなく出来ますが……」

「飯か」

心労のせいか食欲が無い。だが、如何《いか》なる時も人はものを食わねば生きていけない。深雪はそう言っているように思えた。

——腹は減ってねえか。

心の内で呼びかけた。蕎麦《そば》、鮨《すし》、鰻《うなぎ》、団子《だんご》、饅頭《まんじゆう》など、旨《うま》そうに頬張《ほおば》る新之助の顔が浮かんでは消えた。

「起こそうか?」

畳に手を突き、膝を伸ばした。

「いえ、ようやく眠られたのです。お目覚めになってから」

「そうだな。一緒に食おうか」

「はい」

普通の武家は主人が食事をする時、妻は給仕《きゆうじ》を務める。だが源吾は一人で飯を食うのが苦手で、二人で食べるように頼む。深雪もまた家事が多忙でも、極力合わせてくれた。

「武士らしくはねえな」

椀《わん》に盛られた飯に箸《はし》をつけ、源吾はぼそりと呟いた。

「ええ」

今、新庄藩火消が紛糾《ふんきゆう》していることは深雪も知っている。だがこれまで何一つ意見らしいことは言わない。己の務めは秋代を支えること。そう思い定めているかのようであった。また源吾も状況を伝えるだけで、まともに相談していない。

「恐ろしいのだ」

このような感情はかつてなかった。これまでは己が腹を切ればいいと言い放ち、随分と無鉄砲なこともしてきた。だが今回はそれだけでは済まない。罪に問われれば深雪も平志郎もただでは済まない。主君や六右衛門も腹を切ることになるかもしれぬし、そうなれば家中の者たちも路頭《ろとう》に迷う。

だからと言ってこのまま何もせず、新之助を失えばどうなる。後悔に苛《さいな》まれ、己は果たして正気でいられるだろうか。こうして悩んでいる間にも、刻一刻《こくいっこく》と新之助は追い詰められていっているような気がする。

「旦那《だんな》様はどうなさりたいのです」

「それは……あいつを救いたい。だがあまりに俺は無力だ」

如月の末、田沼と意見が食い違って源吾は反撥《はんぱつ》した。一橋が裏で糸を引く火付けが吉原で起こった。下手人は唆《そそのか》された複数の者。田沼は己の手駒《てごま》である日名塚要人を使い、これを闇《やみ》に葬《ほうむ》ろうとしたのだ。どんな命も守ることを信条としている源吾には、これはどうしても容認出来なかった。

――だが今は解る。

千人の籠《こも》る屋敷。一人が暮らす小屋。二つが同時に火事になり、どちらか一つしか救えぬとすれば、どうするのか、と田沼は問うた。

源吾はどちらも救うと啖呵《たんか》を切った。だが、今の己はまさしくその局面に立たされているのではないか。

そこまで考えてふと思い至った。

――田沼様は己の啖呵を信じてくれているのではないか。

と、いうことである。多寡だけで決するならば、迷いなく新之助を切り捨て、新庄藩の安泰《あんたい》を図るはず。千人の屋敷、一人の小屋、どちらも救う。その甘さを信じ、かつての盟友の子である平蔵を送った。

箸を止めて茫《ぼう》としている己に深雪は言った。

「元の浪人に戻るご覚悟は？」

腹から熱いものが込み上げてくるのを感じた。それは何かはきとは解らないが、忘れかけていたものであることは確かだった。源吾は奥歯を嚙みしめながら言った。

浪人となれば新庄藩に累《るい》が及ぶことはない。しかし妻子は別である。まさか共に死罪となることはあるまいが、それでも何らかの罪には服さねばならないだろう。

「だがお主《ぬし》たちは違う」

一介の浪人として新之助を救う。たった一人の男に戻るということである。

「出奔《しゅっぽん》致しましょう」

「ある」

「私たちのことはお気になさらず」

「どういうことだ」

「いざとなれば東慶寺《とうけいじ》に走ります」

「それは……」

「離縁《りえん》します」

深雪は顔色一つ変えずに言い切った。離縁は夫からしか出来ないことになっている。唯一の例外が縁切寺《えんきりでら》、あるいは駆込寺《かけこみ》と呼ばれる寺に女が逃げ込むこと。江戸から最も近い縁切寺こそ、鎌倉《かまくら》の東慶寺なのである。離縁しているとなれば妻子が咎められることは無い。

「もっとも去り状を書いて下されば、それに越したことはないのですが……」

深雪はひょいと首を捻《ひね》る。離縁状があれば、そもそも縁切寺に駆け込む必要はない。あくまで譬《たと》えとして言ったのだ。

「平志郎は……」

「何とかなります。必ず私が守ります」

深雪は凜然《りんぜん》と言い切った。その目には母としての強い意志が溢《あふ》れていた。最近、これと同じような目を見た。そう、新之助を想う秋代の目である。深雪はすっと背を伸ばしてなおも続けた。

「まるで死ぬことが決まっているような言い草だ」

源吾は箸を置いて、こめかみを掻《か》いた。

「勿論《もちろん》、生きていれば連れ添ってあげてもいいですよ?」

「頼む。俺は一人じゃあ、生きていけそうにない」

「食事も洗濯も出来ませんものね」

「そういう意味ではない」

くすりと笑う深雪に、源吾は苦笑してしまった。

「新之助さんを助けてあげて下さい」

「ありがとう。ようやく腹が括《くく》れた」

これまで鬱積《うっせき》していた様々な感情が霧散《むさん》していくようであった。

「致仕願い、離縁状、共にすでに用意してあります。あとはお名前だけ」

深雪は懐《ふところ》から書状を二つ取り出した。

「お前という奴は」

思わず噴《ふ》き出す。傍《はた》で会話だけを聞けば、何と冷たい妻だと思うだろう。だが、源吾にとっては、これほどの妻はいないと胸を張って言える。

源吾はそろりと立って文箱から筆を取って来ると、形式に則《のっと》った書状に名を書き入れた。

「これでよし」

源吾の覚悟を天が聞き入れたかのように、何者かが駆けて来るのが解った。恐らく何か事態が動いたのだろう。跫音《あしおと》は二つ。

「左門だ。頼む」

耳もいつにもまして冴え渡っている。二つのうち一つは左門だと聞き分けた。だが、もう一人は聞き覚えこそあるものの誰か解らなかった。深雪は勝手口で二人を迎え、あっと小さく声を上げた。やがて来客を伴《ともな》って深雪が戻って来る。

「左門……」

先に顔を見せたのは、やはり左門。今一人を見て源吾は驚いた。

「よう」

「銕……平蔵……何故ここに」

当家は今、外との往来《おうらい》は禁じられているはず。何より、その格好である。町人風の着物で、棒手振《ぼてふ》りのような頬被《ほおかむ》りまでしていた。

「もっと陰気な面《つら》をしているかと思ったが、どうやら腹は決まっているようだな」

平蔵は片笑みながら、腰を下ろして胡坐《あぐら》を掻いた。

「何だその格好は……」

「長谷川殿は、正面から入られた」

これには左門が答える。

「正面から？」

「ああ」

眉間《みけん》に皺《しわ》を寄せる源吾に、平蔵は不敵《ふてき》に笑って続けた。

「新庄藩が幕府から命じられたのは出入りを禁ずるということ、外の者は入れないこともない」

「しかしそれも加賀鳶の一件で……」

勘九郎もその発想で自ら乗り込んで来た。再発を防ぐため、他家から入ることも禁じると追って沙汰も出ていた。

「俺は魚屋として入った」

平蔵は得意げに言った。いくら出入りが禁じられているとはいえ、物を食わねばならず、出入りの商人に限っては許されている。そこで平蔵は「魚将《うおまさ》」という魚屋が、近頃松永家に出入りしていることを調べ上げ、事情を告げて道具、衣装を貸して欲しいと伝えた。魚将は、

「深雪様のためならば」

と、二つ返事で了承してくれたという次第である。

「武家が商人の姿になるとは思わねえが……坊っちゃんの一橋らしい穴だな」

源吾はほくそ笑んだ。

「田沼様も同じように仰い、考えて下さったのよ」

「あっ……」

思わず声を上げた深雪だが、すぐに口を手で覆《おお》う。深雪はその政《まつりごと》に共感す

るらしく、江戸でも有数の田沼通である。思いがけずその名が出たことで喜びを隠せない。

「時がねえ。この事件の真相を突き止めた」

平蔵はそう前置きすると、淀《よど》みなく事件の経緯《けいい》、探索によって知り得た事柄、それらから導き出した結論を話し始めた。

「火盗改だと……」

怒りで身が震える。平蔵は頷く。

「それしか考えられねえ」

「しかし、島田にそのような素振《そぶ》りはなかった」

島田は己《おの》の保身出世のためとはいえ、田沼の要請を受け入れて火消の在否確認を一日延ばしてくれた。火盗改が真の下手人だとすれば、島田の意図が解らない。

「俺も同じことを考えた。つまり火盗改全体の仕業《しわざ》じゃねえ。その中の一部がことを起こしている。手を染めたのは十中八九《じっちゅうはっく》、猪山蔵主という男」

猪山蔵主の相貌《そうぼう》を平蔵は伝える。

「そして、新之助は今どこに」

源吾は身を乗り出した。

「解らねえ。八重洲河岸にいたのは確かだ。恐らく田沼様を頼ろうと思ったのだろう」

八重洲河岸近辺で発見されたのが最後、その直後に平蔵はここに来たらしく、新之助の足取りは杳《よう》として知れない。

だが、御曲輪内近くに出没している状況を考えると、平蔵が推察した通り、囚《とら》われているであろう妹を捜しているという話には頷ける。

「あいつなら……」

源吾は新之助に想いを馳《は》せて目を瞑《つぶ》った。共に過ごした時がその答えを導く。

源吾は目を見開くと力強く言った。

「その妹を奪い返すつもりだ」

「まさか……一人だぞ。しかもどこに囚《とら》われているのか解らねえ」

平蔵は吃驚《きっきょう》して頰を引き攣《つ》らせた。

「それを炙《あぶ》り出す方法を火消 侍《ざむらい》なら知っている」

「まさか――」

「火を放つ」

有り得ない。そう言う皆を押し止《とど》めて、源吾は続けた。

「実際には放つ必要は無い」

「どういうことだ……」

「最も近い大名屋敷の太鼓《たいこ》、半鐘を打てばいい」

「そういうことか！」

恐らく新之助が目星《めぼし》をつけているのは、清水御門外の火付盗賊改《ひつけとうぞくあらためかた》方役宅。その至近で火事が起きれば、虎の子の人質《ひとじち》を失うことを恐れ、下手人は玉枝を連れて移動するだろう。そこを襲って奪還《だっかん》するつもりと見た。

「もし、役宅以外に囚われていた場合は……？」

左門が喉を鳴らした。

「最後の手段として、混乱に乗じて猪山蔵主を襲い、人質の居所を吐き出させる。これがあいつの考えそうな絵図だ」

「鳥越はもう追い詰められている。今にもやるかもしれねえ。近くの大名屋敷は……」

平蔵は視線を宙にやり考え込む。

「小出《こいで》家、井上《いのうえ》家、牧野《まきの》家だ」

言うなり源吾は立ち上がって、左門を見下ろして続けた。

「左門。頼みがある」

源吾は離縁状、致仕願いの二つを認《したた》めたことを告げた。不都合があった時、松永源吾は出奔したと幕閣に釈明して欲しい。深雪と平志郎の当座のことも頼んだ。

「源吾……」

「頼む」

源吾は改めて深々《ふかぶか》と頭を下げた。

「戻って来い。お主を引き入れたのは私だ。最後まで粘《ねば》ってみせる」

左門は顔を紅潮《こうちょう》させながら力強く言った。

「頼みついでにもう一つ……」

声を落として言うと、左門は一転して顔を綻ばせる。

「前の二つに比べれば容易《たやす》いことだ」

「すまねえ」

「何か策があるんだな？」

平蔵も立ち上がると、真《ま》っ直《す》ぐに見つめて来た。

「ああ、皆を頼る」

新之助を見捨てねばならないかもしれない。そのことが明らかになってから、己は全てを一人で抱え込もうとしていた。だが深雪、平蔵、左門らの想いを知ってそれは間違いだと気付いた。

「そうか」

平蔵は悪戯《いたずら》っぽくにやっと笑った。

「深雪、頼む……前のだ」

「はい。すぐに支度《したく》します」

策の内容は解らないだろうが、深雪にはそれだけで通じた。手早く用意を済ませ、火消羽織《ばおり》を手にした時、奥の襖が開いた。そこには秋代が肩を震わせながら端座していた。

「秋代殿……」

「松永様……もう結構でございます。これ以上新之助のために……」

とっくに目を覚まし、深雪とのやり取りからずっと聞かれていたことを悟った。源吾が首を横に振ると、秋代は今にも消え入りそうな弱々しい声で言った。

「新之助を……忘れる……ことに……」

「秋代殿、今の俺なら解る。そんなこと出来るはずねえ」

「でも――」

「あいつを見捨てる己を許せねえ。俺は俺のために行くのです」

言い切ると、秋代の目に涙が溢れて、頬を伝《つた》った。

「それに……あいつが呼んでいる気がする」

嘘《うそ》ではない。先刻からずっとそんな気がしていた。平蔵は再び田沼の元へ、左門は六右衛門らにこのことを伝えに戻ると言った。

「皆、頼む」

首肯が見事に重なった。深雪は秋代に寄り添いながら、穏やかな声で言った。

「いってらっしゃいませ」

「深雪、炊き立ての飯と味噌《みそ》汁を頼めるか。腹、減ってるだろうからよ」

「はい。お任せ下さい」

「じゃあ……喰ってくる」

今回の相手は炎ではない。己の中に巣食っていた弱さである。放たれた矢の如《ごと》く勝手口から飛び出すと、源吾は教練場に向かった。急に若返ったという訳はあるまいが脚が軽い気がする。ただがむしゃらに炎に立ち向かっていた、一《いち》火消の頃に立ち戻った心持だからかもしれない。手に持った火消羽織を見た。

「頼むぜ」

あの頃のように。裏地に描かれた相棒は、久しぶりの出陣に嬉々《きき》としているように背に宿っていた。

三

源吾はまず武蔵を呼び寄せ、配下に召集をかけた。大半は今も講堂で寝起きしているため、すぐに全員が参集する。半鐘は鳴っていないのだ。火事でないことは皆が解っている。

「皆に話がある」

源吾はそう切り出すと、平蔵から聞いたこと、新之助の置かれている状況を包み隠さず全て語った。そして最後に自身が離縁状、致仕願いを左門に託してここに来ていることを告げた。流石にこれには皆が驚いたようで、愕然《がくぜん》としている。ただ武蔵だけはある程度予測していたようで、

「やっぱり、そうなっちまうか」

と、苦笑していた。

「今はお前らの頭じゃねえ。付いてくるということは、藩から抜けるということ。決して無理強《じ》いはしない。妻子がいる者は特によく考えて欲しい」

暫く騒《ざわ》つくかと思っていたが、配下は誰も言葉を発しない。ただ爛々《らんらん》と光る目でこちらを見つめていた。

「儂は新庄藩の御頭にではなく、松永源吾に誘われたから鳶《とび》になったのです」

寅次郎が大きく一歩を踏み出す。

「風向きは東から西。鳥越様がそこまで考えるならば、牧野家、井上家を選ばれるかと」

星十郎は前髪を弄《いじ》りつつ、先《さき》んじて意見を述《の》べる。

「回りくどいんだよ。言ってくれ、御頭」

彦弥はにかりと笑って首の火傷《やけど》の痕に手を回す。

「皆、力を貸してくれ」

一同が大きく頷く。

「いいんだな？　俸給《ほうきゅう》もなくなっちまうぜ」

武蔵が皆に念を押す。

「馘《くび》になったら、国元に帰ってまた魚でも獲ります」

「け組の燐丞《りんじょう》さんが、まだ鳶を募《つの》っているらしいぜ」

「そりゃいい。御頭よりも優しそうだ」

などと、配下の鳶は口々に軽口を叩《たた》いた。

「御頭、何か策があるのでは？」

星十郎はすでに察しがついているようである。

「十九番の鐘を打つ」

「えっ――」

皆が驚くのも無理は無い。十三番の総退却も今回初めて打ったが、十九番も同様に打ったことが無い。いや、打つことがあってはならぬものであった。

「自家炎上、至急応援を求む……」

寅次郎はその大きな躰《からだ》を身震いさせた。

「これしかねえ。火消法度を上手く使う」

自家から火が出て応援を望む時、他家は問答無用《もんどうむよう》で乗り込むことが出来る。大量の火消が殺到《さっとう》すれば、己たちが抜け出しても恐らく気付かれない。懸念は確実に応援が来るとは限らないことである。嫌われている家などは見捨てられることもままあるのだ。

「……俺は信じようと思う」

府下《ふか》の火消を、である。そもそも今回の事件においても、火消の半数は新之助を信じていると聞いた。そこに賭けるつもりだ。

「火は実際に？」

武蔵が片眉《まゆ》を上げた。

「火を使いたくねえのは山々だが、夜のことだ。流石に火明りも煙もねえとなると疑われる。応援の火消が駆けつけ次第、焚《た》き火で誤魔化そうと思う」

「なるほど。それならいけますね。火消法度十項、消口を取った火消に……」

「従うべし。何者も踏み込めねえって訳だ。それに門が残っている限り、藩はお咎めなしか」

途中から話を引き取って武蔵はぽんと手を叩いた。武家はたとえ屋敷が全て炎上したとしても、門さえ焼失しなければ不問《ふもん》とされている。これも火消法度に定められたことである。

「私たちが抜けられますかね？」

新庄藩上屋敷は昼夜問わず囲まれているのだ。星十郎はそのことを危惧《きぐ》している。

「露見《ろけん》しても、皆出奔しているんだからいいでしょうよ」

彦弥はからからと笑う。

「しかし、そのような言い訳が……」

「だからこれなのさ」

源吾は己の火消羽織の襟を摘《つま》んで揺らした。

「なるほど……藩のものを使わないということですね」

「ああ、支度しろ」

講堂の横にある蔵を開き、各々《おのおの》が支度を始める。あとは待つのみ。己が考えたように新之助が半鐘を打てば、すぐさま「十九番」の半鐘で迎え撃つ。どこの家、組でもよいからここに駆け付けてくれれば、入れ替わりに出撃する。それまでじっと息を殺して待つしかない。

「鳥越様は本当に打つでしょうか……?」

一刻（約二時間）ほど待って、星十郎は心配げに尋《たず》ねた。理の上ではそれが最も有り得ることは解っているが、それでも不安なようだ。

「間違いねえ。必ず打つ。あいつに教えたのは俺だ」

源吾は自信を持って言い切った。

源吾は耳朶《じだ》に全ての神経を集め、その時を待った。

「来た……方角、距離間違いねえ。鐘を打て!!」

火の見櫓《やぐら》に向けて咆哮《ほうこう》する。半鐘が高らかに鳴り響く。火消たちが十九番と呼ぶ打ち方、

短、短、長、短、長、短、短。

これを一回りとして三度繰り返された。裏門の潜《くぐ》り戸を激しく叩く音がし、配下がすぐさま開ける。飛び込んできたのは火事場見廻の連中である。

「何が起こった⁉」

「当家に火事でござる」

源吾はずいと歩を進めた。まだ火消羽織は身に着けていない。

「嘘を申すな！　どこに火の手が――」

「お下がりください。間もなく応援が駆け付ける。巻き込まれては危ない」

押し問答をしている内に表門の方が俄《にわ》かに騒がしくなった。どこかの火消が駆け付けてくれたのだ。外で制止する声が聞こえるが、

「火消法度に従って馳《は》せ参じたまで！　道をお開け下され！」

と、火消のほうも怯《ひる》むことは無い。そしてこの声に源吾は聞き覚えがあった。門からどっと雪崩《なだ》れ込んできたのは町《まち》火消である。

「銀治！　助かった！」

一番乗りは芝口界隈のめ組。管轄《かんかつ》が目と鼻の先とはいえ相当に早い。きっと今日も夜回りをしていたのだろう。

「して火は⁉」

「こっちへ」

源吾は手を振り、め組を講堂の裏へ誘《いざな》う。追おうとする火事場見廻の下役は、寅次郎を始めとする壊し手たちに遮《さえぎ》られる。火事場見廻の目から離れるのを確かめ、源吾は早口で言った。

「銀治、頼みがある。詳しく語る時はねえ。あそこに焚き火の支度がある。火事の態《てい》で時を稼《かせ》いでくれ」

「鳥越様のことですね」

「ああ、外に出たい」

「承《うけたまわ》りました」

「あれを使ってくれ」

源吾が指差した先には、紺地の火消羽織、半纏《はんてん》が山積みされている。

「相変わらず悪知恵《わるぢえ》の……これは口が過ぎましたな」

銀治は笑みを堪《こら》え切れないでいる。ここに駆け付けた火消たちに、少しずつ新庄藩の羽織、半纏に着替えてもらう。仮に中を見られたとしても、火事場見廻や火盗改にはそれが本当に新庄藩の者なのか判《わか》らないだろう。

「朝方まで、でよろしいですか」

銀治は東の空を親指で差した。

「ありがてえ。あとから来る火消たちにも同じように伝えてくれるか」

ここに駆け付けてくれるということは、銀治のように新庄藩に好意を抱いてくれているということ。呆《あき》れながらも頼みを聞いてくれるだろう。

「解りました。お任せ下さい」

銀治の後ろに、藍助がいることに気が付いた。

「藍助、上手《うま》くやっているか」

「はい。お蔭様で」

「火消はこんな馬鹿野郎の集まりだ。覚えておけ」

「肝《きも》に銘じておきます」

源吾がぽんと肩を叩くと、藍助はにこりと笑った。

「松永様、ここはお任せを」

「ああ、裏から出る。引き付けてくれ」

源吾はめ組を引き連れて一旦《いったん》表門の前に戻った。外の見張りの数ははきとは解らないが、すでに十数人が駆け付けて喚《わめ》いている。

「皆々様、門は我らめ組が受け持つことに相成りました。すぐにお引き取り下さい」

「お前らはこっちだ！」

源吾の号令により新庄藩火消一同が動き出す。門には火盗改も殺到している。あれが凶行に加わった者か否《いな》かは判らない。ただ全力で止めよと命じられているのか、め組の火消を突き飛ばして中に入ろうとする。これではめ組の壁を越えかねない。

「新庄藩へ馳走《ちそう》仕《つかまつ》る！」

漆黒《しっこく》の羽織が現れた。その数、四十名ほど。

「加賀鳶か！」

三番組頭、一花甚右衛門である。他にも六番組頭、仙助の姿もあった。流石に本郷から来たにしては早過ぎる。甚右衛門は喧騒《けんそう》をぐるりと見渡して言った。

「この近くを『下手人』を捜して見廻っていたところ……」

加賀鳶は新之助をいち早く見つけると約束してくれていた。この近くには特に見廻りを配してくれていたのだろう。

「あー……何となく解った」

こんな馬鹿なことを考えるなど正気の沙汰ではないと思ったのか、仙助は頬を歪めるように苦笑した。

「銀治から聞いてくれるか」

「へいへい。どうにかしたらいいんだな?」

仙助は目を細めて火盗改たちを見た。

「そういうことだ」

「一花様、よろしくお願いしやす」

仙助はやくざ者が仁義《じんぎ》を切るような格好で戯《おど》けた。

「火盗改の方々、火消法度をご存《ぞん》じないか。火事場に火消の許しを得ず踏み込めば、手荒な真似《まね》をされても文句は申せませぬぞ」

甚右衛門は長鳶口を小脇に抱えて前に進み出る。

「府下十傑……一花甚右衛門」

名を聞いた火盗改たちは、一歩後退る。

「市中に散っている福永以外の加賀鳶も、間もなくここに着くはず。勿論《もちろん》、大頭もな」

甚右衛門は背を向けながら己に語り掛けているのだ。

「あのお喋《しゃべ》りが留守は賢明《けんめい》だ」

「ここは任せて奥の火元を叩け」

「頼む」

新庄藩火消一同、講堂の裏に回り込む。紺地の火消半纏の奥に、もう一つ半纏の山がある。

「何だかんだこっちになるんだな」

武蔵は山に手を伸ばすと、翻《ひるがえ》して袖《そで》を通す。あちこちに継ぎが当てられ、解《ほつ》れを直した跡がある。新調してもらう前の火消羽織である。今のものも随分《ずいぶん》傷んだが、それに増しての襤褸《ぼろ》着であった。

「初めに戻ったみたいですな」

寅次郎が頬を揺らした。

「あ、ここにも穴が」

星十郎は火消羽織に出来た穴に指を通して微笑《ほほえ》んだ。

「十三枚目を迎えにいきやしょうや」

彦弥は鼻の下を指で弾《はじ》いた。源吾も再び火消羽織に袖を通す。

「少し待て」

裏の見張りが表に回るまで待たねばならない。源吾は一人門から顔を出し、外の様子を窺った。加賀鳶、特に甚右衛門の出現により、裏門を見張っていた者も喧騒を聞いて、ざわめいていたが、表門から応援の要請があったようで、全てそちらに向かっていった。

「よし、今のうちだ」

裏門を守っていた者たちが去るのを確め、源吾は振り返って配下に言った。皆が頬を引き締めて頷き、ぞろぞろと門を潜り抜けると、そのまま無言で走り始める。

目指すは清水御門外、火付盗賊改方役宅。新庄藩火消は、ぼろ半纏を風に揺らしながら駆けてゆく。

第七章　転《まろばし》

一

新之助は着地すると、振り向いて手を伸ばした。

「大丈夫。思い切り飛んで下さい」

琴音は頷《うなず》くと意を決したように踏み切った。宙でしっかりと手を摑《つか》んで躰《からだ》を引き寄せる。二人は馬喰町界隈《かいわい》を抜けるべく屋根を伝《つた》って移動している。屋根と屋根の間が僅《わず》か二尺（約六十センチ）ほどでも、女の琴音にとっては容易でない。いや、こんなことは並の男でもすることは無いのだ。

「もう少し行ったら降りましょう」

そこから半町（約五十五メートル）ほど進み、人影の無いところを見計らって地に降りた。当然、新之助が手を貸すことになる。正直なところ一人ならばもっと縦横無尽《じゅうおうむじん》に逃げられる。

琴音をどこか安全な場所に隠し、己一人で行動することも考えた。だが、

——安全な場所など無い。

そう結論付けるほかなかった。この近くで比較的安全といえば仁正寺藩が思い浮かぶ。仁正寺藩火消頭取《ひけしとうどり》の柊《ひいらぎ》与市《よいち》は、個としては信に足る男である。だが与市が匿《かくま》おうとしても、配下が忖度《そんたく》して火盗改《かとうあらため》に報《しら》せることもあり得《う》る。また与市も主君に仕《つか》える武士である以上、藩命によって捕縛に踏み切るかもしれない。与市は天武無闘流《てんむむとうりゅう》の達人。そうなれば新之助も琴音を守りつつ勝てるか、確たる自信は無かった。

相手の狙《ねら》いはあくまで琴音。それを失ってはどうにもならない。結局は連れて逃げることに行き着く。

横大工町《よこだいくちょう》から三河町に差し掛かった時、新之助は深く息を吸いこんで切り出した。

「琴音さん、これから玉枝ちゃんを取り戻す策を話します」

まず玉枝はどこにいるのか。考えられるのは二つ。一つ目は清水御門外にある火付盗賊改方《ひつけとうぞくあらためかた》役宅。二つ目はあの首領格が用意した家。新之助は前者の可能性が高いと考えていた。

「普段は火盗改として勤めていると思うのです」

「それならば猶更《なおさら》、役宅ではなくどこかの家に置くのでは？」

新之助は首を横に振った。

「誰かが玉枝ちゃんを見張らねばなりません」

数名の火盗改が同心していたとして、非番の者が交互に見張りを務めたいところだろう。だが今の江戸は厳戒《げんかい》態勢。火盗改は全てが無休で動いている。そんな中、役目を抜けて他の場所に行けば、かかわりのない同輩《どうはい》に怪《あや》しまれるかもしれない。かといって金で雇った浪人やごろつきは信用ならない。

「他の者に見つかったとしても、家族を喪《うしな》い、錯乱《さくらん》しており、保護していたなど と、いくらでも言い逃れは出来ます」

「玉枝は――」

琴音が声を高くしかけたので、新之助はしっと制した。

「大丈夫。火盗改といえども子どもを拷問《ごうもん》にかけたりはしません」

安堵《あんど》する琴音に新之助は続けた。

「ここからが本題です」

まず近隣の大名火消に太鼓《たいこ》を打たせる。この風向きだと井上家か牧野家。藩の規模は大きいほうが混乱を来《きた》しやすいので牧野家が望ましい。周囲に火事が迫っていると知れば、火盗改は必ず役宅の外に出て来る。

「そして玉枝ちゃんを移そうとします」

未《いま》だ下手人が何のために琴音を求めているか判らない。何とかふたりの身柄を確保したい下手人は、妹の玉枝を炎から守ろうとするはず。

「そこを……やります」

新之助は手を刀に見立てて斜めに振った。

「そんなどれほどいるか分からないのに……」

もし役宅に玉枝がいなかったとしても、橋屋で対峙したあの火盗改を捕らえる。そして、玉枝の居場所を吐かせるつもりである。

「心配ありません。玉枝の居場所を吐かせるつもりである。

小さな嘘《うそ》が一つある。いや言っていないことがある。これまでのように峰《みね》打ちでは難しい。

——命を奪う。

その覚悟さえ決めれば十であろうが二十であろうが、やってのける自信があった。だが、その一線を越えれば己はもう終わりだと感じていた。後に事件の真相が明らかにされれば、己は罪に問われないかもしれない。だが、そういう問題ではなく、火消として終わりである。

明和の大火の折、御頭が一橋の手の者に襲われた。新之助はそれを斬《き》り伏せたのである。あの時も殺そうなどとは思わなかった。急所は外したつもりだった。だが初めての実戦で加減《かげん》が上手く出来ず、敵とはいえ命を奪ってしまった。己は一度でも見たものを決して忘れない。命を奪った瞬間が、脳裏《のうり》にこびりついて離れないのだ。悪夢に苛《さいな》まれたことも一度や二度ではない。

だがそれも徐々に収まりつつある。その光景が目の前を過《よぎ》ることも減った。己も後で気付いたのだが、火消として命を一つ救うごとに、それは顕著《けんちょ》になっているのだ。

それから新之助は二度と人の命を奪わぬと決めた。相手があの悪党、千羽一家であっても細心の注意を払ったのだ。そして火消として命を守ることに専念した。

だがこれで人を殺《あや》めればもう二度と戻れない。かといって相手は千羽一家の時のような素人《しろうと》ではない。奪い返した玉枝を守りつつとなると、殺めない自信は無い。

「琴音さんは、俎橋《まないたばし》の下に隠れていて欲しいのです」

玉枝に加え、琴音まで守るとなれば成功も覚束《おぼつか》ない。

「はい。足手まといですものね」

新之助は敢えて否定もしなかった。

「ここからは特によく聞いて下さい。もし四半刻（約三十分）して私が戻らなければ、すぐに北に走って岩城修理《いわきしゅり》様の屋敷に駆け込んで下さい」

琴音を守ってくれるかは賭けだが、みすみす火盗改に捕まるよりはましである。近所付き合いがあるかもしれないため、少しでも離れた屋敷を選んだ。

「そんな……」

「そして新庄藩に……御頭に助けを請《こ》うて下さい。必ず守ってくれます。約束して下さい」

新之助の強い意志が伝わったか、琴音はきゅっと唇《くちびる》を結んで頷いた。

「必ず帰って来て下さい」

だが、その時にはきっともう今の己ではない。もし胸に渦巻《うずま》くこの感情が恋だというならば、己の初恋は儚《はかな》く散ることになる。

「はい。任せて下さい」

新之助は胸を叩いてへらっと笑った。

俎橋の下に琴音を隠すと、新之助は一人で牧野家の屋敷を目指した。

二

——確か……。

新之助は脳裏に切絵図《きりえず》を思い浮かべた。

「この風向き。近過ぎず、遠過ぎず……糸原勘三郎《いとはらかんざぶろう》宅あたりか」

架空の火元を訴え、騒ぎたてる。これが素人の悪戯《いたずら》ならば看過《かんか》されるかもしれないが、火消の己ならば現実味のある火事を作れる。

新之助は呼吸を整えると、牧野家の門番所に向けて大音声《だいおんじょう》で叫《さけ》んだ。

「火事でございます！　火元は糸原勘三郎宅！　煙草《たばこ》の失火から油に炎が回りました！」

火事の一番の原因は何と言っても煙草。珍しい失火原因ではない。

「おい、火事だと」

「起きろ、早く太鼓を！」

牧野家の中が騒がしくなり、声も聞こえた。

――日名塚さん。斬られそうになったんだから、これくらい許して下さいよ。

新之助は心の中で詫《わ》びると、さらに声を張って吼える。

「私は麹町定火消《じょうびけし》、戸田孝六《とだこうろく》と申す者。すぐに屋敷に戻り、応援を呼んで参る。今はまだ見えませぬが、すぐに炎が立ち上りますぞ！」

「おお、故《ゆえ》に見立てが詳しい訳か」

「戸田殿、恩に着る！　すぐに太鼓と半鐘を打つ」

屋敷の中から礼を言われた。完全に信じ切っている。新之助はすぐにその場から動き、雉子橋御門《きじばしごもん》を目指した。そこならば火付盗賊改方役宅の動きを見通すことが出来る。向かう途中、早くも火事を報せる陣太鼓が激しく叩かれ、次いで半鐘の音がそれに続いた。

雉子橋御門のすぐ近く、村松静之助《むらまつせいのすけ》宅の隣の空き地に身を潜めて時を待った。牧野家以外の家々からも太鼓、半鐘の音が響きはじめている。

――さあ、来い。

必ず出て来ると思っていた。何故《なぜ》ならば、火盗改の大半は新之助を凶悪な下手人だと思っている。そんな男が江戸に潜伏しているのだ。火事があったとすればまず火付けを疑う。そして多勢で糸原勘三郎宅を目指すはず。その中で、明らかに様子の異なる集団がいるとすれば、玉枝はそこにいるということになる。

暫《しばら》くすると役宅に動きがあった。まず二、三人が外に出て、音の方角と距離を確かめている。その者らは再び役宅に戻った。そしてさらに時を経《へ》て、ついに龕《がん》灯《どう》を手にした集団がわらわらと出て来た。どの者も火盗改の装《しょう》束《ぞく》に身を固めている。

「こっちだ！」

「近くと見たぞ！」

などと火盗改は叫んでいる。

——島田様だな。

ついさっき声を聞いたばかりなのですぐに解った。に組との大乱闘はいかに決着がついたのか分からないが、すでに戻っていたようだ。

「よし、付いて参れ！」

島田は叫ぶと、新之助が潜むのとは反対方向、西へと集団を引き連れて行った。

新之助は息を殺してさらに待った。

役宅にまた動きが生まれた。影が一つ。外に出て左右を念入りに確かめると、手を振って招くような仕草をした。すると新たに影が複数現れる。

――これだ。

新之助は確信した。集団の中に駕籠《かご》があるのだ。火盗改で雇っている下男にでも担《かつ》がせているのだろう。その周囲に十数名。予期していた範疇《はんちゅう》である。どちらに向かうのかと凝視《ぎょうし》する。どうやらこちらに向かってくると解った。

一旦《いったん》、やり過ごしてから尾行し、役宅の応援の心配が無い場所で攻めかかるか。いや、万が一にも気付かれれば奇襲の優位を失う。眼前に差し掛かった時にすぐさま事を起こすと決めた。

凡《およ》その距離は一町。それが半町を切ると半鐘の中に、塊《かたまり》と化した衆の跫音《あしおと》まで捉えられるようになる。やがて中にあの首領格がいることが見て取れた。十間、数は十四人。うち二人は駕籠舁《か》き、護衛は十二人。五間、息遣いまで聞こえるようになる。ぎりぎりまで空き地の隅に小さく蹲《うずくま》っていた。

――お前以外の誰に託す。

とくんと胸が鳴った。過日の狐火もどきの事件。死を覚悟した御頭が己に放った一言。それが何故か思い起こされた。

一行が眼前を通り過ぎた時、新之助は柄《つか》を握り、矢の如《ごと》く飛び出す。月下に煌《きら》めく刀は最後尾の火盗改の脳天を捉えた。まだ気付かれていない。返す刀で次の首の付け根に打ち込む。

そこでようやくあっと声を上げて数人が振り返る。その一人の胴を薙《な》ぎ払うと、さらに目を剝《む》いた一人の肩に袈裟斬りを放った。

駕籠舁《かし》きは短い悲鳴を上げて逃げ出す。駕籠が地に落ち、大きく右に揺れた。大きく傾いだ後、起き上がり小法師《こぼし》の如く駕籠が持ち直すまでに、また一人の脇を電撃の速さで斬り上げた。

「来たぞ！　守れ！」

首領格が応戦を命じた時、新之助は駕籠の簾《すだれ》に手を掛けた。猿轡《さるぐつわ》を嚙《か》まされているのか中から声は聞こえない。代わりに背後から一斉に刀を抜き放つ音に囲まれた。

「玉枝ちゃ――」

新之助は横に倒れ込むように首を振った。頰《ほお》を刃が掠《かす》める。中にいた何者かが、刺突《しとつ》を繰り出したのである。

――見破られていた。

周りを取り囲まれている。駕籠から這《は》い出た男も合わせて残りは八人。いや九人。胴を払った男は打ち込みが浅かったか、呻《うめ》きながら立ち上がり刀を構えている。咄嗟《とっさ》に思い出した御頭の言葉。それが己を思い止まらせ、峰を返すことを決意させた。

「峰とは舐《な》められたものだ」

首領格が刀を引っ提《さ》げて憎らしげに笑った。

「火消は命を守るものだ。それで十分と思ったのですよ」

敵に隙《すき》を生じさせようと挑発するが、流石は幕府きっての武官たち。動揺は微《み》塵《じん》も見られない。

「だが、まんまと嵌《は》まった」

「妹はどこだ」

「役宅の土蔵に移した。これならば火事が真であっても、近くに迫るまでの時と合わせて半刻は持ちこたえられる」

火消ほどではないが火盗改も役目柄、炎のことには詳しい。首領格も最低限の知識は有しているらしい。輪の外にいる首領格以外、八本の白刃が全て己に向き、じりじりと迫ってくる。

「ただで済むと思うなよ。五、六人は脚をへし折ってやる。若隠居の覚悟をしろ」

今度は恫喝《どうかつ》。これには多少の効果が見られた。囲みが縮むのが止み、反対に二、三歩退《さ》がる者もいた。このような悪事に手を染める者の望むことといえば、金や地位が相場と決まっている。己が可愛《かわい》いのだ。

「四半刻……四半刻して戻らなければ娘を殺せと命じている」

「なっ――」

「下手人鳥越新之助は詐略《さりやく》を弄《ろう》して火盗改を誘《おび》き出し、鍵を奪って土蔵に侵入、我らが保護していた娘を殺す……そのような筋だ」

「非道なことを……」

「何とでも言え。どうする？　仮に我ら全員を打ち倒しても、役宅に斬り込むことは出来まい。中にはまだ二十人ほど残っているぞ」

受け口の首領格はそう言うと、下の歯で唇をなぞった。

「その二十人。どうせお前の息は掛かっていない」

「ほう。何故、そう思う」

「きっとお前は仲間にも嫌われているだろうから。彼らに真実を告げます」

新之助が片笑むと、首領格は顔を顰《しか》めて怒気《どき》を滲《にじ》ませた。

「仮にそうであったとしても、幕府が下手人と定めた貴様の言うことを誰が信じる。残っている者はただ諾々《だくだく》と幕命に従う者ばかりよ」

首領格は掌に峰を打ち付けながら、自信満々といったように返した。

「どうだろう。試してみるさ」

何も酔狂《すいきょう》で話を引き延ばしているのではない。隙を探しているというのもある。だが、もう一つ考えていることがあった。

――秋月貫兵衛《あきづきかんべえ》のように。

かつて新之助の通っていた一刀流道場に、二年ほど逗留《とうりゆう》していた剣客《けんかく》である。歳は四十ほど。師匠の古馴染《なじ》みとのことで、寄食して代稽古を務めていた。初めて出逢ったのは齢《よわい》十一の時。当時から己も天賦《てんぷ》の才があると持て囃《はや》されていた。だからこそ解ることもある。秋月だけは、

――住んでいるところが違う。

と、思わざるを得ないほどの剣才を有していた。

呑み込みが早く教え甲斐《がい》もあったのだろう。新之助は年長者によく可愛がられた。新之助の剣は、師匠よりも秋月から学んだといっても過言ではない。

ある日、道場破りが来た。その数十三人。何でも常陸《ひたち》の道場主らしく、江戸で

一旗揚げるため、弟子と共に方々で道場破りを仕掛けているらしい。瞬《またた》く間に門弟が三人敗れ、新之助が出ようとした。

そんな時に出掛けていた秋月がふらりと戻ったのである。秋月は彼らの前に立ち、面倒だから同時に掛かってこい、と挑発したのである。十三人に囲まれた秋月は、ちらりとこちらを流し見て尋《たず》ねた。

「新《しん》、転《まろばし》を知っているか？」

新陰流《しんかげりゅう》の祖、剣聖《けんせい》とも呼ばれる上泉信綱《かみいずみのぶつな》が編《あ》み出したと言われる奥義《おうぎ》である。一瞬のうちに複数を打ち倒す技だと言われるが、その詳細は伝わっておらず、伝授された者もいない。

「儂《わし》はこうだと思うのだ」

秋月の口元が緩《ゆる》んでから、新之助が瞬《まばた》きをした時には二人。次の瞬きで三人。二度呼吸した時には、十三人の道場破りたちが床の上に転がっていた。

「見えたか」

白い歯を見せる秋月に対し、新之助はこくりと頷いた。確かに見えはしたし、その光景を目に焼き付けた。だが、どう足掻《あが》いても真似《まね》出来るとは思えなかった。

今の新之助は火盗改との話を引き延《の》ばし、あの時見た光景を瞬きごとに思い起こしていた。

「騒がしくなってきたようだ……」

首領格は首を振って辺《あた》りを確かめた。牧野家の太鼓に呼び寄せられ、近隣の火消が向かってきているのだ。

「これが最後だ……娘はどこだ。差し出せば命だけでも助けてやろう」

首領格は鼻孔《びこう》を広げて凄《すご》む。

「転……」

「ん？」

心と神経を研《と》ぎ澄まして混ぜる。そのような感覚に没頭《ぼっとう》し、思わず口から零《こぼ》れ落ちた。

呟《つぶや》きを置き去りに刀が躍動《やくどう》する。一、二、三、四。幼子が初めて数を覚えて無邪気に繰《く》るように、頭の中で数が律動《りつどう》する。

刀の動きすべてに意味がある。敵を撃ち跳ね返る力を糧《かて》に刃は加速し、次を襲った。脚もまた、一足ごとに大地の力を得て、身体を前へ前へと突き飛ばす。

「速っ――」

山彦《やまびこ》のように声がぼやけて聞こえた。逆袈裟《ぎやくけさ》の反動に身を委《ゆだ》ねて回りつつ右薙《な》ぎ。鋩《きつさき》の軌道が歪《ゆが》んで片手水平。肘《ひじ》を鼻先まで近付けて逆風。

「何だ……貴様は何なのだ……」

首領格以外、肩や脇を押さえて悶絶《もんぜつ》し、あるいは泡を吹いて気を失っている。

新之助が見た「転」の正体、それは全力で疾走《しつそう》しつつ相手を打つというもの。秋月は竹刀が敵を捉え、弾《はじ》かれる反動と走る足の動きをぴたりと合わせていた。それにより竹刀はさらに加速し、しかも一切無駄のない軌道で次々と打っていったのだ。真剣では肉を裂き、骨に食い込むためにこれは出来ない。殺めぬことを決めて峰で戦うからこそ模倣《もほう》出来た。

新之助は勢いよく息を吐いた。途中ずっと息を止めていたことにようやく気付く。

「あとは……お前一人だ」

新之助は肩で息をしながら刀を引き寄せた。

「化物《ばけもの》め……」

「玉枝ちゃんを返せ。絶対に取り返してみせる」

先ほどの動きであながち嘘とも思えなくなったのだろう。首領格は喉仏《のどぼとけ》を動かして唾《つば》を呑《の》む。だが何かを見つけたようにはっと表情を変えた。視線は新之助の背後に注がれている。

「鳥越新之助」

呼ばれて新之助も振り返った。十間ほど向こうから近付いて来る者。火付盗賊改方介添えの島田政弥である。驚くことは別にあった。島田は何故か、組橋の下に隠れているはずの琴音の腕を取っているのだ。琴音は逃れようとするが、島田が脇を締めて叶わない。

「琴音さん、何故……」

「火事が狂言だと気付き、下手人はまだ近くにいるだろうと周辺を捜した。すると組橋の下でな。逃げようとする故に捕えたのだ……」

島田が代わりに応える。新之助は歯を食い縛った。そうなることも当然想定しておくべきだった。

「島田様！　よくぞ捕まえて下さいました……その女、人質《ひとじち》に取られていると思っていましたが、どうやら下手人と共謀していたようなのです。父母を殺す極悪人……」

首領格は茫然《ぼうぜん》とする新之助の脇を抜け、ふらふらとした足取りで島田たちに近付いて行く。

「違う！　そいつがお父様とお母様を……うちの皆を――」

琴音は目に涙を湛《たた》えて懸命に叫ぶ。

「猪山、そう申しておるが？」

島田は柳《やなぎ》の葉のような目をさらに細める。

「ち、違います。どちらの言《げん》に信がおけるか、お解りのはず。拙者《せっしゃ》は島田様が長官の頃より、身命《しんめい》を賭《と》して働いて参りました」

「私は出世が望みでな。故に人の欲にもよく気が付く。お主は欲の深い男よ」

猪山と呼ばれた首領格は、堰《せき》を切ったように捲《まく》し立てた。

「ならばお話が。実はさる御方の命を受けて此度《こたび》の事を起こしたのです。上手《うま》くいった暁《あかつき》には、御書院番頭《ごしょいんばんがしら》に……ゆくゆくは大御番頭にも御取立て頂けると。島田様ならばもっと――」

「猪山」

島田は低く名を呼ぶ。

「は、はい……」

「私は出世を望む。だが正義という言葉もまた嫌いではないのだ」

島田の言葉を聞いて新之助も気付いた。確かに島田は出世に執着《しゅうちゃく》している。だが言われてみれば高飛車《たかびしゃ》なだけで卑怯《ひきょう》な真似をされたことはない。

「島田様……しかし何故」

こちらを信じようとしてくれたのか。新之助は掠《かす》れた声で言った。

「あの無法者がな。確かに……お主が下手人とは思えぬ。それにこの娘の必死の訴えは嘘ではないと分かる」

「くそ……」

猪山は歯を食い縛って俯《うつむ》き、身を小刻《こきざ》みに震わせた。

「猪山蔵主、火付盗賊改方である。大人《おとな》しく縛《ばく》に就き、詮議《せんぎ》を受けよ」

「嫌だね」

島田が静かに言い終わるや否《いな》や、猪山はがばっと顔を上げ、刀を振り上げて斬りかかった。島田は咄嗟《とっさ》に琴音を放して刀を抜いた。何とか受け止めたものの、次の瞬間、猪山は島田を無視して琴音に飛び付いた。

「外道《げどう》め――」

島田は刀を正眼《せいがん》に構える。ただ剣筋はあまり良くないらしく、猪山のほうが一枚上手《うわて》だと見た。

「動くな」

新之助が踏み込もうとした時、猪山は琴音の首に剣をさし当てる。

「それでどうする。もう逃げられないぞ」

新之助の問い掛けを無視し、猪山はずるずると琴音を後ろに引きずると、剣を持ったまま指で輪を作って口に咥《くわ》えた。夜空を切り裂いて高い音がこだまする。

「何をした」

島田は目を釣り上げて問いただした。

「役宅に火を放つように」

「貴様！」

猪山の息の掛かった者を、玉枝の見張りに最低でも一人は残してきている口振りであった。その者に火付けを命じたのだ。

「こと破れた時には殺せと命じられているのですよ」

「私が貴様こそ下手人だと証言するぞ」

「あなたはここで死ぬのです。その男を殺した後に自決して下さい。さもないと娘は死ぬことになる……」

「どちらにせよ殺すつもりだろう」

島田は歯ぎしりをして猪山を見据えた。二人が死んだあと、易々《やすやす》と琴音を殺めるに違いない。

「そうかもしれませんが……そうでないかもしれない。あなたの嫌いでない正義とやらをお見せ下さい」

猪山は開き直ったように不気味に笑った。

「鳥越様、私ごと斬って下さい！」

琴音は顔を歪めて、なおも悲痛に叫んだ。

「お願いします！　私はどうなってもいい――」

猪山は大仰な舌打ちをして、慌てて腕で首を絞める。

「琴音さん」

「父と……母の……仇《かたき》を。玉枝をたす……」

「黙れ！」

猪山は激昂《げっこう》してさらに絞めた。

「鳥越……」

「はい」

島田の呼びかけに頷く。斬れるかと尋《たず》ねているのだ。だが、この間合いでは十

中八九、先に琴音の首が掻き斬られてしまう。先ほどの「秋月転」で息がまだ整っていない。それが元に戻れば、

――もう一度いける。

新之助は深く呼吸を続けた。

「島田様、早く。この娘が……」

「解っておる！」

島田は観念して刃をこちらに向ける。新之助は出来るだけ時を稼《かせ》げと目で訴えるが、島田に届いているかすら解らない。

「あ……」

「ふふふ……土蔵に火が付いたな」

役宅の奥が茫《ぼう》と明るくなっている。

「何故、火を付ける」

「………」

「殺すのに火を使う必要はない。そうか……何かを焼きたいのか」

新之助が推理すると、猪山は図星《ずぼし》といったように舌打ちをした。新之助はさらに煽る。

「琴音さん、申し訳ありません。私はそいつを斬って玉枝ちゃんを救います。そしてどうしても燃やしたい、土蔵の『何か』を得てみせます。それが徳一郎さんたちの無念を晴らすことにもなると思います」

琴音は苦しそうな赤い顔で小さく頷いた。

「小賢《こざか》しいことを……暫し動くな。まずは土蔵に完全に火が回ってからだ」

猪山は鬼の牙《きば》のように下歯を突き出す。琴音ごと斬ろうなどとは毛頭《もうとう》思っていない。時を稼ぐにはこれしかなかった。ただ一方で玉枝の囚《とら》われている土蔵に、刻一刻と炎が回る。

――誰か。

新之助は祈るように念じた。

「辰一の言う通りだった……すまぬ」

島田は火の手が回る役宅を見ながら言った。

「辰一さん……」

――あいつもきっとお前を待っているはずだ。信じて頼れ。

その言葉が脳裏に蘇《よみがえ》った瞬間、新之助は天に向かって咆哮《ほうこう》した。

「御頭！」

新庄藩がこんなところにいるはずはない。頭ではそう解っている。しかし新之助は何故か近くにいるような気がして、己の耳が潰れるほどの声で叫んだ。

辺りを震わした新之助の声の残響が、夜の静寂へと収束していく。

「御頭……？」

猪山が卑《いや》しい笑みを浮かべた。

「新之助！」

どこから耳慣れた声が聞こえた。声は近いのだが、姿は全く見えない。

その時である。猪山の背後に位置する清水御門が、乾いた音と共に内から開く。中から飛び出してきたのはまさしく新庄藩火消。何故か皆が前のぼろ半纏《ばんてん》を身に纏《まと》っている。先頭には憧れ続ける男の姿があった。

「ぼろ鳶だ!!」

御頭の声に新庄藩火消一同、夜気を震わせるほどの喊声《かんせい》を上げた。

「御頭、火事を！　土蔵に女の子が！」

「待て――」

猪山が背後に気を取られた刹那《せつな》、新之助は墨壺《すみつぼ》で糸を引いたように真《ま》っ直《す》ぐ、神速の脚を持つ麒麟《きりん》の如く疾駆《しっく》した。猪山が再び目を向けた時、一間の距離まで迫っている。

「琴音！」

琴音と己の目が合う。絶叫《ぜっきょう》が響き渡った。猪山の左手、肘から先が宙を舞っている。鋒《きっさき》は琴音に触《ふ》れてはいない。

新之助は琴音に手を伸ばす。

琴音もまた、縛《いまし》めを解かれた手を開いた。宙を泳いで互いの手が結ばれた瞬間、新之助は腕を思い切り引いて抱き寄せる。刀を振りかぶる猪山に、新之助は琴音を抱いたまま突きを繰り出す。肩の付け根を捉え、猪山は喚《わめ》きながら刀を取り落とした。

「島田様！」

島田は刀を蹴り飛ばし、左手から止めどなく血を流す猪山に馬乗りになった。

「猪山、観念しろ」

腰の縄を取り、猪山を縛り上げていく。

「鳥越様……」

「怖い思いをさせてすみません」

新之助は少し俯き加減に、琴音に囁いた。胸の辺りが濡れて温かくなる。新之助は左手を回し、琴音の頭をそっと撫《な》でると、火消としての最後の敵を睨《にら》みつけた。

三

一瞬のことに源吾は啞然《あぜん》となった。

火盗改らしき男が娘の首に刃を押し当てている。その向こうには島田政弥。そして抜き身を構えた新之助。

こちらに向けて火事のことを告げた瞬間、新之助は猛然《もうぜん》と火盗改に向かっていき、目にも留まらぬ早業《はやわざ》で娘を救い出したのだ。

「琴音さん、行きます」

「はい」

新之助は娘の背に回していた腕を解いた。

その会話で、これが新之助の見合いの相手であり、ずっと二人で逃げ続けてきたであろう琴音だと判《わか》る。

「島田様、お願いします」

「よし、頼んだぞ」

横にいる平蔵と視線を交わした。

島田は新之助が倒した男に縄を掛け終え、琴音の側に寄り添った。やはり島田は今回の事件に無関係だったようだ。

新之助はこちらに向かって駆けて来た。

「あれ、長谷川様」

「やはり猪山が下手人か」

平蔵は縛られた男を見て言った。

「それより、火事を」

新之助は、赤々と照らし出された夜空を見上げた。

「ああ、行くぞ！」

「後はお前らの仕事だ。こっちは俺に任せろ」

平蔵は、猪山と呼んだ男のほうへ向かう。

心配し尽くしたはずの男との感動の再会も、火消にかかればこの程度である。

源吾は走りながら新之助を上から下まで確めるように見た。

「怪我《けが》は無いか」

「ええ」

「それは？」

薄汚れているが、大きな怪我は無いようだ。ただ頬が少し赤く腫《は》れているように見えた。

「ああ、慶司さんに殴《なぐ》られました」

新之助は頬に手を添えながら苦笑した。この数日の間、新之助には様々なことが降りかかったようだ。

「後でゆっくり話を聞かせろ」

「解りました。ところで御頭どうしてここに？」

「だまくらかして来た」

「また無茶をしたんでしょう。でも清水御門から来たらまずいんじゃ……」

方角《ほうがく》火消の役目は御城の守護。夜間、御曲輪《おくるわ》内に入ることも許される。しかしその為には門で名乗って許可を得ねばならない。

「一刻も早く着けるようにと、平蔵が田沼様に頼んで開けてくれた」

「なるほど。そちらも色々あったようで」

「お前のせいだ。だが……」

源吾は足を止めると火盗改の役宅を見上げた。既に奥の土蔵近くからは火焔が見える。怒号《どごう》、叫声《きょうせい》が聞こえ、中は騒然となっているようだった。

「ありがとうよ」

「ありがとうございます」

二人の声が重なり、互いに顔を見合わせた。

「やるか」

「はい」

源吾は片笑むと、振り返って叫んだ。

「星十郎！」

「はい。水無月二十日、ただ今の時刻は凡《およ》そ子《ね》の刻（午前零時）。風は東から西に向けて穏やかに。一刻後にはやや南に変わると見ます。さすれば御城にも累《るい》が及びかねません。此度の火消、神速を尊《とうと》びます」

星十郎が滔々《とうとう》と状況を述《の》べ終わると、源吾は屋根に向かって叫んだ。

「彦弥、どうだ⁉」

すでに彦弥は屋根に上《のぼ》り、額《ひたい》に手を添えて土蔵を見つめる。

「土蔵の中にいるんだな？」

「間違いありません！」

新之助がすかさず答える。

「なら不幸中の幸いだ。天窓を閉めて火を付けてやがる」

土蔵を密閉して火を付けた場合、相当に回りが遅くなる。代わりに長時間その状態が続けば「朱土竜《あけもぐら》」を誘発するという仕組みである。

「じゃあ、あの火は何だ？」

「母屋《おもや》の広縁が燃えている。松明《たいまつ》を持って出たところを取り押さえられ、放り投げちまったってところだろうよ」

彦弥により中の様子が手に取るように解る。

「よし、武蔵は屋敷の桶《おけ》を使って母屋を濡らせ」

「解りやした。竜吐《りゅうど》水《すい》が無くても水番がやれるってとこを見せるぞ！」

武蔵が水番を鼓《こ》舞《ぶ》する。

「寅、このままだと門が危ねえ。隣家を壊すんじゃなく……」

「広縁を引っぺがします」

「そうだ」

広縁のあちこちから弾ける音が鳴り続け、気味の悪い音曲のようになっている。幸い燃えているのはまだ屋根部分だけ。今の内に中に入って庇柱を全て折って分断する。言わずとも寅次郎は理解している。

「土蔵に向かうのは俺と星十郎」

「私も——」

「俺を信じろ」

新之助を遮《さえぎ》って言い切った。新之助は一瞬間《ま》を空けて頷くと、配下に向けて高々と宣言した。

「私が指揮を執《と》ります。皆さん、お願いします！」

応《おう》と答えると同時に、皆で役宅の中に踏み込んだ。

「助かった！　どこの火消だ⁉」

中の火盗改が喜色《きしょく》を浮かべて迎え入れた。各々、手桶を使って消火しているが捗《はかど》っていない。この季節の木は湿気を含む。それが炎の熱で一気に放たれ、蒸し風呂のようになっている。

「えーと、麴町定火消です」

「そうか！　指示をくれ」

「手桶を我々に貸して下さい。井戸に案内を」

「解った！」

火盗改に案内されて武蔵が井戸を確かめに行く。

「お前……」

「折角《せっかく》返して貰《もら》ったのに、これで反対に日名塚さんに借りが出来た」

新之助は意味が分からないことを呟くと、土蔵の方角を指差して続けた。

「お願いします」

「任せとけ」

星十郎を連れて土蔵に向かう。朱土竜の可能性がある以上、豊富な知識と経験が必要である。新庄藩火消でいえばこの組み合わせとなる。星十郎が土蔵を触って熱さを確かめる間、源吾は中に向けて呼びかけた。

「玉枝！　火消だ！」

「助けて！」

声が聞こえる。しかも大きく、掠れてはいないことから、まだ煙はそれほど充満していないと見た。

「火はどこだ」

「一番奥」

「姿勢を低くして手前の隅に行け。大きく息を吸うな。ゆっくり細くだ。移ったら返事をしろ」

「……はい」

すぐに玉枝の声が返る。源吾は耳でも声の位置が変わっていることを確かめる。

「どうだ？」

「まず一寸四方の小さな穴を。いけますか？」

星十郎の問いに源吾は不敵に笑った。

「誰に言ってんだ」

開き戸、裏白戸を開け、腰から指揮用の鳶口を抜くと、分厚い板戸に突き立てる。一介の火消の時に何回経験したことか。板を買って来て繰り返し練習したこともある。手際よく削っていき注文通りの一寸四方の穴を穿《うが》った。

「どうだ？」

「お見事です。あと少しだけ待って下さい」

穴に緩やかに風が流れ込む。中を覗くが死角で玉枝は見えない。ほんの二十、三十を数えるほどだが、焦《じ》れているからか酷《ひど》く長い時に感じた。

「よし、破って下さい」

「こっちのほうが早《はえ》え」

「なるほど」

戸の外側にかけられた錠前を叩き壊し、戸を開いてすぐに中に入った。源吾は隅を見る。そこには健気《けなげ》に言いつけを守って蹲《うずくま》る女の子がいた。

「玉枝だな。助けにきた」

煤《すす》で汚れた顔を勢いよく上げると、首にしがみ付いてくる。

「もう心配すんな」

震える躰をしっかりと抱きしめる。源吾は立ち上がり出口を目指した。

――ざまあみろ。

蔵の奥で恨《うら》めしそうに揺らぐ焔《ほのお》を一瞥《いちべつ》し、源吾は心の内で勝ち名乗りを上げた。

四

火付盗賊改方役宅の火事を消し止めたのは、僅《わず》か半刻（約一時間）後のことであった。火盗改が素人でなかったことも幸いした。新之助は的確な指示を出し、火盗改たちをも使ってあっという間に役宅を濡らした。

彦弥は上から常に炎を見張り、寅次郎ら壊し手は炎を纏った広縁を分離していく。剝《は》がして倒れたら、水番が直《じか》に水を掛けて炎に止めを刺す。そして新之助はこの間の疲れも見せず、これら全てに目を配って人を動かした。

やがて牧野家、井上家などの大名火消が到着すると、焼け跡の始末を託す。そして源吾は慌ただしく配下に命じた。

「帰るぞ！」

「もうですか？」

新之助が目を丸くする。

「事情があるんだ。走るぞ！」

長駆して消火、そしてまた風のように走り出す。この間のこともあって躰は疲《ひ》弊《へい》し切っているはずだが、皆の足取りは軽く、その顔には笑みが戻っている。

「あれ、入れます？」

新庄藩上屋敷が見えてくると、新之助は苦笑した。火事場見廻《かじばみまわり》、火盗改などが依《い》然《ぜん》として屋敷の周りを警戒しているのだ。焚き火を続けているのだろう。屋敷の中が茫《ぼう》と明るくなっている。さらに、本当に火事が起こったのではないかと思えるほど、中から威勢《いせい》のよい声が聞こえていた。

「被っとけ」

走りながら鳶《とび》の火消頭巾《ずきん》を借りると、新之助の頭に被せた。己も同じように顔を隠す。

「どうにかなりますかね？」

「頭取、頭取並の顔が隠れていればしらを切れるさ」

「どこでいきます？」

「二度使ったなら、三度も一緒さ」

「そうですね」

頭巾で覆われているが、新之助がくすりと笑ったのが分かった。

「麴町定火消である！　新庄藩を支援仕《つかまつ》る！」

何故か見張りは諦《あきら》めきったかのように抵抗しなかった。その答えは中に入って知ることになる。武家火消、町火消が満ち溢《あふ》れており、一時も目を離すまいと焚き火を取り囲んでいる。各組の竜吐水も火に向かって備えられており、万全の体制が整えられていた。

「交代だ。加賀鳶、声を上げよ!」

その中で大音勘九郎が叫ぶと、加賀鳶が気合いの声を上げた。

「やっと休める。次、よ組だからな。数が多いんだから倍やれ」

そう言って溜息をついたのは漣次である。今しがたまで声を上げていたのは、い組の鳶らしい。

「うちはすでにもう六回やってる。てめえら二回目だろうが」

秋仁が唾を飛ばして漣次を責め立てる。

「まあまあ、うちがやりますから喧嘩は止《や》めて下さい」

銀治が両者の間に入って宥《なだ》める。こうして交代で芝居をして凌《しの》いでくれていたという訳だ。

「銀治! すまねえ」

源吾は頭巾をはぎ取りながら近付いた。

「松永様! お戻りに。して、首尾《しゅび》は?」

「皆さん、ありがとうございます。全て上手く」

新之助が頭巾を取ると、その場にいた全ての鳶の顔が綻《ほころ》んだ。

勘九郎は、後はお主らで消しておけと、鼻を鳴らして早くも引き上げを命じ、漣次は水を張るのにどんだけ掛かっているんだと嘯《うそぶ》く。秋仁はうちの鳶全員分の酒を奢《おご》れと笑い、銀治は好ましげに皆を見て頷く。組の枠を超え、慎太郎と藍助が手を重ねるのが印象的であった。たまたまこの場に駆け付けてくれた火消の頭は己とほぼ同期。己たちにもあのような時があったのだと感慨《かんがい》深く思えた。

五

琴音と玉枝は、戻る時に島田と平蔵に預けた。火盗改が自らの恥部《ちぶ》を晒《さら》すかと疑いを残す源吾に対し、新之助が、

——あれでなかなかの正義漢ですよ。

と、微笑《ほほえ》みながら説得したのだ。

教練場で偽《にせ》火事の収束を告げると、源吾は新之助を連れて自宅に戻った。

「新之助……」

秋代はただ名を繰り返し、新之助に縋《すが》りついて涙した。新之助も目尻に涙を浮かべつつ、ひたすら何度も詫《わ》びた。源吾と深雪はその様子を見て微笑みあっている。そして暫くして深雪が口を開く。

「用意が」

「すまねえな。新之助、腹が減っているだろう?」

多忙な日々の中、まともに物を買うことも出来なかった。白飯と味噌汁だけの質素《しっそ》な朝餉。だがこの時ほど、源吾は米が美味《うま》いと思ったことは無かった。新之助も頬に飯粒を付けながらがっついていた。

田沼が動いたことで、島田は事件の裏に何かがあると感じていたようだ。新之助の無実が証明されたのはその翌々日のこと。島田は二人の証言をまとめ、猪山の自供も合わせ、橘屋事件の真相を上申《じょうしん》した。自ら膿《うみ》を出し切った形になる。監督不行き届きで長官の赤井は謹慎《きんしん》を命じられ、その間は長官介添え役である島田が指揮を執ることになった。


源吾の家に久しぶりに来客があったのは、事件解決から七日後、非番の昼下がりのことであった。源吾は縁側で寝そべっていたが、玄関で迎える深雪の声でのそりと躰を起こした。

「あ、お久しぶりです」

「達者《たっしゃ》にしていたかな。松永殿は……」

「どうぞ。中へ」

声を聞いて源吾の背筋が伸びる。深雪に伴《ともな》われ、初老の男が入って来た。

「山本《やまもと》様がお越しに」

「お久しぶりです」

源吾は深く頭《こうべ》を垂れた。深雪が山本と呼ぶ男は、実は幕政を担《にな》っている田沼意次その人なのだ。客間に案内しようとするが、田沼はここでよいと縁側に共に腰掛けた。

「はい、山本様。お茶です。旦那《だんな》様はお水を」

深雪は己が暑がりで、この季節の熱い茶を嫌うことを知っている。

「気を遣わせてすまんな。暫し込み入った話をしてもよいか?」

「ええ、ごゆっくり」

深雪は「山本」の正体を知らない。大の田沼通の深雪が知れば飛び上がって喜ぶだろう。茹《う》だるほどの暑さの中、源吾は椀《わん》に口をつけて水を呑んだ。

「すまなかったな」

田沼の第一声は詫びであった。

「いえ、滅相《めっそう》も無い。新之助をお助け下さりありがとうございました」

「過日《かじつ》のこと、お主が正しいのやもしれぬな。見事に千と一人を救った」

千人が籠《こも》る屋敷、一人が暮らす小屋、どちらか一方しか救えぬとすればどうすると田沼は問うた。だが源吾は火消である以上、両方の命を諦めないと答えたのだ。

「私も此度のことで田沼の仰《おつしや》る意味が解りました」

途中、新庄藩のため、新之助のことを諦めかけたのも事実である。

「解らずともよい。火消はそれでよいのだ。儂も終《しま》いまで諦めぬ大切さを学ばせてもらった」

「して、此度は」

田沼は頰に皺《しわ》を浮かべると熱い茶を啜《すす》る。

「それよ。かの御方が何のために橋屋を襲わせたのかだが、未《いま》だにはきとしない」

「そうですか……」

「ただ猪山という男が自白し、分かったこともある」

そもそも一橋と猪山には、元来《がんらい》何の接点も無かった。ある日一橋卿の使いだという者が現れ、大出世を約束する代わりに橋屋の襲撃を依頼されたというのだ。

「前回でかの御方の手勢の顔が割れた。ほとぼりが冷めるまで使えないのだろうよ」

田沼はそう見抜いた。ともかく猪山は主一家、奉公人に至るまで必ず息の根を止め、橋屋には火をかけろとの指示もそこで受けたらしい。さらに一つ条件があったという。

「命じられたことは二つ。一つは直近三年橋屋の帳簿を一冊残らず奪うこと。もう一つは主人、徳一郎の日記を必ず燃やせということだ」

「日記？」

「ああ、そして徳一郎は偽《にせ》の日記を差し出したという」

そこから一人ずつ命を奪われた。最後の一人になった奉公人が、命惜しさにその日記が贋物《にせもの》であると明かし、猪山はおおいに焦った。同時にそこで、配下から娘二人の姿が無いことを知らされる。

「あやつも火盗改。押し込みは時が経つほどに極めて露見《ろけん》、捕縛されやすいことを知っている」

猪山はこれ以上留まるのは危ういと考え、橋屋に火を放った。娘たちが隠れていたとしても焼け死ぬだろう。日記も灰燼《かいじん》と化すと踏んだのだ。

「しかし娘が生きており、それを新之助が助けた……」

田沼は大きく頷く。

「しかし後に、近隣の聞き込みで、徳一郎が隠居所を買ったことが知れたのだ」

いずれ番頭に店を任せて、自身は妻とゆっくりと過ごすつもりだった。妻を驚かせようと、徳一郎は秘密で隠居所を買ったのだ。

「徳一郎は嬉《うれ》しさを隠せず、琴音だけそこに連れて行ったというのだ」

そのことを知った猪山は、そこに日記があるのではという疑惑に苛《さいな》まれた。故に生き残りの抹殺《まっさつ》、日記の回収のために琴音を追ったという次第だ。

「して、その隠居所には？」

「すでに平蔵がな。だがそれらしいものは何も無かった」

「役宅に火を放ったのは……」

「もう一つの方よ」

土蔵の中には橘屋から奪った帳簿が、山のように積み上げられていたという。

これを何に使うつもりかは、猪山も聞かされていなかった。ただ露見することは許さぬと強く釘《くぎ》を刺されていたらしい。

「その日記には何が書かれていたのでしょうか……」

「解らぬ。ただ今回の事件、かの御方にしては手抜かりが多い。猪山のような粗《そ》忽者《こつもの》を使ったのもそうだ。余程《よほど》に知られたくないことなのだろう」

真相は闇《やみ》の中。だが源吾は、そこに一橋が火付けに拘《こだわ》る訳があるのではないかと直感した。

「今後はどう……」

椀を置いて田沼の横顔を覗き込む。

「橋屋の娘二人だが、儂の国元で預かろうと思う」

日記は隠居所にはなかったが、琴音ならば何か知っているかとまた狙われることも考え得る。田沼の領地である遠江《とおとうみ》の相良《さがら》郡に連れて行き、落ち着いたら城勤めをさせようと考えているらしい。

「橋屋はもう立ちゆきませぬか」

田沼は首を横に振る。

「大丸が一切合切《いっさいがっさい》を買った。事が落ち着けば琴音を立てて再興すると約束してくれた」

「彦右衛門殿が……」

「橋屋は大丸の家老《かろう》ともいえる商家。彦右衛門は烈火《れっか》の如く怒っていた」

「では、新之助はいよいよ破談《はだん》となりますな」

田沼はひょいと首を捻ってみせた。

「どうだろうな。人の縁とは解らぬもの。巡り巡って夫婦《めおと》になることもある」

確かに一理ある。源吾もまさか己が若い頃に助けた少女と、夫婦になるなどとは夢にも思わなかった。

「人というものをよくご存じで」

「何を隠そう、儂もそうじゃ」

田沼は悪戯っぽく笑うと再び茶を啜った。以前見た時には随分と疲れているように見えたが、今日の田沼はどこか若々しく見えた。

「平蔵から言伝を預かっている」

田沼は思い出したように、再び口を開いた。

「また一つ貸しだぞ、と」

源吾は、苦虫を嚙み潰したような顔をした後、ふっと表情を緩めた。

六

それから十日後、源吾は新之助、そして彦弥の下《もと》で副纏師《まといし》を務める信太《しんた》と共に江戸湊《みなと》に向かった。琴音と玉枝の旅立ちが決まったのだ。遠江まで田沼が護衛を付けて陸路で向かうつもりだった。だが折しも田沼お抱えの船頭《せんどう》、櫂五郎《かいごろう》が江戸に帰港したので、より安全な海路で送ることになったのである。

「信太、頼むぞ」

「はい。お任せ下さい」

信太の妹は駿河《するが》に嫁ぐことが決まっている。親を亡くし兄妹二人きりだったこともあり、妹は信太を心配して少しだけ待って欲しいと頼んでいた。先方も快く了承してくれ、延ばし延ばしになっていたのである。信太は妹に心配させぬようにと奮起し、今年は番付の末席に名を連ねるほどになった。これで妹もようやく決心して、祝言《しゅうげん》を挙げることになったという訳である。妹と水入らずで過ごせる時はもう少ないと考え、信太に暇を与えることにしていた。そんな矢先、今回のことが決まった。遠江と駿河は隣国同士である。ならばついでに遠江まで二人を送り届けて貰うことにしたのだ。もっとも他にも田沼の家臣が側を固めてはいる。

「櫂五郎！」

「お、松永様じゃねえか」

船乗りに指示を出していた櫂五郎が手を上げて近付いて来る。以前、源吾は田沼肝煎《きもい》りで造られた弁財船《べざいせん》「鳳丸《おおとりまる》」を岸にぶつけ、大波を起こして木場の火事を消したことがある。鳳丸は大破して今も修理中。その時に源吾の頼みを聞いて船を操ったのがこの櫂五郎である。

「鳳丸はまだ……」

「それが……間もなく修理を終えるのさ」

櫂五郎の肌は相変わらず炭のように黒く日焼けしている。精悍に引き締まった顔を綻ばせた。

「おお、それはよかった」

「もう壊さねえでくれよな」

「あんなことは滅多《めった》にねえさ」

二人で笑い合っていると、櫂五郎は顎《あご》をしゃくった。その先には新之助と琴音、傍に玉枝の姿がある。

「ありゃあ……恋だな」

「どうだろうな」

「少なくとも娘のほうは惚《ほ》れているさ」

「お前に解るのかい？」

源吾は揶揄《からか》ってみせた。

「馬鹿《ばか》にすんなって。海の男は沢山《たくさん》の恋を見てきているさ。例えば印象深いのは、陸奥《むつ》の閉伊通豊間根村《へいどおりとよまね》で……」

「船頭！」

「おう！　今行く」

配下の船乗りに呼ばれて、櫂五郎は話を途中で止めると、船へと向かって行った。

「間もなく出航だ」

「新之助、もうすぐらしい」

「はい……」

新之助は曖昧《あいまい》な表情で俯く。

上役の火消として、いや先を生きる一人の男として、ずっと何と言ってやればよいかと悩んできた。答えは出ていないし、そのようなものはないのかもしれない。ならば言ってやることは一つである。

「お前が決めろ。それがどんな答えでも、俺はお前の味方だ」

新之助は少しの間きょとんとしていたが、やがて苦笑しつつ言った。

「投げやりな助言ですね」

「うるせえ……」

源吾は片笑むと、拳を新之助の胸をどんと突いて続けた。

「後悔するな」

新之助は大きく頷く。

「はい」

「俺は煙草《たばこ》を呑む」

言わずともいいことを言いながら、源吾は湊に積み上げられた材木の上に座った。

「鳥越様、改めてお世話になりました」

琴音が頭を下げ、玉枝もそれに倣《なら》う。

「いえ、二人が頑張ったのです」

「落ち着いたら文を書きますね」

「あ、私は少々悪筆で……期待しないで下さい。武蔵さんよりはましだけど」

新之助は軽口を叩《たた》いて二人を笑わせた。琴音は大きく息を吸いこみ、意を決したかのように切り出す。

「縁談《えんだん》のこと……」

「そのことならお気になさ――」

「私の気持ちは今も変わりません」

琴音の大胆な発言に、源吾はにやにやしながら煙管《きせる》に刻みを詰める。

「ありがとうございます」

新之助は落ち着かない様子で何とか礼を言う。

「今はこのような境遇。返事はまたいつか」

「は、はい」

「三役に入った鳥越様にお会い出来るのを楽しみにしています」

「そりゃ大変だ……いつのことになるか」

「鳥越様ならばきっと大丈夫です」

琴音は弾けるような笑みを残し、船へと上がっていく。やがて船は湊を離れた。信太と玉枝が大きく手を振る横で、琴音はじっと新之助を見つめている。

「おう。どうだ」

源吾は煙草をくゆらせながら新之助の横に立った。

「どうでしょうね」

「男はいつも馬鹿なもんさ」

青い空と海に挟まれ、ぷっかりと雲が浮かんでいる。それに重ねるように源吾はゆっくりと紫煙《しえん》を吐いた。

「中でも火消はもっとも馬鹿なのですよ」

新之助は海原《うなばら》を見つめながら言った。己の口癖を先に取られてしまった。ふっと息を漏《も》らし、源吾も陽《ひ》の光を受けて輝く海を見た。船はもう拳《こぶし》ほどの大きさになっている。きっとまだ新之助と琴音の視線は交《まじ》わっているに違いない。

二人の前途を祈るように一斉に海猫《うみねこ》が鳴き始めた。船はやがて米粒ほどの大きさになり、水平線に吸い込まれて見えなくなった。それでも新之助はじっと海を見つめ続けている。

終章

琴音らが旅立って三日後、源吾の自宅に主《おも》だった頭《かしら》が会した。久しぶりに皆で飯を食おうということになったのである。

「鍋かあ……」

源吾は苦々《にがにが》しく零《こぼ》した。暑い時に熱いものを食べるのがやはり苦手である。昔はそうでもなかったのだが、火消《ひけし》を長く務めているうちに体質が変わったのか、とにかくよく汗を掻《か》くようになった。熱を逃がすために躰《からだ》が冷やそうとしているのかもしれない。ともかくこの汗が鬱陶《うっとう》しく、手拭《てぬぐ》い片手に食べなくてはならず落ち着かない。

「儂《わし》は部屋のちゃんこで慣れていますね」

力士は年中鍋料理を食べるらしく、寅次郎は快活《かいかつ》に笑った。

「組頭」

彦弥が武蔵に酒を勧める。今日は珍しく酒も出ている。新之助の濡れ衣が晴れた祝いの席でもあるのだ。

「すまねえな」

酒のことではない。武蔵は、腹では彦弥に同調したかっただろう。だが己のことを考え、自ら嫌われ役を買って出てくれたのだと解っている。それで二人は言い争っていた。武蔵はそのことを言っているのだ。

「お二人、喧嘩《けんか》したんですって？　駄目ですよ。それじゃ皆に示しがつかない」

「お前のせいだろうが」

彦弥に肩を小突《こづ》かれ、新之助はへらりと笑った。琴音たちと別れてから、この若者はすぐにこれまでと変わらなくなっている。

「出来ましたよ」

「お、来た。今日は何ですか？」

深雪は鍋を鉤《かぎ》に引っかけると蓋《ふた》を取った。立ち上った湯気が晴れると皆が覗《のぞ》き込む。

「これは……鰻《うなぎ》ですね」

星十郎が言うと、深雪はにこりと笑って頷いた。

深雪の説明によると、まず鰻を捌《さば》いて小骨を丁寧に取り除く。それを一度白焼きにしたもの。他にも鰻を擂《す》り潰して味噌《みそ》、生姜《しょうが》を加えて練り合わせたつみれも入っている。その他の菜と一緒に白味噌仕立てで煮込んだ、大層《たいそう》手の込んだ鍋である。

「季節のものですから。皆さんに精をつけて頂こうと」

「美味《おい》しそうだ」

新之助が箸《はし》を摑《つか》んだところで、深雪はこほんと咳払《せきばら》いをする。

「あ、やっぱり？」

新之助は苦笑して箸を宙で止めた。

「皆様よくご存じのように、当家にはお金がございません。お役目で当家を占拠され、賄《まかな》いまでお出しする以上、御足を頂戴《ちょうだい》せねばなりません」

これまで何度も聞いた決まり文句である。深雪はこうして銭を取るのだ。

「皆様、六十文ずつお願い致します」

すでに皆が財布を取り出しており、慣れっことばかりに銭壺に銭を入れていく。

「新之助さん」

「はい！　もしかして今回私は……」

「二百文です」

「何でそんなに高いんですか！」

新之助は吃驚《きっきょう》して財布を抱きしめる。

「皆様に迷惑をかけたのだから当然です」

「でも頑張ったんですよ……」

新之助は渋々《しぶしぶ》財布の中から小粒銀を取り出す。深雪は一度受け取ると、すぐに新之助の手に戻した。

「たまには母上とお食事に出かけられたら？」

「はは……子ども扱いだな」

「違います？」

深雪はくすりと笑い、新之助はばつが悪そうに頬を掻いた。それを見て皆の顔にも笑みが浮かぶ。皆で鍋を突きながら酒を酌《く》み交《か》わした。

「美味《うま》いですねえ。手間の掛かることをすみません」

寅次郎は満足そうに喉を鳴らした。

「願掛けの意味もありますから」

「願掛け？」

彦弥はつみれを口に入れつつ尋ね返した。

「鰻には諺《ことわざ》があるでしょう？　新之助さんへの願掛けです」

武蔵は考え込んでいたが、思いついたように口にする。

「諺……山の芋鰻になる……ですか？」

「何ですか、それは」

新之助は知らないようで身を乗り出した。

「山の芋が鰻になる。つまりは有り得ないはずのことが、時には起きるってことです」

「なるほど。番付が十三枚目から一気に三役に上がるってことか」

新之助は前向きに捉《とら》えて箸を揺らした。

「しかし山の芋鰻とならずという諺もあります」

星十郎が首を捻りながら言った。全く反対の意味で、山の芋が鰻になることは有り得ない。つまり何も変わらないということだ。

「酷《ひど》いな。私はまだまだこんなもんじゃないですよ。奥方様、どっちの意味です？」

「さあ」

深雪がはぐらかした時、奥の部屋で寝ていた平志郎が目を覚ましてぐずりだした。深雪が立とうとするが、新之助が箸を置いてさっと手で制する。

「たまには私が」

「いつもだろう」

源吾は手拭いで額の汗を拭いながら言った。新之助は平志郎を実の弟のように可愛がっており、事あるごとに世話を焼いてくれる。

「では新之助さん、お願いします」

「はい。お任せを」

新之助は相好《そうごう》を崩して立ち上がると、平志郎の名を呼びながら奥へと入っていった。

「で、どっちなんです？」

先ほどの諺が気になるようで、彦弥がこっそり尋ねた。

「旦那様は答えをご存じのはずです」

「ああ」

夫婦になってから、たまに鰻が夕餉の膳に上ることがある。よくよく考えれば、それはいつも己が気落ちしている時だと気付いた。そのことを訊くと、深雪は天を指差しながら教えてくれたのだ。その時のように源吾も人差し指を上に向けながら言った。

「鰻上りさ」

「ああ」

皆の声が一つに重なった。人は生きていれば哀しいことも、苦しいこともある。だがそんな時は長くは続かない。その分、きっといいこともある。何か哀しいことがあればそんな願いを込めて、深雪の実家では鰻を食していたらしい。

「きっと心配ねえ」

日々と変わらぬように見え、新之助の顔が引き締まったことに気付いている。今回のことで新之助は一皮むけたのだろう。きっとよりよい火消になると実感していた。

「平志郎……奥方様！」

「はい、どうしました？」

「おむつを！」

皆が一斉に噴き出す。寅次郎などはつみれを飛ばしてしまい、慌てて再び口に入れている。

ようやく日常が戻って来たという実感が湧《わ》き、源吾は頰を緩めた。

夏は粛々《しゅくしゅく》と過ぎていく。来年の今頃には、新之助も一人前になっているのだろうか。そのようなことを考えながら、額に垂れた汗を手拭いで拭い、源吾は白焼きを口に放り入れ、夏を思い切り嚙みしめた。

解説――文庫書下ろし時代小説界の麒麟児《きりんじ》・今村翔吾《いまむらしょうご》が切り拓く未来とは

文芸評論家　菊池仁《きくちめぐみ》

本書は、今村翔吾《いまむらしょうご》の超人気シリーズ「羽州《うしゅう》ぼろ鳶《とび》組」の第八巻『玉麒麟《ぎょくきりん》』である。前作『狐花火《きつねはなび》』では、スタートを飾った『火喰鳥《ひくいどり》』に登場した明和《めいわ》の大火の下手人・秀助《ひですけ》と思《おぼ》しき火付けが再び起き、江戸は騒然となる。火刑となったはずの秀助は生きていたのか。スリリングな展開と火龍に立ち向かうプロ集団の壮絶な闘いぶりを、斬新な活劇的手法で描き、大反響を呼んだ前作の後だけに期待は高まる。結論を先に書く。柴田錬三郎《しばたれんざぶろう》の最盛期に書かれた『剣は知っていた』や『孤剣は折れず』に比肩《ひけん》しうる活劇ものの面白さを真摯《しんし》に追求した、見事な出来《でき》映《ば》えの作品に仕上がっている。

この点については後に詳述《しょうじゅつ》するとして、機会なので今村翔吾登場の意味について触れておく。一九九〇年代に新しい出版方法として確立しつつあった〝文庫書下ろし時代小説〟は、読者にも大きなメリットをもたらした。その第一は、中堅・ベテラン作家の起用である。書く場を得た中堅・ベテラン作家によるエンターテインメントに徹した作品の開拓が試みられるようになった。第二は、新しい買い手の発掘と登用が積極的に進められたことである。これが縮小傾向にあったマーケットに風穴をあけるパワーとなった。

この流れに先鞭《せんべん》をつけたのが鳥羽亮《とばりよう》「介錯人《かいしやくにん》・野晒唐十郎《のざらしとうじゆうろう》」シリーズ、佐伯泰英《さえきやすひで》「密命《みつめい》」シリーズなどであった。続いて、小杉健治《こすぎけんじ》「風烈廻《ふうれつまわ》り与力《よりき》・青柳剣一郎《あおやぎけんいちろう》」シリーズがスタートを切り、文庫書下ろし史上に残る新しい書き手からは藤原緋沙子《ふじわらひさこ》「橋廻《はしまわ》り同心《どうしん》・平七郎控《へいしちろうひかえ》」が生まれ、女性作家進出の橋頭堡《きようとうほ》を築いている。さらに、辻堂魁《つじどうかい》「風《かぜ》の市兵衛《いちべえ》」シリーズの大ヒットや、新人野口卓《のぐちたく》の力量に着眼し「軍鶏侍《しやもざむらい》」シリーズがマーケットに活力を与えたことは特筆すべきことである。今村翔吾もこの延長線上で誕生した〝麒麟児《きりんじ》〟と言えよう。恐るべきは筆の速さである。佐伯泰英「居眠《いねむ》り磐音江戸双紙《いわねえどぞうし》」シリーズが第八巻までに要した期間は、二年一ヶ月。作者はそれを上回る二年で到達している。

現在の出版状況を考えると、筆の速さと物語の完成度は作家の資質として必須の条件である。加えて旺盛《おうせい》な筆力にも驚嘆《きようたん》させられる。第十回角川春樹《かどかわはる》小説賞《きしようせつしよう》を受賞し、直木賞候補《なおきしよう》になった『童《わらべ》の神《かみ》』、二作目のシリーズものとなる「くらまし屋稼業《やかぎよう》」もスタート。さらに『ひゃっか！　全国高校生花いけバトル』も刊行し、手がける作品の幅広さも評価できる。これも重要な条件である。二月末に刊行された『てらこや青義堂《せいぎどう》 師匠《ししょう》、走《はし》る』は斬新《ざんしん》な感覚が光る時代学園ものである。

　つまり作者は同質化競争で一巻あたりの部数減が顕著《けんちょ》になりつつあるシリーズもののマーケットや書籍不振の時代を盛り上げる可能性を示しているのではないか。現在もっとも必要なのは、こういった才能を秘めた作家の発掘であり、その作家を根気よく育てていく出版社の度量《どりょう》の広さと思っている。作者の登場はそんな時代の到来を意味していると言ってよい。

　これは私見でしかないが、『火喰鳥』を読んで思い起こした作品がある。『流され者』や『邪《あ》しき者』等、構想雄大な伝奇ものを書いた鬼才・羽山信樹《はやまのぶき》の『がえん忠臣蔵《ちゅうしんぐら》』である。忠臣蔵の四十七人目の男・間新六《はざましんろく》を描いた作品で、忠臣蔵の武士の忠義と〝がえん（臥煙《がえん》）〟の誇りをクロスさせ、間新六の真実の生きざまに迫った着眼の鋭《するど》さと底流にある荒ぶる魂《たましい》に、今村翔吾と相通ずる資質を見たような気がしたのである。破格の武士像を意図とした『がえん忠臣蔵』の間新六と『火喰鳥』の松永源吾《まつながげんご》が重なって見え、そこに大衆小説が持つべきエネルギーを感じたのである。

　本題に移ろう。

本書は血湧き肉躍る面白さが詰まった、読みどころ満載の作品となっている。三点に要約して話を進めていこう。

第一の読みどころは、火消頭取並《ひけしとうどりなみ》の鳥越新之助《とりごえしんのすけ》を本編の主役として起用したことである。作者は序章を設け、その序章で物語を引っ張っていく導火線を仕掛ける。本書では、防火活動に行ったはずの新之助が、付け火と勾引《かどわ》かしの犯人として火盗改《かとうあらため》に指名手配されるという予想外の展開で幕を開ける。加えて、新庄《しんじよう》藩《はん》は出入り禁止となる。松永源吾と新之助に危急存亡《ききゆうそんぼう》の機が訪れたのである。誰が、何の目的で新之助を罠にはめ、新庄藩や源吾の動きを封じたのか。スリリングな展開が予想され、読者の気持ちを鷲掴《わしづか》みにする、実にうまい出だしである。

源吾の新之助評は、へらっと軽妙《けいみよう》な笑みを浮かべている若者である。その新之助を起用したところに本書の肝《きも》がある。本シリーズの面白さは、千差万別《せんさばんべつ》の火、火を悪用する犯人、火消の技、火消同士の技の競い合いという四つ巴《どもえ》の戦いを、迫真に満ちた筆致《ひつち》で描いたところにある。肝と表現したのは、これに新之助の剣技を全編に押し出すこと、新たなチャンバラ活劇的面白さが加点されたのである。それは新陰流の奥義《おうぎ》〝転《まろばし》〟を駆使《くし》する場面に映し出されている。

《呟《つぶや》きを置き去りに刀が躍動《やくどう》する。一、二、三、四。幼子が初めて数を覚えて無邪気に繰《く》るように、頭の中で数が律動《りつどう》する。刀の動きすべてに意味がある。敵を打ち跳ね返る力を糧《かて》に刃は加速し、次を襲った。脚もまた一足ごとに大地の力を得て、身体を前へ前へと突き飛ばす。

「速っ——」

山彦《やまびこ》のように声がぼやけて聞こえた。逆袈裟《ぎやくけさ》の反動に身を委《ゆだ》ねて回りつつ右薙《な》ぎ。鋒《きつさき》の軌道が歪《ゆが》んで片手水平。肘《ひじ》を鼻先まで近付けて逆風。

「何だ……貴様は何なのだ……」

首領格以外、肩や脇を抑えて悶絶《もんぜつ》し、あるいは泡を吹いて気を失っている。

新之助が見た「転」の正体、それは全力で疾走《しつそう》しつつ相手を打つというもの。

秋月は竹刀が敵を捉え、弾《はじ》かれる反動と走る足の動きをぴたりと合わせていた。

それにより竹刀はさらに加速し、しかも一切無駄のない軌道で次々と打っていったのだ。真剣では肉を裂き、骨に食い込むためにこれは出来ない。殺めぬことを決めて峰で戦うからこそ模倣《もほう》出来た。》

これほど蠱惑《こわく》的な場面もない。剣豪ものでは〝殺しの美学〟が剣戟《けんげき》場面を支えたりするのだが、それを払拭《ふっしょく》した描き方にも新しさを見ることができる。

作者はもうひとつ重要な仕掛けを施《ほどこ》している。見合い相手の琴音との恋である。出会った瞬間から惹《ひ》かれ合う二人。琴音を守ることで強くなる新之助。二人の清純な恋が修羅《しゅら》場《ば》を飾るだけに、一服の清涼剤として機能し、物語に新しい変化を与える工夫となっている。つまり〝剣とロマンの香り〟が注入され、またとない〝物語的佳境《かきょう》〟を造り出している。作者の新境地と言ってよい。冒頭で柴田錬三郎と評したのはこのためである。

特筆《とくひつ》すべきは新之助の人間としての成長である。新之助の印象的な述懐《じゅっかい》場面がある。


《大陸の書「水滸伝《すいこでん》」には百八星の好漢《こうかん》が登場する。無趣味な父であったが、この物語は好きで貸本屋をよく借りて来た。華の無い火消と言われ続けた父は、心のどこかで梁山泊《りょうざんぱく》の豪傑《ごうけつ》たちに憧《あこが》れていたのかもしれない。

新之助もこの書を読んだ。初めは父の真似をしただけだが、読み進むにつれて次第に惹《ひ》かれていった。どの好漢も格好よいのだが、中でも新之助が好きだったのは第二位の好漢、盧俊義《ろしゅんぎ》。梁山泊の副将として地味《じみ》ではあるが、首領の宋江《そうこう》を支える重要な役回りである。いつか新之助もこんな男になりたいと幼心に思った。その盧俊義の渾名《あだな》は、

――玉麒麟。

番付に拘る心はもう無い。火消の中で己は主役でなくてもいい。御頭を支え、一つでも多くの命を救いたいと願っていた。》

新之助はこの〝玉麒麟〟を目指して成長しており、その新之助の生きざまを見事に活写したのが本書なのである。モチーフがここにあることを、題名の由来が示している。

軽い人間として見られがちだった新之助の真の姿を見抜いていた源吾が言う。

《「あいつを見捨てる己を許せねえ。俺は俺のために行くのです」》

《「それに……あいつが呼んでいる気がする」》

窮地に立たされている新之助の元に、出入り禁止にもかかわらず駆け付ける源吾の台詞《せりふ》である。格好いいよな。こういう決め台詞が綺羅星《きらほし》の如《ごと》くあるからたまらない。

第二の読みどころは、田沼意次《たぬまおきつぐ》と一橋治済《ひとつばしはるさだ》の権力争いを表面に押し出し、それを物語を覆《おお》うフレームとしたことである。これにより新庄藩と羽州ぼろ鳶組を襲う謀略がスケールアップし、緊迫感みなぎる展開がさらにヒートアップする。こういった政治ドラマが表面化することで、源吾や新之助の生きた時代が、よりリアルな色彩を帯びて再現するという効果を生み出した。作者の戯作者《げさくしゃ》魂に磨きがかかりつつあることの証左である。

止《とど》めの一撃は、第四巻『鬼煙管《おにきせる》』で「人も同じ、身分は違えども煙草《たばこ》の銘柄ほどのもの」という名台詞を吐いた長谷川平蔵《はせがわへいぞう》の息子・本所《ほんじょ》の銕《てつ》（後の鬼平《おにへい》）の登場である。第二章の末尾の場面を引用する。

《星十郎は珍しく反発した。これで新庄藩は新之助を捜す術の全てを封じられる。だが明日の点呼で人が足りぬことが知れれば、新庄藩は取り潰しの沙汰《さた》を下されるかもしれない。それだけは避けねばならない。

「田沼様が信じろと。探索を引き継いで下さる」

「誰が……」

「鋏だ」

源吾が脳裏に思い描いているのは、銀の煙管をくゆらせる不敵な男の姿である。星十郎もその探索の実力は京で垣間《かいま》見ている。あっと声を上げて力強く頷いた。》

本書のヤマ場を告げる名場面で期待に胸が震える。花道から静かな佇《たたず》まいを見せて現れた平蔵の登場により、ミステリーとしての面白さが倍増する。幕閣《ばっかく》を隠れ蓑《みの》にして策謀をめぐらし、姿を見せぬ治済を、鋭利《えいり》な頭脳と機動性の優《すぐ》れた行動力で追い詰めていく姿は、父親を凌駕《りょうが》するような迫力に満ちている。こういった役者の揃え方と登場のさせ方の巧《たく》みさは絶妙と言っていい。

第三の読みどころは、次の文章を読んでほしい。

《「ああ、め組の銀治《ぎんじ》だな」

町火消め組の頭でありながら、初心を忘れることなく自ら拍子木を打って夜回

りをする。しかも毎日欠かすことがない。ある大雪の日も蓑笠《みのかさ》をつけ、腰に提灯《ちょうちん》を差した姿で回り続け、それを見た誰かが、

――季節外れの蛍《ほたる》のようだ。

と言ったことが広まり、「銀蛍《ぎんぼたる》」の異名《いみょう》で呼ばれるようになった。華こそないが堅実《けんじつ》な仕事ぶりで火消番付《ばんづけ》にも名を連《つら》ねている。》

本シリーズのような群像劇《ぐんぞうげき》の場合、脇役の人物造形が成否を握るといっても過《か》言《ごん》ではない。作者は徒名《あだな》や異名の由来をエピソードで綴《つづ》ることで、人物像の特徴を的確に表現する手法を多用している。これは火の種類、放火の手段、火消の技でも同様で、命名に凝《こ》ることで読者を魅了する。題名がそれを如実《にょじつ》に示している。これは講談《こうだん》に、豪傑のキャラクターを伝える伝承的話術があるが、それを踏《とう》襲《しゅう》しつつ現代の言語感で造形した独自の小説作法と言える。これこそ絢爛《けんらん》たる作風の原動力なのである。

最後に本シリーズの特筆すべき点について述《の》べておく。作者は、布石《ふせき》の置き方、伏線《ふくせん》の張り方に力を注いでいる。例えば第一巻『火喰鳥』と第七巻『狐花火』に登場する秀助や本書の長谷川平蔵の使い方はその典型と言える。作者のこ

のアイデアがシリーズを間断《かんだん》ない緊張感で引っ張っていることに注目しておく必要がある。

一〇〇字書評

切り取り線

玉麒麟

購買動機（新聞、雑誌名を記入するか、あるいは○をつけてください）	
□（　　　　　　　　　　　　）の広告を見て	
□（　　　　　　　　　　　　）の書評を見て	
□ 知人のすすめで	□ タイトルに惹かれて
□ カバーが良かったから	□ 内容が面白そうだから
□ 好きな作家だから	□ 好きな分野の本だから

・最近、最も感銘を受けた作品名をお書き下さい

・あなたのお好きな作家名をお書き下さい

・その他、ご要望がありましたらお書き下さい

住所	〒				
氏名		職業		年齢	
Eメール	※携帯には配信できません		新刊情報等のメール配信を 希望する・しない		

この本の感想を、編集部までお寄せいただけたらありがたく存じます。今後の企画の参考にさせていただきます。Eメールでも結構です。

いただいた「一〇〇字書評」は、新聞・雑誌等に紹介させていただくことがあります。その場合はお礼として特製図書カードを差し上げます。

前ページの原稿用紙に書評をお書きの上、切り取り、左記までお送り下さい。宛先の住所は不要です。

なお、ご記入いただいたお名前、ご住所等は、書評紹介の事前了解、謝礼のお届けのためだけに利用し、そのほかの目的のために利用することはありません。

〒一〇一‐八七〇一
祥伝社文庫編集長　坂口芳和
電話　〇三（三二六五）二〇八〇

祥伝社ホームページの「ブックレビュー」からも、書き込めます。
http://www.shodensha.co.jp/
bookreview/

〈祥伝社文庫　今月の新刊〉

結城充考
捜査一課殺人班　狼のようなイルマ
連続毒殺事件の真相を追うノンストップ警察小説！　暴走女刑事・イルマ、ここに誕生。

小杉健治
灰の男（上・下）
戦争という苦難を乗り越えて――家族の絆が胸を打つ、東京大空襲を描いた傑作長編！

今村翔吾
玉麒麟《ぎよくきりん》　羽州ぼろ鳶《とび》組
下手人とされた、新庄の麒麟児と謳われた男。すべてを敵に回し、人を救う剣をふるう！

鳥羽　亮
悲笛《ひぶえ》の剣　介錯人・父子斬日譚
物悲しい笛の音が鳴る剣を追え！　野晒唐十郎の若き日を描く、待望の新シリーズ！

岩室　忍
信長の軍師　巻の二　風雲編
少年信長、今川義元に挑む！　織田家滅亡の危機に、天下一のうつけ者がとった行動とは。

門田泰明
汝《きみ》よさらば（二）　浮世絵宗次日月抄
騒然とする政治の中枢・千代田のお城最奥部へ――浮世絵宗次、火急にて参る！

祥伝社文庫

玉麒麟《ぎよくきりん》　羽州《うしゆう》ぼろ鳶組《とびぐみ》

平成31年 3 月20日　初版第 1 刷発行

著　者　今村《いまむら》 翔吾《しようご》
発行者　辻　浩明
発行所　祥伝社《しようでんしや》
東京都千代田区神田神保町 3-3
〒101-8701
電話　03（3265）2081（販売部）
電話　03（3265）2080（編集部）
電話　03（3265）3622（業務部）
http://www.shodensha.co.jp/
印刷所　堀内印刷
製本所　ナショナル製本
カバーフォーマットデザイン　中原達治

Printed in Japan ©2019, Shogo Imamura ISBN978-4-396-34504-4 C0193